Przybyszewski Der Schrei

Gustav Kiepenheuer Bücherei 71

Stanisław
Przybyszewski
Der Schrei
Roman

1987
Gustav Kiepenheuer Verlag
Leipzig und Weimar

Mit der ›Synagoge des Satans‹ im Anhang,
mit dem Aufsatz ›Der traurige Satan‹ von
Boy-Żeleński,
mit einer Nachbemerkung und Anmerkungen

ISSN 0433-0153
ISBN 3-378-00070-8

I

Leise, mit ängstlicher Vorsicht schlich Gasztowt an ein kleines, unscheinbares Haus heran, in dem ein bekannter und berüchtigter Kunsthändler Ausstellungen von Werken junger Künstler veranstaltete.

Er dachte nicht daran, dem höllischen Halsabschneider und felsenharten Shylock der jungen Künstler ein paar Franken aus der Tasche herauszulocken; das ließ er sich nicht einmal im Traume einfallen: lieber würde er sich in einem Anfall von Hungerdelirium auf den erstbesten Passanten stürzen und ihn berauben, ehe er sich auch nur mit der geringsten Bitte an den unerbittlichen Wucherer wandte – nein! Das war es nicht – etwas ganz anderes; seit dem Augenblick, als er auf das Drängen des Händlers, der ihm mit kleinen Beträgen aus der äußersten Not herausgeholfen hatte, und unter Androhung der Versteigerung aller seiner Bilder sich endlich entschließen mußte, eine Auswahl seiner Bilder auszustellen, konnte er keine Ruhe finden.

Ihm war, als hätte er eine gottesschänderische Tat begangen, da er seine Bilder der öffentlichen Besichtigung preisgegeben – als würden sie geschändet, jenes geheimnisvollen, heiligen Schleiers der schamhaften und innersten Ekstase beraubt, in der sie geschaffen waren: er hatte das Empfinden, als hätte er sein teuerstes Kind auf die Straße gejagt, damit es mit seiner Schande ihm Geld verdiene – ihn würgte die Scham, er schäumte vor Wut, daß er sich hatte hintergehen lassen, er ergoß über sich die Jauche der Verachtung, daß er seinem heiligsten Entschlusse untreu geworden: niemandem Einblick in die Geheimnisse seiner Offenbarungen zu gewähren.

Und jetzt schlotterten ihm die Knie, ging er doch hin, um ein endgültiges Urteil über seine Erbärmlichkeit zu fällen – er ging hin, um seine Bilder zu sehen, entweiht, beschmutzt durch das Anstarren seelenloser, mit dem ranzigen Speck der Dummheit und des gedankenlosen

Stumpfsinns verfetteter Augen – und er selber wollte sich jetzt richten, weil er es zugelassen und seine Seele zu einer käuflichen Dirne entwürdigt hatte.

Er schlich mit listiger, diebischer Vorsicht immer näher an dieses verdammte Haus heran und sah sich beständig nach allen Seiten um.

Schon seit dem frühen Morgen hatte er das Gefühl, daß ihm jemand dicht auf den Fersen sei, ihn beobachte, seine Gedanken behorche und sich mit tückischer List in den Hader seiner Seele einmische, in die schmerzlichen Geheimnisse – und jetzt unsichtbar hinter ihm herschleiche, um plötzlich vor ihm zu erscheinen und ihm seine Schande ins Gesicht zu speien …

Er besann sich plötzlich, und ihn packte Angst vor der kranken Einbildung, die seine Seele wie ätzende Lauge zerfraß.

Wer sollte ihn denn verfolgen oder beobachten? Warum? Wozu? Hatte er ein Verbrechen begangen, so doch nur an seiner eigenen Seele, und das ging doch niemanden etwas an – ein zerebrales Verbrechen, ein Harakiri, das er an seiner eigenen Seele verrichtet hatte, unterlag doch keiner weltlichen Strafe, also hatte doch niemand einen Grund, ihn zu verfolgen.

Endlich öffnete er die Haustür – blieb noch eine Weile auf der Schwelle stehen, sah sich noch einmal um, aber er konnte weit und breit niemanden erblicken.

Er betrat einen engen und schmutzigen Korridor und läutete an einer Tür.

Jemand öffnete, er bezahlte einen halben Frank ›Eintrittsgeld‹, sah sich plötzlich mitten in einem kleinen Saal, der elendes Licht durch ein paar schmale Fenster erhielt: auf der gegenüberliegenden Wand waren seine Bilder aufgehängt.

Er schloß die Augen, als wollte er sie erst noch für die Qual vorbereiten, die ihrer harrte.

Und um diese Qual noch zu steigern, wollte er sich deutlich vergegenwärtigen, wie seine Bilder in seinem Atelier ausgesehen hätten und wie er sie nun erblicken würde.

Er hatte eine gewaltige Synthese der Straße schaffen wollen, ihre Ewigkeitssymbole, ihre schauerlichen Geheimnisse offenbaren: sie in ihrem grausigen Umfang erschöpfen – all das Gewaltige und Schändliche, das in der menschlichen Seele lebt, vor Lust wiehert, in Delirien der Verzweiflung verreckt, sich in der unflätigsten Jauche wälzt, im Bluttümpel von Mord und Verbrechen badet – all das in sie hineinprojizieren: das ganze Leben hatte er in einem riesigen Symbol wiedergeben wollen: der Straße!

Er schlug die Augen auf und prallte entsetzt zurück.

All seine Bilder verflossen ihm zu einem blödsinnigen, lächerlichen Chaos.

Er war nicht imstande, sie wiederzuerkennen. Als hätte ihm ein boshafter Satan eine Brille vor die Augen gehalten mit seltsam geschliffenen Gläsern, durch die er den ganzen Abgrund seiner Ohnmacht und seines stümperhaften, unfähigen Könnens überblicken konnte.

Das, was ihm in seinem Atelier noch vor wenigen Tagen strotzend von Macht, überschäumend von künstlerischer Kraft erschien, sah er jetzt als eine verrenkte, schwindsüchtig hüstelnde, lächerlich hopsende Groteske. Das, was er als Symbol darzustellen versuchte, wurde ihm nun plötzlich zu einer läppischen lallenden Phrase – es verblieben nur jämmerlich nackte, stümperhaft verzeichnete, marktschreierische Straßenszenen, kleine, dumme, geistlose Episödchen, ordinäre, reportermäßige Berichterstattungen, die elendsten Illustrationen für allerlei Mordgeschichten und infame Winkelblätter …

Die siegreiche Fanfare der Farben verblaßte, verstummte, er hörte nur ein gemeines Jahrmarktgeschrei, ein zänkisches Gezeter, sah nur eine grelle, ordinäre Harlekinade: seine Augen wurden blind von der trunkenen, röchelnden Kakophonie besessener Farben, wie man sie auf den Schildern der Vorstädte zu sehen bekommt.

Und gleichzeitig empfand er einen bestimmten physischen Schmerz, als ob fremde Augen sich hinterrücks, langsam, beharrlich, in größter Anspannung in ihn hineinbohrten.

Und in dem Maße, wie das Bohren schmerzhafter wurde, begannen sich die Brillen, die er vor seinen Augen hatte, so gespenstisch auszuhöhlen, daß er jetzt nichts anderes zu sehen vermochte als nur ein elendes Geschmier, unflätigen Verputz, eine ekle eiternde Wunde seiner Ohnmacht.

Er hörte sich selbst aufstöhnen und erschrak, daß jemand sein Stöhnen hätte hören können – wußte er doch genau, daß jemand hinter ihm stand und seine Augen unaufhörlich in ihn hineinbohrte.

Ohne es zu wissen, wandte er sich um. Er sah wirklich und leibhaftig einen jungen Mann vor sich, der mit größter Spannung und in verzückter Sammlung etwas anstarrte – aber nicht ihn, sondern seine Bilder.

Gasztowt sah ihn feindlich und gehässig an, aber jener schien ihn gar nicht zu beachten, ihm auch nicht die geringste Aufmerksamkeit zu schenken: er blieb ruhig stehen und versenkte sich mit angespanntem Fleiß in das Bild, von dem Gasztowt sich eben weggewandt hatte. Er kam dicht an das Bild heran, entfernte sich wieder von ihm, blieb seitwärts stehn, als suchte er nach einer Stelle, von der aus er es am besten betrachten könnte.

Gasztowt starrte ihn an mit herausfordernden, unverschämten Blicken, suchte mit Gewalt die Aufmerksamkeit des Fremden auf sich zu lenken – und wirklich sah der andere zu ihm hin, den Bruchteil einer Sekunde – mit einem kalten, gleichgültigen Blick, als wäre er etwas, das nicht da war, etwas, wie ein Schemen verdichteter Luft, und versenkte sich aufs neue in das Bild.

Gasztowt wurde wütend. Er wäre jetzt am liebsten an ihn herangetreten, hätte ihn zu einem ganz gemeinen Faustkampf herausgefordert für diesen nachlässig-verächtlichen Blick, aber ein dumpfes Angstgefühl stieg in ihm hoch und lähmte seine Glieder: kalter Schweiß trat ihm auf die Stirne, und peinlich fühlte er, wie der Schweiß über seine Wangen floß.

Er wandte sich zum Gehen – in der Tür drehte er sich noch einmal um.

Aber der Fremde, dessen Gesichtszüge er seltsamerweise gar nicht fassen konnte, als könnte er sie überhaupt nicht sehen, achtete auch diesmal seiner nicht, im Gegenteil, schien wie befreit sich um so eifriger in dem Anblick seiner Bilder zu verlieren.

Auf der Straße blieb Gasztowt stehen.

Vielleicht sollte er doch umkehren? Woher hatte sich plötzlich dieser Mensch gerade bei seinen Bildern eingefunden – dieser merkwürdige Mensch, dessen Gesicht er nicht zu sehen bekam, obwohl er es so lange ergründet hatte, dieser Mensch, der sich doch nur so anstellte, als wäre er ganz von seinen Bildern besessen, in Wirklichkeit jedoch nur ihn bis ins Mark anstarrte – ja nicht allein das – er empfand doch so deutlich, wie sein Blick ihn jetzt noch schmerzte, wie er mit seinem höllischen Schauen ihm die ganze Seele durchwühlt, sie aus den Fugen gelöst hatte, seine Augen schielen, vorbeischauen ließ, sie ganz falsch einstellte, wie er das Gift des niederträchtigen Hasses gegen sein eigenes Gebilde in sie eingeträufelt hatte …

Er grübelte und überlegte, ob er doch nicht versuchen sollte, diesem Geheimnis auf die Spur zu kommen – aber nach einer Weile, als er merkte, daß er eigentlich nur nach einer verschwiegenen Bank suchte, wo er, todmüde, zerquält und gerädert, ausruhen könnte, zuckte er die Achseln und bog in ein Labyrinth enger verschlungener Gäßchen – ein abgelegenes Plätzchen zu finden – dort würde er ausruhen …

II

Er irrte lange umher und verlor sich in dem Labyrinth von einander unter allen möglichen Winkeln schneidenden Gäßchen, in dem Wirrwarr der seltsamsten Arabesken, die je in einen Stadtteil eingeschnitten wurden, aber je länger er ging, um so mehr nahmen seine Kräfte zu, er fühlte sich frisch und rüstig.

Dies Herumtrotten in den gewundenen Arabeskenlinien des Gäßchengewirrs hatte ihn also nicht übermäßig ermüdet, aber jetzt fühlte er doch Lust, ein wenig auszuruhen.

Er hatte das Gefühl, daß er trotz alledem doch nur ein Rekonvaleszent war, der sich freilich schon ganz gut auf den Beinen zu halten vermochte, aber doch bedenken mußte, daß er aus schweren Fieberträumen jetzt erst zum wirklichen Dasein erwacht war.

Noch vermengte sich ihm der Fiebertraum mit der Wirklichkeit, und es würde ihm schwerfallen zu unterscheiden, was er wirklich erlebt und was nur durchträumt hatte – er würde auch jetzt nicht den Mut haben, sich eingehend damit zu befassen, um die ganze Wahrheit zu ergründen – ebensowenig, wie er es über sich bringen konnte – vor einer Stunde, oder war es schon länger her – zu erforschen, ob der Fremde ihn mit seinen Blicken durchbohrte oder nur im Anblick seiner Bilder versunken war.

Aber dies alles kam ihm kleinlich und winzig vor in Anbetracht der Tatsache, daß er sich nun sehr wohl fühlte.

Er gelangte endlich auf einen kleinen Platz, der ganz verödet und vereinsamt dalag, doch ziemlich dicht mit Bäumen umstellt war. Es kreuzten sich hier eine Unmenge von Gäßchen; das war ihm allerdings peinlich, denn der Platz schien ein Knotenpunkt des ganzen Verkehrs dieses Stadtteils zu sein, aber als nach längerer Weile ringsherum sich nichts rührte und er die langersehnte Ruhebank gefunden hatte, war er über alle Maßen zufrieden.

Er setzte sich hin, aber nicht, weil er müde war – Gott bewahre! nur einzig allein, um sich noch tiefer zu sammeln und sein Abendgebet zu verrichten, denn es ging schon gegen den Abend.

Er hüllte sich in tiefen Ernst, seine Seele weitete sich in inbrünstiger Andacht, und in tiefster Demut begann er seinen heiligen Bußpsalm zu sprechen:

›Jegliche Scham und Schande wird dir auferlegt werden, und du wirst sie tragen;

Deine Speise werden die Harpyien verunreinigen, doch du wirst sie gierig vertilgen, denn du wirst hungrig sein;

Dein Wein wird bereitet werden mit bitterer Galle und widrigem Wermut, doch du wirst ihn trinken, denn es wird dich dürsten;

Scharfe Kieselsteine werden dein Kissen sein, doch du wirst dein Haupt auf sie betten, denn es wird dich nach Schlaf gelüsten;

An dem Tor der Aussätzigen wirst du deine Hand ausstrecken und Geld erbetteln zur Wegzehrung, denn Sturm und Regen werden dich von deinem Lager aufscheuchen ...‹

Mit diesem prophetischen Fluch hatte ihn seine wahnsinnige Mutter auf ihrem Sterbebette der Kunst angetraut und ihm ihren goldenen Ehering auf den Finger geschoben.

Er nahm den Ring aus der Westentasche und betrachtete ihn ehrfürchtig.

›Und ich nahm die schwerste Last des Schmerzes auf meine Schulter ohne jegliche Klage, ich schleppte das furchtbare Kreuz, in blutigen Schweiß gebadet, das Golgatha des Todes und der Verdammnis hinauf, und ich werde es noch weiter schleppen, denn fürwahr ich bin Der, dem der Herr all sein Getier zuführte, auf daß ich ihm Namen gäbe und die leeren Formen mit meinem Herzensblute füllte!

Ja und Amen!‹

In tiefster Ergriffenheit ließ er sein Haupt auf die Brust herabsinken, steckte unbewußt den Ring wieder in die Westentasche, versicherte sich nach einer Weile, daß er ihn wirklich eingesteckt hatte, und alle Angst und aller Zorn und Hader des Lebens waren von ihm gewichen – er stand auf, bog in das erstbeste Seitengäßchen und ging vor sich hin.

Plötzlich merkte er, daß er den Weg eines fremden Schattens wandelte.

Er rieb sich die Stirn – jetzt erst kam es ihm zu Bewußtsein, daß er schon vor einer Weile ein Weib bemerkt hatte – ein Weib mit einem schmalen, feinen Gesicht, mit übermäßig großen Augen, in denen eine tiefe Melancholie hauste – die tiefste und ganz dieselbe, von der die Kirchenväter behaupten, sie sei das Bad, worin der Teufel die menschliche Seele bade …

Eigentlich sah er nichts anderes als nur diese Augen, oder vielmehr einen breiten, metallisch glänzenden Strahl aus weit aufgerissenen Augen, der ihm die ganze Straße in etwas verwandelte, das gerade mit dieser Straße nichts gemein hatte.

Zu diesen Augen gehörte eine lange, dämmrige Straße, in deren Öde sie etwas suchten, was einmal dort sein mußte und jetzt unauffindbar war. Zu diesen Augen gehörten lange, schmale Hände, die blindlings an den langen Mauern herumtasteten, um ein verschlossenes Tor zu finden, das sich hier in der Mauer befinden mußte, und zu diesen Augen gehörten tastende, zaudernde Schritte, ängstliche und erschreckte und wie von einem nachdenklichen Überlegen gehemmte Schritte, jenen vergleichbar, die jeden Augenblick Gefahr laufen, an einer steilen Felswand abzurutschen.

Und diese lange, enge Straße, die in dem stillen, aber unheilschwangeren Leuchten dieser qualvoll angestrengt blickenden und nicht sehenden Augen, unter dem Tasten der irrenden Hände aufzuwachen und von den unsicheren, wankenden Schritten beunruhigt zu sein schien, führte hinaus zu einer Brücke, die über einen Fluß gespannt war.

Er schlich hinter ihr her, trat in den langen Schatten, den ihre Gestalt auf die dämmrige, wie vom leichten Abglanz eines unsichtbaren, stahlblauglänzenden Mondes beleuchtete Straße warf – sein Schatten verschmolz mit dem ihrigen und kroch hinter ihm her, wie ein formloses, trunkenes Gewürm, unwissend des Zieles, dem es zustrebte.

Sie trat auf die Brücke. Er blieb in dem Tor des Eckhauses stehen, wartete und spähte.

Und plötzlich hörte er einen gräßlichen Schrei – nein, er hörte nichts, er sah nur einen lautlosen Schrei – sah ihn deutlich – sah, wie die Atmosphäre barst, als ob ein Feuerpflug eine flammende Furche in ihr aufgerissen hätte, der Strom schwoll himmelhoch an, auch wölbte sich die Brücke, als wäre sie aus einer Kautschukmasse hergestellt, und im selben Nu sah er, wie die Gestalt, deren Schatten sich von dem seinigen längst losgelöst hatte, sich über die Brüstung schwang und jählings in das wild schäumende Gewoge des vom Heißhunger hochaufgepeitschten Stromes stürzte.

Er blieb wie versteinert stehen, konnte sich nicht von der Stelle rühren.

Endlich – endlich öffneten sich ihm in diesem Schrei die tiefsten Abgründe der Straße. Nie früher hatte er den Schrei der Straße zu hören bekommen – jetzt erst offenbarte sich ihm die Straße in ihrem Grauen und in der Schreckensgewalt ihrer Verdammnis. Die Augen seiner Seele weiteten sich zum unfaßbaren Abgrundsdunkel, und als wären all seine Sinne in ein einziges Organ zusammengeströmt, schlürfte er mit ihm die grausige Klarheit geoffenbarter Geheimnisse, die plötzlich aus dem Dunkel herausschrie, in sich hinein.

Den Bruchteil einer Sekunde! Denn jetzt erdröhnte ein zwingender Befehl – er hörte ihn nicht mit seinem Ohr – auch hörte er ihn nicht in seinem Inneren – es war, als ob von der Ferne, vom jenseitigen Ufer aus, über den Fluß eine Hand sich hinausstreckte, ihn mit unüberwindlicher Kraft schüttelte:

›Rette sie! Rette!‹

Das war keine Bitte, das war der Donnerkeil eines fremden Machtwillens, der kein Bedenken vertrug und jede Besinnung lahmlegte.

Und jetzt wurde er ganz Auge.

Er sah einen dunklen Fleck, der zum Vorschein kam und wieder verschwand, auf den sich schwer wälzenden Wogen herumtanzte, verlor ihn wieder aus den Augen, aber immer wieder tauchte er auf – eine gewaltige Strömung hatte ihn erfaßt, er kam in die Wirbel hinein, das Wasser ergoß sich ihm in den Mund, in die Ohren, gluckste in der Nase, aber als wäre er von dem höllischen Kantschu gepeitscht oder von einer unfaßbaren Macht besessen, die seine Kraft vertausendfachte, gelang es ihm, die Strähnen ihres Haares zu erfassen; er schlang sie um seinen Arm, warf eine leblose Masse auf sich – er tauchte unter, einen Augenblick unter dieser Last, arbeitete sich aber wieder empor, jetzt warf er sich in eine Strömung, aber schon begann seine Kraft zu erlahmen, und im gräßlichen Schreck fühlte er den Krampf, der ihn an den Armen packte.

Schon gab er nach – da hörte er wieder diesen höllischen Schrei, und es war, als hätte ihm ein glühendes Eisen die Haut gesengt; noch eine übermenschliche Anstrengung: die Strömung warf ihn weit abseits der Brücke ans Ufer.

Er schleppte sie mit dem letzten Aufwand seiner Kräfte das Ufer hinan – eine leblose Masse.

Jetzt hatte er ein unbezwingbares Verlangen, sich langhin auf den Ufersand zu werfen und in seligstem Erstarren von all der übermenschlichen Anstrengung zu verenden – aber wieder empfand er den brenzligen Schmerz, als senge man ihm mit glühendem Eisen die Haut: als wären ihm aus unsichtbaren Quellen ungeahnte Kräfte neu zugeströmt, als wäre sein oder irgendein anderer Wille, den er nicht kannte, ein gewaltiger Hammer, für den er nur ein Amboß war, ging er an die Lebensrettung des Weibes, das fast kein Lebenszeichen von sich gab.

Alles, was er jetzt tat, war etwas ganz Automatisches – er selbst war nur ein Werkzeug in irgendwelchen ihm unbekannten, aber übermächtigen Händen.

Er riß ihre Bluse auf, löste das Mieder, hob ihren Kopf hoch und ließ ihn wieder fallen, streckte ihre Arme und faltete sie über ihrer Brust – alles, was ihm nur in den Sinn kam, verrichtete er mechanisch, ohne darüber nachzudenken; endlich gelang es ihm, das Weib ins Leben zurückzurufen.

Sie schlug die Augen auf.

Und ein irrsinniger, gehässiger Blick quoll aus ihnen

hervor, ihr Mund öffnete sich wie zum Schrei, aber im selben Augenblick fing sie an zu schlucken, röchelte, nieste und warf unter schwerem, keuchendem Husten Wasser und immer wieder Wasser aus sich heraus.

Das brachte sie anscheinend zur Besinnung.

Sie drehte sich auf die Seite, kroch in sich zusammen, verkrampfter Husten schüttelte ihren Leib – er hob sie mit den Armen hoch, stellte sie aufrecht, bis der Hustenanfall vorüber war, legte sie wieder auf den Ufersand.

Sie atmete tief, jetzt schon ohne Beschwerden. Nur aus ihren Augen züngelte giftig schweres, dumpfes Ächzen des Schmerzes – ein Abgrund des schauerlichsten Schmerzempfindens öffnete und schloß sich wieder.

Und wieder richtete er sie auf – er sprach kein Wort, nur der Hammer eines fremden Machtwillens, der bis jetzt auf ihn wie auf einen Amboß geschlagen hatte, schien nun auch auf sie niederzuprasseln – sie begann zu gehen, wankte wie ein sturmgepeitschtes Rohr, er schleppte sie wie eine willenlose Masse, endlich nahm er sie auf seine Arme und trug sie bis zu der Stelle, wo seine Kleider lagen – legte sie wieder hin in den weichen nassen Sand, kleidete sich schnell an. Jetzt schien sie ganz bewußt zu sein: es kam ihm vor, als verzerrte sich ihr Gesicht in einem bösen Lachen, als zwinkerten ihre Augen boshaft – aber was ging ihn das alles jetzt an!

Weit mehr beschäftigte ihn die merkwürdige Tatsache, daß weit und breit kein Mensch zu sehen war, daß niemand den gräßlichen Schrei gehört hatte, daß die Entfernung vom Ufer bis zur Straße sich ins Unermeßliche zu steigern begann und daß es noch so merkwürdig hell war, obwohl die Dämmerung schon längst eingebrochen sein mußte – aber das, was ihn am meisten in Erstaunen setzte, war eine Droschke, die in schnellem Galopp heransauste.

Aber er hatte keine Zeit zum Grübeln, zum Erforschen all dieser seltsamen Zusammenhänge – er winkte der Droschke, und als erwartete der Kutscher diesen

Wink, fuhr er heran und wartete mit einer nachlässig-gleichgültigen Diskretion.

Dies alles kam ihm mehr als seltsam vor, ein geheimnisvolles Rätsel. Aber er hatte keine Zeit, es zu enträtseln, er faßte das Weib um den Leib, wollte sie auf die Arme nehmen, aber sie ging schon mit eigenen Kräften – er warf dem Kutscher die Adresse zu – merkwürdig, daß sie sich einen Augenblick tief in die Augen blickten – wollte noch etwas überlegen, aber dazu würde er ja noch genug Zeit finden.

Jetzt empfand er nicht die geringste Müdigkeit – im Gegenteil, er befand sich in einer merkwürdigen Aufregung, als hätte ihm jemand süßes Morphiumgift in die Adern eingespritzt. Er hörte nur unaufhörlich den entsetzlichen Schrei, in dem sich ihm zuerst das tiefste Geheimnis der Straße offenbart hatte.

Jetzt, jetzt endlich hatte er begriffen, was seine künstlerische Ohnmacht und Unfähigkeit war – jetzt wurde es in seiner Seele sonnenklar: bisher hatte er die Straße gemalt, so wie sie war, stumm und öde, denn er konnte ihren Schrei nicht malen – er hatte ihn bis jetzt nie gehört – oh! wie unsagbar glücklich er jetzt war, daß sich ihm endlich die Tore zu dem geheimen Tabu, wo das Geheimnis verborgen war, geöffnet hatten!

Endlich blieb die Droschke stehen.

Wieder wollte er sie auf seine Arme nehmen, aber sie ging schon mit eigenen Kräften; erst auf der Treppe wurde sie schwach – er fing sie in seinen Armen auf und trug sie in sein Atelier.

Zugleich entsann er sich, daß der Kutscher gar nicht gewartet hatte, bis er ihn bezahlte, sondern schleunigst davongefahren war.

Solche Dinge geschehen nur im Traume, dachte er.

Er öffnete die Tür zu dem Alkoven, in dem nur Platz für ein Bett war, und legte sie auf das Bett.

»Kleiden Sie sich aus und legen Sie sich nieder – ich werde Feuer im Ofen machen – werde Ihnen die Kleider und die Wäsche trocknen – inzwischen hüllen Sie sich in meinen Pelz« – er nahm den Pelz vom Türhaken – »und sofort ins Bett! Jetzt gehe ich ins Atelier – zu schämen brauchen Sie sich nicht – wir sind ja durch eine Wand getrennt – ich bitte Sie inständigst, daß ich Sie in einer Viertelstunde im Bett antreffe – was zum Trocknen ist, legen Sie hier auf diesen Stuhl.«

Dies alles hatte er in einem befehlenden und fast rohen Ton gesprochen. Sie sah ihn durchdringend an mit einem Blick, der ihn beunruhigte. Er wußte nicht: war es verkrampfter Schmerz, war es spöttischer Hohn – aber diesmal: ängstlich sah sie ihn an, ganz ratlos und wirr, als suchte sie die hin und her flatternden Gedanken zu sammeln – und schloß die Augen.

»Haben Sie keine Angst vor mir«, sagte er jetzt schon ganz milde, »ich werde Ihnen, weiß Gott, nichts Böses tun – ich möchte nur nicht, daß Sie sich tödlich erkälten ...«

Jetzt öffnete sie wieder die Augen, aber diesmal mit dem Blick des stummen Schreis, den er erhascht hatte, als er sie aus dem Wasser ans Ufer zog.

Er wich diesem Blick aus.

»In einer Viertelstunde komme ich wieder – ich werde inzwischen Tee kochen.«

Er schloß die Tür hinter sich und ließ sie allein.

Er machte Feuer in dem eisernen Ofen und blies die Kohlen im Samowar an.

Er wollte etwas überlegen, über etwas tief nachdenken, aber für dies alles hatte er ja Zeit genug, und so wartete er geduldig, bis das Wasser im Samowar zu summen und bald darauf zu kochen begann, suchte aus irgendeiner Ecke eine Tasse hervor, reinigte sie peinlichst, bereitete den Tee und klopfte an die Tür des Alkovens.

Als er nach geraumer Zeit keine Antwort bekam, trat er ein.

Sie hatte alles getan, was er ihr befohlen.

Sie lag auf dem Bett, eingehüllt in seinen Pelz, hatte sich mit der Decke zugedeckt, auf dem Stuhl lagen ihre Kleider, von denen unablässig Wasser troff und auf dem Boden eine Lache bildete.

»Ausgezeichnet! So gefällt es mir!« Gasztowt schlug

einen leichten Ton an, aber ihr gehässiger Blick ließ ihn schweigen.

»Trinken Sie jetzt den heißen Tee«, warf er so nebenbei hin – »dann werden Sie schlafen – ich selbst bin verteufelt müde.«

Sie antwortete nicht und regte sich nicht.

Er machte keine weiteren Umstände, schob einen Arm unter ihren Nacken, richtete sie mit sanfter Gewalt auf, goß eine Tasse heißen Tee in sie hinein, bettete sie wieder auf die Kissen – nahm, was er auf dem Stuhl vorfand, und ging hinaus.

Er schloß die Tür hinter sich – hängte ihre Kleider auf einer Schnur rings um den heißen Ofen auf und dachte jetzt nur daran, daß er nicht einschlafen durfte – es könnte Feuer ausbrechen und seine Schutzbefohlene würde vom Regen in die Traufe kommen und bei lebendigem Leibe verbrennen.

Aber er versuchte nicht diesen grauenhaften Gedanken zu Ende zu denken, auch nicht sich die Lage klar genug vorzustellen: wie vom Blitz gerührt, taumelte er zum Sofa – sah nur noch, wie aus einer Ritze sich der gräßliche Kopf eines ungeheuerlichen Tausendfüßlers herausarbeitete, sah, wie das ekle Gewürm in seinem Atelier herumkroch, in anderen Ritzen verschwand und wieder zum Vorschein kam und ihn anstarrte mit Augen, die so groß waren wie Mondscheiben – und in ihnen sah er das höllische Brückenjoch, das sich in den Himmel hinaufwölbte, und tief darunter zwischen den Pfählen das schwarze, verfaulte Gewässer – die Pfähle zitterten von dem rasenden Gewoge dieser flüssigen Lava, die sich aus dem tiefsten Lebenskrater zu ergießen schien, sein Atelier krachte und bebte – er hörte nur noch den entsetzlichen Schrei einer Sturmsirene, der allmählich verebbte und sich in leise, weitferne Schallwellen auflöste – er wollte noch den Arm ausstrecken, um etwas Kohlen in den Ofen zu werfen, aber er war nicht mehr fähig, eine Bewegung auszuführen …

III

Als er erwachte, konnte er sich nicht zurechtfinden, wo er eigentlich war.

Als hätte sich eine schwarze, öde, dumpfe Nacht um ihn gebreitet.

Und in dieser Nacht hörte er das Brausen aus weiter Ferne heranflutender Wogen – näher, noch näher – jetzt sah er sie schon ganz deutlich, wie sie sich immer höher emporwälzten, sich in der Höhe stauten, zu einem himmelhochragenden Wasserwall emporwuchsen, meilenbreit, im Donner des Jüngsten Gerichts, und höllischem Gebraus ... Und er sah den grauenhaften Wall noch immer anwachsen, ihn näher und näher auf sich zukommen in gewaltigen Sprüngen, als wälzte er sich über hochragende Kämme unterseeischer Gebirgsketten – jetzt sah er die entsetzliche Springflut wie eine taumelnde Mauer dicht vor sich – jetzt, jetzt mußte er einen furchtbaren Schrei hören, denn dieser Wasserwall mußte ihn mit der Schwere eines Wolkensturzes unter sich begraben und ihn zu Brei zermalmen.

Aber er hörte keinen Schrei ...

Und wieder wälzten sich von den Rändern des Horizontes neue Flutwellen heran, noch mächtigere Wasserkonvoluten, aber auch diese brachen unter ihrer eigenen Schwere zusammen, stürzten in die Tiefe, lösten sich in meilenbreite Schwaden, ergossen sich mit seichter Flut über den Ufersand – und auch jetzt hörte er keinen Schrei, nur eine demütige Anbetung der sandigen Untiefen im leisen Gewimmer.

Er horchte gespannt in sich hinein: ein gespenstisches, schauerliches Lied, irgendwo auf der Straße geboren – aber nein! es war kein Lied, denn er konnte keine bestimmten Gehöreindrücke unterscheiden – das, was er empfand, war eher eine Reihe schnell aufeinanderfolgender schmerzhafter, seelischer Erschütterungen: die Schauer düsterer Balladen, frostiger, eiskalter Glanz verzweifelter Litaneien, Mark und Bein erschütternde Psalmodie von Grabgesängen, das keuchende Gestöhn von Sturmglocken, das das Blut zu Eis erstarren läßt –

aber er hörte nicht den Schrei, in dem sich doch das tiefste Geheimnis der Straße ihm offenbart hatte.

Im Gegenteil:

Etwas in ihm wurde zu einem bodenlosen Trichter, worin sich ihm das ganze All lautlos in abgründige Tiefen zu ergießen begann – ihn würgte eine dumpfe, schwüle Stille, er selbst löste sich in Teile und Teilchen auf, fing sich an zu verlieren, im Himmelsall zu zerfließen und mit ihm zusammen in dem dunklen Abgrund des Trichters zu versinken ...

Und doch hatte er einen Schrei, einen gewaltigen Schrei gehört, der die ganze Welt aus den Angeln hob – wann – wann war es nur?

Dieser Schrei! Dieser Schrei!

Es begann langsam in ihm zu dämmern.

Aber das alles war wohl nur ein Traum ...

Er warf den Pelz ab – wieso mochte nur der Pelz hierhergekommen sein? – setzte sich aufs Sofa und sah sich um: die Tür zum Nebenzimmer war offen – er stand auf und sah hinein: niemand war dort – nur eine Wasserlache auf dem Boden rief ihn in die Wirklichkeit zurück – also war das alles doch kein Traum – alles: die wirklichste, sonnenhelle Wirklichkeit!

Sie war also aufgestanden, hatte sich angekleidet, als er im tiefsten Schlafe lag, war witzig genug, ihn zum Spott mit dem Pelz zuzudecken, und war ihrer Wege gegangen.

Wie das alles unsagbar lächerlich war!

Wie schauderhaft lächerlich und dumm und albern! Oh, die Straße hat schon ihren Witz, einen boshaften, schmerzhaft bissigen Witz!

Und er empfand eine tiefe, qualvolle Scham, aber nur einen Augenblick, denn gleichzeitig hörte er den ersten Vers des Bußpsalmes, mit dem seine wahnsinnige Mutter ihn der Kunst angetraut hatte:

›Alle Scham und Schande wird dir auferlegt werden, und du wirst sie tragen!‹

Und gleich, zugleich vergaß er alles.

Er ging eine Weile in dem Atelier auf und ab – in seiner Seele fing es an zu wachsen und zu schwellen, sie erzitterte wie eine tausendsaitige Harfe unter reißenden Arpeggien, erdröhnte in gewaltigen Akkorden – breitete sich über ihre Pole hinaus, weil sie den Umfang dieser Übermacht von Tönen nicht fassen konnte, dieser ins Uferlose wachsenden Macht, um den großen Schrei zu gebären: das schauerliche Geheimnis, nach dem er so lange vergebens gefahndet hatte.

Und er sah jetzt den Schrei als einen gewaltigen Blitz, der die Luft in Fetzen riß, den Himmel in tiefe, feuerstrotzende Furchen zerpflügte und auf ihm eine Feuersbrunst entfachte von tollgewordenen Farben, in denen giftige Gase brennen, verspritzt von dem Gischt des kochenden Gemenges verschiedenartiger Metalle – und es sah aus, als ob die Regenbögen von entstehenden Welten in tödlicher Wut miteinander rangen.

So! Ja! so mußte der Himmel schreien!

Er spannte fiebernd die Leinwand über den Rahmen, wusch die Pinsel, zerrieb die Farben auf der Palette.

Und tief unten, hinter dem Rand des Horizontes, langsam sich heranwälzende Wasserwälle, bis hinauf in den Himmel sich emporstauend, über ihnen das übermächtige, höllische Brückenjoch – so! so!

Nur es nicht aus den Augen verlieren – daß nur nicht in den Ohren der Schrei erstirbt – jetzt würde er endlich die Synthese der Straße erschaffen – »der Straße!« schrie er gell auf.

Er pfiff, er lachte, er sang, peitschte sich hinein in die Ekstase des Schaffens, er biß die Zähne zusammen, denn das Feuer, das in seinen Adern raste, begann ihn zu schmerzen, in den Augen sprühten im wilden Zickzack die Blitze, die er vergebens zu verscheuchen suchte – seine Seele schütterte in ihren Grundfesten, um sich aus dieser vorschöpferischen Qual zu erlösen, und plötzlich kam der große Augenblick der Befreiung: ein verzücktes Herumschweifen trunkener Augen in dem unbegrenzten Raum überweltlicher Geheimnisse, er überschritt die heilige Schwelle: er erschauerte und erlöste sich in einer solch weltentrückten Sammlung und einer solchen übermenschlichen Anspannung aller Kräfte, daß er sein Dasein vergaß, in ganz anderen Dimensionen aufzuwachen glaubte – er hätte jetzt im lodernden Feuer stehen können und würde nicht gemerkt haben, daß er brannte.

Er wußte nur, daß sich in ihm jetzt ein schmerzhaftes Mysterium vollzog, aber er empfand keinen Schmerz – er fühlte deutlich, daß sich etwas in tiefster Not von dem Grund seiner Seele loslöste und sich zu einem neuen Leben umformte, aber er spürte nicht die Qualen der Geburt – es kam ihm vor, daß er nicht mit Händen arbeitete, sondern mit den Augen die Farben auf die Leinwand auflegte, sie mit dem Schrei, der sich seiner Kehle ohne sein Wissen entriß, zu heißer Glut entfachte – mit den Worten des irrsinnigen Bußpsalmes führte er die dumpfe, dämmrige Straße mit den tastenden Händen, den in dumpfer Verzweiflung taumelnden Schritten, in der Qual des Verlangens vertrockneten Augen in die Tiefe –; die Straße verröchelnder Seufzer, keuchender Schreie, die durch die Sturmflut des reißenden Stromes entzweigerissene Straße – und hoch über ihre Teile, hoch in den Himmel hinauf das höllische Brückenjoch – jetzt nur noch den Schrei, der die Luft in Fetzen reißt, den Himmel mit glühenden Farbenfurchen durchackert und auf ihm die Feuersbrunst besessener Farbenwut entfacht – jetzt nur noch dies eine!

Und im selben Nu verschwand in dem abgründigen Trichter die gischtige Flutwelle der Eingebung, zu Eis gefror sein Blut. Etwas hatte ihm wieder die Teufelsbrillen vor die Augen gesetzt, durch die er einen erbärmlichen, formlosen Farbenwirrwarr erblickte, ein jämmerliches, elendes Machwerk: seine Ohnmacht und die kindische Unfähigkeit, seine Vision in Wirklichkeit zu verzaubern.

›Lasciate ogni speranza!‹ er hatte Lust, es aus allen Kräften hinauszubrüllen, er wußte nicht, ob in furchtbarem Weinkrampf oder irrsinnigem Wutausbruch – er packte das Bild, warf es in die Ecke, taumelte auf das Sofa – in seinen Augen brannte schmerzhaft die Angst, sie schlug in kurzen, abgerissenen Rhythmen in seinen Stirnadern mit einer solchen Kraft, daß er deutlich fühlte, wie alle Blutgefäße platzten.

Woher nur diese höllische Ohnmacht?

Er hörte in sich ein rasendes Spottgewieher, ein wüstes Zähneklappern der Verdammnis – sein Kopf barst, und mit letzter, verzweifelter Anstrengung begann er sich zu beruhigen.

Er sprach sich zu, eindringlich und begütigend, sprach mit einem erstaunlichen Aufwand an überzeugendster dialektischer Kraft – er führte seine physische Erschöpfung ins Feld, seinen völligen Kräfteverfall infolge von Hunger und äußersten Entbehrungen usw. usw. – für das Argument, daß alle großen Künstler Hunger und Not gelitten hätten, brachte er tausend andere Argumente vor, die jenes zuschanden machten – mit seltener Geschicklichkeit parierte er in der Luft die schwersten Schläge, die ihn schon ganz zu zermalmen drohten, sprang behende beiseite, als er schon über ein tückisch gestelltes Bein stolpern und zu Boden fallen sollte, vertrat vor dem Tribunal der strengsten Richter eine Sache, die schon ganz verloren schien, mit solcher Begeisterung und Überzeugungskraft, daß selbst der Staatsanwalt, die Schuldlosigkeit erkennend, Freispruch beantragen mußte – denn im letzten Grunde lastete doch auf ihm der Fluch, mit dem seine eigene Mutter ihn beladen hatte: er sollte gezwungen werden, das Brot zu essen, das durch die Harpyien besudelt ward, aus stinkenden Pfützen seinen Wein zu trinken und bei den Aussätzigen Herberge zu suchen …

Dieser Fluch war unabwendbar, dagegen konnte keine weltliche noch himmlische Macht etwas ausrichten.

Er war erlöst und reingewaschen.

Und nach diesem unsagbar wohltuenden Freispruch hätte er sich nun ganz wohl fühlen müssen – ganz gewiß – hätte ihm nicht die Erinnerung an seine gestrige Schandtat das Gehirn mit brennender Scham zermartert.

Wie konnte er nur so erbärmlich handeln und einen Menschen gegen seinen Willen retten!

»Retten!« brüllte er heiser auf.

»Retten!« wiederholte er und grinste: das war doch tausendmal schlimmer, als hätte er sich hinterlistig in ein fremdes Geheimnis eingestohlen, als hätte er einen fremden Brief überm Dampf geöffnet oder jemanden durch das Schlüsselloch belauscht!

Jetzt wurde er ernstlich auf sich böse.

Was würdest du, Rohling, der du bist, dazu sagen, wenn dich irgendein Dummkopf gerade dann ›retten‹ wollte, wenn du endlich, übersatt vom Leben, von Ruhm und Hunger, beschlossen hättest, dich vom Sein in das Nichtsein hineinzubugsieren?!

Rettung! nennen sie das! Ha, ha, ha! Gasztowt schüttelte sich vor bösem Lachen – ach! wie gemein, wie nichtswürdig!

Gewaltsam die Seele an den Körper anschmieden wollen, die sich mit allen Kräften in das Jenseits loszureißen versucht – die todmüde Seele nach der gräßlichen Wanderung durch die allzu lange, stinkende, unflätige Gasse, die sich Leben nennt – sie wieder hineinpferchen in das Aasgehäuse, das sie voll Ekel und Abscheu endlich verlassen wollte – oh! das ist gemeiner und niederträchtiger, als würde man einen Sklaven, dem man soeben die Freiheit geschenkt, wieder in seine finstere, modrige Gruft zurücktreiben!

Gemein und dumm hatte er gehandelt! Jetzt konnte er nur allzugut verstehen, daß sie so insgeheim sich aus seinem Atelier weggestohlen hatte – sie wollte ihm nur die tiefe und brennende Scham ersparen – ihm und sich selbst, denn zweifellos hatte sie sich für ihn schmerzlich geschämt.

Jedenfalls war die Geschichte noch immerhin günstig abgelaufen, insofern als niemand dieses dumme, lächerliche Abenteuer beobachtet hatte – sonst hätte er sich auf der Polizei melden müssen, sich dort legitimieren, lang und breit erzählen, wer er sei, wie er dazu käme, ein wildfremdes Weib zu retten, wozu er doch keine polizeiliche Befugnis hätte, sein Name wäre wahrscheinlich wegen groben Unfugs in die Zeitungen gekommen, und damit hätte er glücklich den Gipfel der himmelhoch ragenden Lächerlichkeit erklommen.

Und als er sich das alles gründlich überlegte, beruhigte er sich vollkommen.

Er zündete sich eine Zigarette an und streckte sich langhin auf das Sofa.

Den Kopfschmerz empfand er, als hätte sich in seinem Hirn ein angenehmes, glutloses Feuer entzündet, und das quälende Zucken und der stechende Schmerz in den Extremitäten kam ihm als etwas angenehm Prickelndes vor – und als er sich tiefer in die Analyse des Schmerzes vergrub, mußte er darüber lachen, daß man sich seiner nach Kräften erwehrt, wo er doch, überkippend, ein enormes Lustgefühl auslöse – und gleichzeitig fühlte er, daß er sich verdoppele – ganz gewiß, in zwei distinkte Wesen spalte – und behorchte mit größtem Vergnügen das listige und außerordentlich geschickte Gespräch, das der andere mit dem Weibe angeknüpft hatte.

Er hatte sie nämlich zufällig auf der Straße getroffen – und das war außerordentlich günstig, denn er wollte unter allen Umständen eine kleine Aussprache herbeiführen und nötigenfalls erzwingen, um sich zu entschuldigen und seine Gründe klarzulegen, warum er diese schändliche Tat begangen hatte.

Auf diese Weise würde er auch dem Lächerlichen an dieser ganzen Sache die Spitze abbrechen.

Aber sie schien ihn gar nicht anhören zu wollen, denn sie ging schnell weiter, und so konnte er ihr nur bruchstückeweise die ganze Sache vortragen.

Er kenne sie nämlich schon seit längerer Zeit, er habe sie öfters gesehen, und immer habe er sich für sie in hohem Maße interessiert.

Gasztowt hörte erstaunt die frechen Lügen seines Doppelgängers an und war gespannt, wozu sie dienen sollten.

Er beschrieb ihr das Glück des Künstlers, der sich eine ganze – ja wirklich! mehr als eine ganze Woche die Mühe gegeben hatte, die unsagbare Grazie ihrer Bewegungen im Gedächtnis festzuhalten, sich den seltsamen Ausdruck ihrer Augen einzuprägen; und so werde sie sich auch die Qual dieses Künstlers vorstellen können, in dessen Gehirn das Gesicht des Weibes greifbar lebendig war – doch wenn er in sein Atelier kam und es malen wollte, verschwand alles wie weggefegt – deshalb, nur deshalb sei er ihr gefolgt, habe sich wie ein Schatten hinter ihr hergeschleppt …

Wozu nur diese blödsinnigen Lügen? dachte Gasztowt erstaunt. Er war immer mehr gespannt, wie die Sache ablaufen würde.

Sie müsse ihm das nicht übelnehmen, denn ein solches Modell zu finden, wie sie sei, das käme selten vor, ein solches Glück sei selten einem Künstler beschieden … Und so, nur so sei es gekommen, daß er die schändliche Tat der Rettung ausgeführt. Das war gemein, brutal, niederträchtig, daß er sie daran gehindert habe, sich von dem widerlichen Leben zu erlösen, aber so sei nun einmal seine Seele: brutal, zynisch, egoistisch – für sie bedeute ein noch nicht gemaltes Bild tausendmal mehr als das größte Glück eines Mitmenschen.

Warum lüge er so dumm, frech und naiv? was bezwecke er damit? fragte sie plötzlich und blieb stehen. Er habe sie doch niemals früher gesehen, seine dumme Rettung sei doch nur das Werk eines infamen Zufalls – und jetzt solle er sich zum Teufel scheren.

Recht so! das geschieht dir recht für deine infamen Lügen! Gasztowt rieb sich vergnügt die Hände.

Nun war der andere ganz zerknirscht und zermürbt.

Ja, er verdiene ihre heftigen Worte, sie könne ihn noch ganz anders strafen für seine Lügen, aber er habe sie nur deswegen vorgebracht, um seine rohe Tat ein wenig zu mildern und seine eigene Scham zu betrügen – da ihm das nicht gelungen sei und sie sein Lügengewebe durchschaut habe, so müsse er die reine Wahrheit sagen … Das, was er getan hatte, geschah nicht in irgendeiner schlechten, ordinären Absicht – nein! im Gegenteil – es war nur eine reine Reflexbewegung … Er konnte doch nicht wissen, daß sie den Sprung über die Brückenbarriere absichtlich riskieren wollte, eher mußte er voraussetzen, daß es ein unglücklicher Zufall war – ein plötzlicher Schwindelanfall, den er übrigens auch verspüre, wenn er von der Höhe in die Tiefe und namentlich ins Wasser hineinblicke, und es sei ja bekannt, welche enorme Anziehungskraft das Wasser auf den Menschen ausübe, das habe bereits Goethe gewußt und es eindringlich in seinem ›Fischer‹ geschildert.

Gasztowt fieberte. Seine Gedanken tummelten sich in den unglaublichsten Sprüngen, rissen fortwährend, er verlor den Zusammenhang und wurde schließlich sehr gereizt.

Das ist alles Blödsinn und krankhaftes Gefasel! Wenn er jetzt die absolute Notwendigkeit empfand, auf die Straße zu gehen, so brauchte er doch für diese Tatsache keine so blödsinnigen Vorwände aufzuführen.

Er wollte das Weib doch sicher nicht aufsuchen, in Grund und Boden müßte er sich vor ihr schämen, ja geradezu vor Scham vergehen, sollte er sie zufällig treffen – wenn er also jetzt durchaus und unter allen Umständen auf die Straße hinaus wollte, so nur deswegen, um seinen brutalen Hunger zu stillen, er fühlte ja die Zunge wie einen trockenen, verbrannten Fleischfetzen – dabei hämmerte es in seinem Kopfe, als müßte der Schädel auseinanderspringen.

Deswegen, nur deswegen mußte er jetzt auf die Straße gehen!

In seiner Seele wuchs immer tiefer bebende Angst, keuchender Schreck und kranke Unrast.

Nur ein Gedanke band ihn mit starken Fesseln an die Wirklichkeit: wie konnte er auf die Straße gehen, da er doch keinen Sou bei sich hatte?

Daß er nicht gestern daran gedacht, als er dem Droschkenkutscher winkte – was wäre das für ein widerlicher Skandal gewesen, wäre der Kutscher nicht so diskret verschwunden!

Aber er hatte jetzt keine Zeit, über die Folgen nachzugrübeln – er mußte auf die Straße – er mußte seinen

Heißhunger um jeden Preis stillen, und mit kranker, irrsinniger Energie – nur auf die Straße zu kommen – stürzte er sich auf die Suche nach Geld, das doch in irgendeinem geheimen Schubfach verborgen sein mußte oder irgendwo, in guten Zeiten ganz vergessen, sich unter die Leinwand verirrt haben konnte ...

IV

Eine gute Stunde war verstrichen – vielleicht mehrere – er wußte es nicht.

Gasztowt sah sich fast triumphierend in seinem Atelier um.

Der Schweiß rann ihm von der Stirn, denn er hatte sich schwer abgearbeitet.

Er hatte geglaubt, er müßte doch in irgendeinem Winkel etwas finden. Es kommt doch öfters vor, daß ein Geldstück aus der Westentasche herausfällt oder auch aus der Hosentasche, wenn man zum Beispiel das Taschentuch herauszieht – wenn man nur gründlich suchte, müßte es sich irgendwo auf dem Boden vorfinden.

Und mit größter Achtsamkeit durchsuchte er und durchwühlte die ungerahmte Leinwand, die in hohen Stößen überall auf dem Boden umherlag – vergebens ... Da erinnerte er sich, daß er einmal in einem Buche einen Fünffrankschein gefunden hatte, wahrscheinlich hatte er in seiner Zerstreutheit diesen Schein in ein geöffnetes Buch gelegt – da hatte jemand an die Türe geklopft, und er hatte wahrscheinlich das Buch zugeklappt – na also! Warum sollte diesmal nicht etwas Ähnliches geschehen sein?

Er durchblätterte die wenigen Bücher, die er noch besaß; aber das Wunder wollte sich nicht wiederholen.

Er hatte tatsächlich Grund genug zu triumphieren. Von vornherein hatte er doch gewußt, daß er nichts finden würde, und doch hatte er sich durch eine dumme Hoffnung, es müßte ein Wunder geschehen, nasführen lassen.

Gott sei Dank, daß er noch ein paar Zigaretten hatte!

Er zündete sich eine an, tat ein paar gierige Züge und empfand für einen Augenblick etwas wie einen Lichtblick – aber nur für einen Augenblick!

Er hatte wühlende Kopfschmerzen, ein unangenehmes Brennen in den Augen, die trockenen Lippen waren verklebt vom weißen Speichel des Fiebers. Der Zigarettenrauch machte ihn schwindlig, und über seine Augen fiel ein nebliger Dunstschleier. Er sank auf das Sofa, das unter seiner Last schmerzlich aufstöhnte, was ihn höchlichst verwunderte, weil es ihn dünkte, er habe infolge der Auszehrung jegliches spezifisches Gewicht eingebüßt.

Ja, das war Hunger – ein ganz ordinärer Hunger, ein Gefühl für sich, etwas, das jeglichem analytischem Versuche spottete und bei den mühsamsten gedanklichen Kombinationen nicht einen Bruchteil übrigließ, da es restlos in sich aufging.

Zweifellos!

Zwei in zwei geht einmal – bleibt kein Rest – Hunger in Hunger bleibt ewig Hunger:, dagegen hilft nichts.

Schläfrigkeit befiel ihn allmählich, seine Glieder begannen sich zu lösen, wie Homer sagt, und vielleicht wäre er eingeschlafen, hätte ihn nicht das widerliche Gefühl des klebrigen Speichels gequält, den er nicht los werden konnte: er stand vom Sofa auf, trank ein Glas Wasser und noch ein zweites, blieb wieder mitten im Atelier stehen und sah sich wieder in steigendem Triumphgefühl um.

Er hatte sich auch nicht einen Augenblick geirrt. Hätte er noch einmal alles aufs peinlichste durchsucht, selbst den Staub durchgesiebt, nicht einen Pfennig hätte er gefunden – Leinwand war genug da, und alles so schön bemalt, aber was gingen ihn jetzt seine Bilder an! Eher hätte er vor Hunger krepieren können, bevor er für sie einen Käufer fände – sie waren über jeden Preis erhaben.

Was waren die Visionen des wohl durch Tollkraut hervorgerufenen Deliriums eines Hieronymus Bosch, die ungeheuerlichsten Phantasmagorien eines Goya, die opiatrischen Halluzinationen des Ensor, die unzüchtigsten, satanischen Offenbarungen eines Rops, die schauerlichen, vom wüstesten Haß geifernden Grotesken des großen Daumier, oder die unbeholfenen, grandiosen Scheußlichkeiten eines Witz im Vergleich zu dem, was er geschaffen hatte!

Tiefer als sie alle vermochte er in die tiefsten Abgründe der menschlichen Seele zu schauen, aus den finsteren, unterirdischen Gängen hatte er die dort kauernde menschliche Bestie ans Tageslicht gezerrt, die apokalyptische Bestie, die nach Mord und Marterqualen lechzt, sich in den widerlichsten Unzuchtsorgien wälzt, sich am Blute nicht satttrinken kann und in einem Samenüberfluß schwelgt, aus dem ein noch niederträchtigeres Geschlecht erstehen soll.

Bis an das Magma jeglichen Daseins war er gedrungen – und dies Magma war der Hunger.

Und er malte den Hunger, immer und immer wieder den Hunger, den nie gesättigten Hunger, den zu stillen nichts imstande ist.

Er malte den Hunger des Verlangens und der nimmersatten Geschlechtsdämonen, der in seinem satanischen Überschwange nach Blut schrie, den Hunger der Macht und des Ruhmes, der eine ganze Welt in Trümmer legte, in den Eingeweiden der Erde Konvulsionen hervorrief und auf dem Himmel die Wolken zu wüstesten Ungeheuern zusammenballte: gräßlichen, vorsintflutlichen Reptilien, die mit riesigen Zähnen aufeinander einhackten, verzweifelt miteinander rangen, um sich in Stücke zu reißen – er malte den Durst der Erkenntnis und des Verlangens, die letzten Dinge zu erfahren: den geradesten Weg zum Irrenhaus, in dem sich Götter in einer unerhörten Majestät völligen Stumpfsinns und Idiotie tummelten – der ewigen Verdammnis verfallene Philosophen, die ihre Schädel an eisernen Toren zertrümmerten, so daß das Gehirn herumspritzte, und unter diesen besessenen, tollwütigen Furien der mächtige Dalai-Lama, der jegliches Wissen besessen hatte: aus den tief eingefallenen, übermäßig geweiteten Augen schlugen die Flammen des Wahnsinns heraus – von dem nackten Skelett, das mit einer in tiefe Falten gefurchten Pergamenthaut überzogen war, hing in Lumpen und Fetzen ein verschlissener Purpurmantel herab, und das Haupt krönte eine unsagbar lächerliche, aus Stroh geflochtene Tiara.

Aber grauenhaft und wirklich satanisch wurde der Hunger, als er sich als heilig zu gebärden begann. Der heilige Hunger, der Tausende und Abertausende auf uneinnehmbare Wälle trieb, die Gräben mit Leichen anfüllte und aus den zu Stücken zerrissenen, vom Kugelregen durchsiebten Menschenleibern lebendige Brücken schuf, über die neue Heerscharen vorwärts stürmten, um einen neuen Wall für die noch Überlebenden zu schaffen, ohne Ende, ohne Maß, damit endlich der Sieger die Siegesfahne auf der Feste aufpflanzen konnte, inmitten des dampfenden Blutnebels und des ächzenden Gestöhns der Sterbenden, die Siegesfahne mit der gott- und menschenschänderischen Aufschrift: es sei süß und ehrenvoll, für das Vaterland zu sterben!

Der Hunger, einzudringen in das Reich des ewigen Lichtes – der heilige Hunger, der ein wehrloses Volk nach dem anderen mit Stumpf und Stiel ausrotten, auf der ganzen Erde Scheiterhaufen erstehen ließ, auf denen man zahllose Märtyrer schmauchte, der den Menschen sich an Erfindungsgeist von immer neuen Martern selbst mit dem allergrausamsten Jehova messen ließ, und alles um der größeren Ehre des Herren willen – ja! dieser Hunger war fürwahr gräßlich, grauenhaft, übermächtig in seinem wahnsinnigen Überschwange, in seiner alles zermalmenden Tollwut – aber grenzenlos lächerlich war der Hunger des einschrumpfenden, unwillig brummenden Magens des Priesters der Kunst!

Das war schon eine groteske, chimärenhafte Karikatur des Hungers – der gemeine, stumpfsinnige, blöde Sancho Pansa eines erhabenen Don Quijote, ein dummer, aufdringlicher, widerwärtiger Famulus, der einen göttlichen Faust, welcher eben in himmlischen Wundern untergetaucht ist, fortwährend an seinem Rocke zupft –

nichts im Vergleich damit ein quälendes Schlucken, das einen mitten in der intensivsten Liebesekstase befällt, und nichts die Lächerlichkeit eines plötzlichen Zahnschmerzes, der die Himmelfahrt eines in erhabensten Visionen schwelgenden Dichters begleitet.

Gasztowt krümmte sich vor höhnischem Lachen – und dies alles um der Kunst willen!

Nun hatte er Lust, sich auf seine Bilder zu stürzen, sie in Stücke zu reißen, auf einen Haufen zu sammeln, ihn anzuzünden und sich zu freuen an dem Prasseln der Ölfarben, seine Augen zu sättigen an dem stinkenden Rauch, der dem blakenden Leinwandhaufen entsteigt – aber er hatte keine Kraft dazu – und mit jähem Ruck befiel ihn eine entsetzliche Langeweile.

Es kam ihm vor, als sei die ganze Welt nur ein riesenhafter Leviathan, der ihn – den Propheten Jonas – einst hinuntergeschluckt und ihn jetzt aus dem vor gräßlicher Langeweile gähnenden Rachen auf das Eiland des elenden Sofas herausgeworfen habe – und alles ringsumher gähnte: das Sofa langweilte sich im schneidenden Gekreische der verrosteten Sprungfedern unter der Last des auf ihm gähnenden Menschen – scheußliche Langeweile gähnten seine Bilder mit ihrem öden, ausgemergelten Symbolismus, aus jeder Ecke schnaufte unwillig die Langeweile, und selbst seine Stiefel, auf die er jetzt sein besonderes Augenmerk richtete, schienen zu gähnen, denn die Sohlen lösten sich bedenklich von dem Oberleder.

Und seine Langeweile nahm so verzweifelte Dimensionen an, daß er gar nicht fühlte, wie die Angst und das Grauen des morgigen Tages immer höher in ihm stiegen und mit den scharfen Zähnen eines Ichneumons seine Nerven zersägten.

Als er sich endlich auf sich selbst besann, empfand er tiefe Scham: über seine Wangen rollten Tränen des Verlassenseins, der Ohnmacht und des tiefen Schmerzes.

Nun, das war des Guten zuviel. Das fehlte noch! Wütend über sich selbst, ballte er die Fäuste, aber die milde Mitternachtssonne des Verzichtes und der Ergebenheit beruhigte die Flutwelle des Zornes.

Jetzt hatte er das Gefühl, als säße er auf dem Gipfel einer Anhöhe in einem bequemen Schlitten auf frisch gefallenem Schnee. In der Tiefe blaute dämmernd ein Tal, und vor ihm stieg wieder eine andere Anhöhe auf, mit einem noch höheren Gipfel.

Eine unsichtbare Hand stieß den Schlitten ab – wie im Fluge sauste er hinab ins Tal, und die Wucht des Anlaufes war so stark, daß er noch den anderen Gipfel erreichen konnte.

Nun sah er hinab in die Tiefe: dort unten eine Straße, die ganz im elektrischen Lichte badete – auf den Trottoirs wimmelten Menschen wie in einem Ameisenhaufen, und mitten durch die Straßen sausten die elektrischen Straßenbahnen.

An seine Ohren drang das dumpfe Geräusch und Gerassel der Straße – er sah die Menschenwogen, die aufeinander zuströmten, einander auswichen, dann sich wieder stauten und von neuem vorwärts fluteten – und er empfand Sehnsucht, sich in diese Flutwellen hinabzuwerfen und von ihnen getragen zu werden, gleichgültig, an welches Ufer sie ihn bringen würden.

Etwas zog ihn gewaltsam auf die Straße hinab. Mechanisch suchte er seinen Hut und seinen Stock, aber da er weder das eine noch das andere sofort finden konnte, wollte er sich mit dem Suchen nicht überanstrengen, um so mehr, als er ja ausgehen konnte, wann er nur wollte – die Zwischenzeit konnte er gut ausnützen ... Ausruhen mußte er, denn er empfand im Gehirn dumpfe Schläge, wie beim Holzhacken in der Kehle eine Trockenheit, als ob er heißen Wüstensand geschluckt hätte, und in den Fingerspitzen ein unangenehmes Prickeln, als hätte man ihn mit feinen Nadeln gestochen.

Er hatte ja noch Zeit, auf die Straße hinauszugehen und maßlos bis zum völligen Rausch das übermächtige Symbol des menschlichen Hungers: die Straße – in sich einzuschlürfen.

Und niemand hatte bis jetzt die Straße gemalt, zu malen vermocht!

Ja richtig! Delacroix – sein Barrikadenkampf! Dieser

höllische Heißhunger nach Freiheit! Großartig – übermächtig – ja! das ist wahr, aber das war noch nicht das – das Letzte – das Restlose! Da sollte ein wahnsinniger Satan Weiber, Greise und Kinder hinter sich herschleppen und sie zu neuen Barrikaden einstampfen – die Mauern sollten mitkämpfen, denn die Mauern der Straße sind lebendige Wesen, gieriger, rachsüchtiger noch als der Mensch …

Die Straße zu malen! O Seligkeit, o unsagbare Schönheit!

Eine priapische Straße, um die Mitternacht herum, mit einer Herde hungriger, verschlagener, heimtückischer Weibchen, hinter ihnen wie brünstige Hengste verknäultes Gemenge von geilen Satyrn, oh! dieser höllische und so unendlich lächerliche Hunger des ragenden Phallus!

Eine Straße, überdicht bevölkert mit einer zahllosen Menge von Krüppeln, Prostituierten, Zuhältern, Dieben, Messerhelden, die sich trunken nach dem stinkigen Nachtasyl hinwälzen –

Eine Straße mit der verächtlich grinsenden Pfandleihe, zu deren noch verschlossener Pforte eine gottvergessene, nach vertierendem Rausch lechzende Menge sich während der Karnevalszeit drängt: das Letzte wird verpfändet – Aschermittwoch vor der Tür – der Hunger des morgigen Tages fletscht grinsend die Zähne, aber was ist der Hunger des Magens gegen den wütenden Hunger, noch das Heute zu genießen – einmal noch, das letzte Mal, in trunkener Gier, in wütender Brunst, in verreckendem Betäubungsverlangen –

Und eine Straße, streng, ernst und hoheitsvoll, wie das Gesicht eines an Größenwahn leidenden Jehovas, steil hinanlaufend und abgeschlossen durch ein mächtiges Heiligtum: die Börse – und höher noch, den Montmartre-Berg hinan, einem blödsinnigen, in den Delirien der Rückenmarkschwindsucht erzeugten Versailles vergleichbar: ein unermeßliches Bordell, das liebend mit weiten Armen die ganze Stadt rings umfängt – und über alldem thronend auf dem höchsten Gipfel ein schlotterndes, greisenhaft greinendes Sacré-Cœur, zu dessen Füßen der erste konsequente und überzeugte Atheist auf dem Scheiterhaufen schmort!

Auf den Armen des in den Himmel ragenden Kreuzes, auf der Kuppel der Basilika, sitzt rücklings der Satan, spielt die Flöte mit unsagbar lustiger Gebärde und lockt und lockt:

›Kommet alle zu mir, die ihr beladen seid!‹

Ha, ha, ha! Gasztowt wälzte sich in verkrampftem Lachen. Die Straße, die Straße, die Straße! dröhnte es in seinen Ohren.

Er war besessen von der Vorstellung der Straße.

Die Straße des unzüchtigen Handels und Feilschens, die Straße der Geschlechtsgier und widerlicher Unflätigkeit, die Straße des Meuchelmordes und verbrecherischer Liebeshändel, die Straße der freudetrunkenen Hoffnungen und in konvulsivischem Verzweiflungsgeheul sich wälzenden Enttäuschungen, die Straße der Mastschweine, die nicht einmal Zeit haben, siebenmal am Tage zu sündigen wie jene, die den Gerechtesten zugezählt werden, und die Straße, auf der die Märtyrer der Liebe schleichen mit roten Geschwürkränzen um die Stirne, die Straße, über die zahllose Särge ziehen während der Pestzeit, über die der sinnlose Karnevalstrubel rast, oder im triumphierenden Paradeschritt die Reste der stolzen Untertanen einherstolzieren, die mitleidige Kanonen als Futter verschmäht haben, oder die eine zahllose Menge derer, die nicht arbeiten, aber essen wollen, verrammelt hat.

Die Straße!

Gibt es ein mächtigeres Symbol des menschlichen Lebens – eine gewaltigere Offenbarung des alle Himmel und Höllen des Daseins umfassenden Hungers?!

Er fieberte.

Jetzt mußte er auf die Straße hinaus!

Jetzt wird er einem Fetischisten nachschleichen, der mit einer Unzahl von Vorsichtsmaßregeln auf den Augenblick lauert, wo er einem Mädchen den Zopf abschneiden kann – dort wird er auf einen Viertelsekundenblick die Hand eines Taschendiebes erhaschen, die in dem Frauengewühl an einem Schaufenster mit den modernsten Hüten in die Rocktasche einer Dame hineintaucht und mit staunenswerter Geschicklichkeit das Portemonnaie herausfischt – dort wieder wird er sich an dem Anblick eines Herrn weiden, der, von den Furien unzüchtiger Gelüste gepeitscht, sich an eine junge Dame wendet und ihr etwas zuflüstert –

»Sehr gerne, mein Herr, aber doch nicht hier auf der Straße!«

Ha, ha, ha! gut abgeblitzt! Gasztowt grinste.

Er suchte sich aufzurichten.

Er mußte jetzt gehen.

Vielleicht würde er sie treffen.

Wen? staunte er heuchlerisch – wen denn, zum Teufel?

Aha! Ja, richtig! Nun! warum denn nicht? Aber mit größtem Vergnügen, das wäre wirklich ein prächtiger Zufall.

Er würde ihr bei dieser Begegnung seine größte Freude ausdrücken, denn bei dieser Gelegenheit würde er ja endlich ihre Stimme hören.

Er hatte zwar einen furchtbaren Schrei gehört, aber er war nicht sicher, ob sie ihn ausgestoßen hatte – möglich, daß er aus seinem Inneren kam, und nichts hatte er so bedauert, als eben das, daß er ihre Stimme nicht zu hören bekommen hatte.

Dabei hatte er die absolute Überzeugung, daß, wenn er sie zu hören bekäme, er dann etwas Unfaßbares, Unglaubliches schaffen würde – woran noch kein Mensch überhaupt zu denken gewagt: er würde die Sprache der Straße malen, dieser kirchhoffriedlichen, von verzweifelten Todeskämpfen erschöpften, mit verschlissenem Trauerflor festlich geschmückten Straße …

Dann erst werden seine Bilder zu leben beginnen, wenn er dazu kommt, sie sprechen und schreien zu lassen: ein ungeahntes Leben wird diese lange, dämmrige Straße empfangen – auf ihr die wankende Gestalt, die an den Mauern entlang schleicht – im Hintergrund die gespenstische Brücke – das Schafott, an dem der Beherrscher alles Lebens: der Tausendfüßler, seiner Opfer harrt.

Das alles würde sich in ein großes, geheimnisvolles Leben kleiden und laut zu sprechen anfangen, sobald er nur ihre Stimme zu hören bekäme …

Schließlich könnte er ihre Stimme auch ebensogut in Tönen wiedergeben, er wußte ganz genau, daß er sie spielen könnte, er würde sicher seiner Geige dies Wunder erzwingen.

Aber leider hatte er keine Geige – er sah auf die Stelle an der Wand, wo sie einst gehangen … ja, er hatte keine, es war ihm schwer genug geworden, sich von ihr zu trennen, noch immer empfand er schmerzhafte Stiche in seinem Herzen, wenn er sich an seine herrliche Cremoneser Geige erinnerte – er hatte sie aber loswerden müssen, damit der Ton ihm nicht die Farbe ertötete, daß seine Farbenwut durch keinen Ton gezähmt wurde …

Er schüttelte sich plötzlich:

Nein – das war wieder gelogen! Er hatte die Geige ganz einfach verschachern müssen, um ein Dach über seinem Kopfe zu haben – der Erlös für die Geige hatte den jährlichen Mietzins des Ateliers gedeckt, als er schon aus ihm hinausgeworfen werden sollte.

Jedenfalls war es sehr schade, daß er die Geige nicht hatte – sicher hätte er auf ihr ihre Stimme in den feinsten Tönungen wiedergegeben, selbst den Schrei würde er ihr zu entreißen verstehen …

Schade – schade! …

Aber seine Gedanken schienen übermüdet zu sein, er horchte noch auf ihr wirres Träumen hin, doch fand er keinen zusammenhängenden Sinn in ihnen – nur von unten auf arbeitete sich ein dumpfer Befehl in ihm hoch:

Nun aber hinaus auf die Straße!

Ja, ja! Jetzt wollte er es nicht mehr aufschieben – jetzt mußte er auf die Straße gehen. Unruhig ging er auf und ab und durchsuchte noch einmal mechanisch seine Taschen.

Plötzlich zuckte er zusammen – aus der Westentasche zog er den Ring hervor.

Wie kannst du nur so leichtsinnig sein, fuhr er sich wütend an, und diesen Ring lose in der Westentasche tragen – diesen Ring, mit dem sein ganzes Leben unlösbar verkettet war, dessen Fluch ihn zum erhabensten Künstler gemacht hatte!

Wie leicht hätte er ihn verlieren können, jetzt gerade, wo er ab und zu ganz unzurechnungsfähig war, verwirrt und ganz krankhaft zerstreut!

Er suchte in der Schublade des Tisches herum, und unter verschiedenem altem Kram und Gerümpel fand er endlich eine Stahlkette, an der er einst eine Uhr getragen hatte.

Er war entzückt über diesen Fund, befestigte den Ring sorgsam an der Stahlkette, diese wieder an seiner Weste und steckte den Ring in die Tasche:

Das macht sich sehr gut, grinste er, es sieht aus, als sei ich in dem kostbaren Besitz einer Uhr!

Ja, ja, ich habe sie einmal gehabt, die kostbare Violine auch, nur den mottenzerfressenen Pelz wollte niemand kaufen …

Nun überlegte er angestrengt, ängstlich, entsetzt – Schrecken fuhr ihm durch die Glieder bei dem Gedanken, daß er jetzt ganz ruhig in irgendeiner Kneipe einkehren, sich Speise und Trank geben lassen könnte, um dann schließlich, unter dem Vorwand, daß er das Geld vergessen hätte, den goldenen Ring der Kellnerin als Pfand zu überlassen.

Aber, obwohl ihm der Gedanke ungeheuerlich vorkam, daß fremde Hände diesen Ring betasten – geradezu frevelhaft, daß fremde Augen seinen Wert abschätzen könnten – so wußte er doch mit unfehlbarer Sicherheit, daß er es doch tun würde, und war schließlich glücklich, die Anziehungskraft der Straße so übermächtig auf sich wirken zu fühlen, daß alle Überlegungen und Bedenken jetzt nichts mehr zu fruchten vermochten.

Wie froh war er im Grunde, daß er sich nicht mehr mit hemmenden Gedanken abzuplagen brauchte …

Also wird er schlimmstenfalls, wenn er, todmüde von dem Absuchen der Straßen, ohne das Weib gefunden zu haben, irgendwo einkehrt, sich ehrbar hinsetzen – essen und trinken, ja! es überlief ihn heiß – endlich essen und trinken zu dürfen – er konnte es in vollster Seelenruhe tun, denn er hatte ja ein Pfand einzusetzen – ja! das war ein prachtvoller Gedanke.

Aber auch abgesehen von der Qual des Hungers und Durstes, hätte er sowieso unter dem Zwang eines unüberwindlichen Verlangens auf die Straße gehen müssen: er war ja ganz krank von dem unbezähmbaren Verlangen, jetzt Menschen zu sehen – überdies wird es ihm jetzt ein geradezu wollüstiges Gefühl bereiten, wenn ihm das Licht, das sich aus einer stinkenden Lampe mühsam durch den unglaublich widerlichen Tabaksqualm durcharbeitet, die Augen beizt – ein Hochgefühl wird es für ihn sein, einen Anfall von Keuchhusten zu bekommen von dem Geruch des alten ranzigen Specks, auf dem in der danebengelegenen Küche alle Speisen bereitet werden – und mit welcher Wollust wird er auf das Geschrei und das Gejohle unmenschlich besoffener Arbeiter hinhorchen und die Luft einatmen – diese fabelhafte Luft, geschwängert von scheußlichen Fuselausdünstungen.

Ja! dies alles wird ihm maßlose Freude bereiten – und nirgends konnte man die Straße so selig, so intensiv genießen, sie ganz und gar in sich aufnehmen, wie gerade in diesen unterirdischen Nachtspelunken!

Sonniges Lachen irrlichtete in seiner Seele: vielleicht wird er einen unflätigen Tanz zu sehen bekommen – unglaublich schwer zu zeichnen in seinen Verdrehungen, seinen unzüchtigen Zuckungen und bestialischen Verkrampfungen – vielleicht wird er auf das Gequietsche einer unglaubwürdigen Geige andächtig horchen können oder auf das Ächzen und Stöhnen einer verstimmten Gitarre, auf deren verrosteten Saiten irgendeine schwindsüchtige Dirne herumzupft und dabei heiser brüllt:

Les ch'veux frisés,
Les reins vidés,
Les pieds usés,

Les os cassés,
Pierreuses,
Trotteuses,
A'marchent l'soir,
Quand y fait noir,
Sur le trottoir!

Herrlich! Herrlich! Das wirkliche Pathos der Distanz!

Er war über alle Maßen erfreut, daß er dies alles sehen und hören sollte, verscheuchte alle Gedanken, die ihm seine festliche Laune irgendwie verderben konnten, betastete die Westentasche, ob der Ring wirklich da war, setzte sich mit großer Bravour den Hut auf, und beseelt von hoffnungsvollem Unternehmungsgeist, ging er die Treppen hinab – auf die Straße ...

V

Auf der Straße blieb er stehen. Er fühlte sich ein wenig erschöpft, aber das war sicher nur Einbildung, denn – im Gegenteil – er fühlte eine angenehme Erregung, war sogar lustig – es war etwas in ihm von einem Rekonvaleszenten, für den nur die ersten Schritte beschwerlich sind, der aber, wenn er die Gesundheit wiederkehren fühlt, vor Freude am liebsten einen Luftsprung machen würde.

Gasztowt ging schnell über die Hauptstraße: sie war ihm widerlich, gemein in ihrem ekelhaften Protzentum, ihrer ordinären, durch die Schutzmannschaft geregelten Ordnung und Sicherheit, ihrer abgrundtiefen, langweiligen Hypokrisie: keine Prostituierte, kein Zuhälter, kein bleicher Verbrecher – ja, fürwahr, das war eine geschmacklose Klein-Moritz-Karikatur der Straße an sich: zu eng für den Triumphzug eines siegreichen Cäsars, der sich die halbe Welt tributpflichtig gemacht hat – zu breit für das weit hinter die Grenzen der bürgerlichen Moral und der ordnenden Gerechtigkeit ausgestoßene Elend, das hier keine Barrikaden aufwerfen und sich, wenn auch nicht eine anerkennende Achtung, so doch die Angst der ›Ordentlichen‹ erkämpfen könnte – und so bog er schleunigst in die engen Quergassen ein: die eigentliche Welt der Straße, deren Hunger alle Werte umstülpte, die Flügel der menschlichen Seele zum trotzig-kühnen Fluge weitete, dem heimlosen Enterbten Macht über die Herrschaft des Goldes verlieh und das verfaulte, träge Blut in einer plötzlichen Wut aufschäumen ließ, die Tiaren und Kronen auf geheiligten Häuptern bedenklich wackeln ließ …

Unwillkürlich ging er in der Richtung eines elenden, verrufenen Winkels, wo er einstmals die schönsten und wertvollsten Studien für seine erhabene Synthese gemacht hatte, in der er ›die‹ Straße geben wollte.

Er kannte dort ein kleines, höchst verdächtiges Kaffeehaus, in dem er einst ganze Nächte verbracht hatte im heißen Bemühen, sich in den tiefsten Grund der Seelen dieser geheimnisvollen Menschen hineinzubohren, die sich da im Dunkel verkrochen, weiß Gott wovon lebten, wilden Haß und Rachegier mühsam in sich erstickten, Menschen, welche die Schande und das äußerste Elend zum Erbrechen widerlich gemacht hatte – doch in jedem von ihnen konnte er etwas Unfaßbares ausfindig machen, das von etwas Erhabenem trächtig war, gleichgültig, ob es sich später in einer großen Tugend oder in einem großen Verbrechen äußern sollte …

Ja! gleichgültig was es wird, wiederholte er, wenn es nur nicht die ordinäre Alltäglichkeit ist, wenn es nur nicht den widrigen, brenzligen Geruch der öffentlichen Ordnung ausatmet, unter derem gütigen Schutz die Prostitution sich machtvoll breitmacht, die rechtlose Aussaugung sich als das höchste Staatswohl brüstet und der Egoismus des Goldes seine Orgien feiert – ja! gleichgültig was, wenn es nur die Erhabenheit der Straße nicht beschmutzt, der von Kot und Elend strotzenden Straße, der Wiege aller Umstürze und Revolutionen, der Straße, die unablässig ihr wutschnaubendes, rachedurstiges ›Ça ira!‹ in die Welt hinausbrüllt, ›Ça ira‹ der rächenden Vergeltung und ausgleichenden Gerechtigkeit, ›Ça ira‹ der todesmutigen Aufopferung und des erhabensten Blödsinns … Das ist alles vollkommen gleichgültig, wenn es nur erhaben ist …

Und mit stolzer und tiefer Andacht besah er sich die alten, schwarzen Häuser, von denen ein jedes ihm wie ein mit geheimen Hieroglyphen beschriebenes Schriftstück erschien; wenn man nur den Schlüssel kannte, mit dem man die Rätsel und Geheimnisse, die sich in ihm bargen, entziffern konnte!

Und auf der schlecht gepflasterten Straße, deren spitzige Steine ihm die Sohlen wund rissen, ging er wie auf einem weichen, dichten Teppich, und das Geschrei, das Gejohle, das Lachen und die Flüche, die aus den Kellerräumen hin und wieder an sein Ohr drangen, schienen ihm ein herrliches Vorspiel zu sein für ein künftiges, blutrünstiges, völkermordendes aber glorreiches Ringen – ein fernes, sturmwütiges Donnern des Ozeans, der seine Fluten langsam heranwälzt, um die himmelragenden Festen der Ordnung und des Geldes zu stürmen:

›Ça ira!‹

Aber plötzlich sank er in sich zusammen, die Sturmflut einer krankhaften Erregung fing an zu verebben, kalter Schweiß trat ihm auf die Stirn, seine Beine wankten und zögerten, ihn weiter zu tragen. Er war glücklich, als er ganz in der Nähe die ihm so vertraute, so gut bekannte grüne Laterne erblickte, die über dem Schild des Cafés ›Zur wilden Marderkatze‹ in dem Wind hin und her schwankte.

Er durchquerte den schmutzigen Ausschank für die Stehgäste und betrat ein überfülltes Zimmer, wo er in der Ecke noch einen Tisch vorfand, an dem er sich schwer auf einen Sessel niederließ. Das Café schien seit der Zeit, da er das letzte Mal hier war, eine ziemlich große Umwandlung erfahren zu haben.

Das Zimmer war geräumiger, neu getüncht und präsentierte sich halbwegs anständig und sauber, was ihn nicht besonders erbaute – die alte Spelunke war ihm lieber.

Er betastete die Westentasche – der Ring war da – also war alles in Ordnung. Er fühlte sich im übrigen hier ganz wohl und befand sich in einer erfreulich heiteren und selbstsicheren Verfassung. Übrigens fühlte er, daß er hier nichts Schlimmes zu befürchten brauchte, um so weniger, als die Kellnerin, die jetzt an ihn herantrat, ihm im höchsten Maße sympathisch erschien.

Sie hatte ein aufgedunsenes Gesicht und trübe, schwarze, umränderte Augen von einer merkwürdig tiefen Melancholie.

Er bestellte eine Portion Wurst mit Sauerkraut, ein Gericht, das man, wie er sich von früher her erinnerte, hier zu jeder Zeit bekommen konnte, und ein Glas Bier.

Er aß langsam und mit nachlässiger Gleichgültigkeit, denn er wollte nicht, daß jemand bemerken könnte, wie hungrig er im Grunde war; da ihm aber das Essen über alle Maßen schmeckte, bestellte er sich noch eine Portion und ließ sich dazu ein großes Glas von dreifach versteiftem Schnaps bringen sowie einige Zigaretten.

Wieder betastete er ängstlich die Westentasche: alles in Ordnung ... übrigens war er überzeugt, daß die Kellnerin, die auf ihn den Eindruck einer aufgedunsenen, wassersüchtigen Madonna machte, ihm keinerlei Schwierigkeiten in den Weg legen würde ...

Sie brachte auch wirklich alles, wie er es sich gewünscht hatte, und schleppte sich mit traumbefangenen, melancholischen Schritten weiter zu den anderen Tischen. Gasztowt aß wieder mit derselben nachlässigen Umständlichkeit und hatte nicht geringe Lust, sich eine dritte Portion zu bestellen, aber dadurch könnte er verraten, wie gründlich ausgehungert er war, das könnte Mißtrauen erwecken – und es wäre leicht möglich, daß er jetzt schon seinen Ring zeigen müßte, um seine Zahlungsfähigkeit zu beweisen – doch diesen bedeutungsvollen Moment wollte er möglichst weit hinausschieben, bis der letzte Gast das Café verlassen haben würde.

Er zündete sich eine Zigarette an, trank mit einem Schluck das Glas Branntwein herunter und sah sich ruhig und umständlich um, mit der Miene eines alteingesessenen Stammgastes.

Wie alles hier merkwürdig still vor sich ging: die Menschen schrien hier nicht, zankten sich nicht, sprachen leise miteinander, eigentlich nicht mit Worten, sondern mit Blicken und kurzen Gesten – er hörte auch kein Lachen, sah nur ab und zu eine leichte Verzerrung um die Mundwinkel, ein Anspannen der Gesichtsmuskeln, und dies verriet etwas, das man allenfalls ein Lächeln nennen konnte, aber nichts weiter.

Am Nebentisch saßen ein paar Menschen, die Karten spielten: einer hielt die Bank, die anderen zogen die Karten.

Man spielte in feierlicher Sammlung – die Spieler, als wären sie versteinert: keine Miene verriet, was bei dem wechselnden Spielglück in ihren Seelen vorging. Es war unmöglich zu erraten, wer verspielte und wer gewann – so seltsam gleichgültig zahlte man den Gewinn aus, und wie von ungefähr und völlig zerstreut heimste man ihn ein. Die Handbewegungen der Spieler machten den Eindruck einer automatisch funktionierenden Maschinerie, die Augen waren halb erloschen und glasig und geruhten kaum, die Karten anzuschauen, die Gesichter so gleichgültig und gelangweilt, als handelte es sich um eine langweilige, höllisch monotone Fabrikarbeit und nicht, wie Gasztowt bald merkte, um bedeutende Summen.

Nur einen Augenblick gab es eine stumme Bewegung.

Einer der Spieler hatte den Bankier an der Hand festgehalten und aus dem Ärmel seines Rockes eine Karte herausgezogen: die Volte war mißlungen.

Gasztowt hörte einen dumpfen Faustschlag, unter dessen Wucht der ungeschickte Bankhalter vom Stuhle fiel: er sah ihn einen Augenblick in der Luft schweben, und dann sah er, wie durch die Hintertür eine Menschengestalt mit erstaunlicher Geschwindigkeit und achtungswerter Präzision hinausflog – und als wäre nichts geschehen, wurde das Spiel fortgesetzt.

An einem anderen Tisch saßen einige Männer. Einer von ihnen sah aus wie ein geborener ›Führer‹ und schien den anderen den Plan künftiger Raubzüge zu entwickeln. Ganz von der Wichtigkeit seiner Mission durchdrungen, saß er da – ernst und befehlend, schien keinen Einwurf zu dulden und an blinden Gehorsam gewöhnt zu sein: schweigend zeichnete er mit dem Bleistift auf ein Stück Papier, über welches sich die anderen tief herabbeugten, machte Zeichen, mit dem Finger wies er jedem seinen Standort an, nickte mit dem Kopf dem einen zu, dieser antwortete bejahend mit demselben Kopfnicken, den andern maß er starr mit den Augen, auch dieser schien alles begriffen zu haben.

Noch einmal wies der ›Führer‹ mit dem Finger auf verschiedene Punkte, die wahrscheinlich von besonderer Wichtigkeit waren, dann zerriß er in tiefem Schweigen das Blatt Papier in kleine Stücke.

Gasztowt freute sich, daß er morgen in den Zeitungen den ausführlichen Bericht über einen hier bis ins einzelnste ausgearbeiteten und wahrscheinlich höchst gelungenen Einbruchdiebstahl oder dergleichen würde lesen können.

Es mußte sich hier um eine sehr große Sache gehandelt haben, dachte er: das Schweigen, das jetzt an jenem Tische folgte, schien ihm bedeutsam zu sein und an einer großen Mannigfaltigkeit wichtiger Begebenheiten trächtig.

Gasztowt war im höchsten Grad entzückt.

In welchem, selbst dem vornehmsten und exklusivsten, Klub, in welcher aristokratischen Gesellschaft hätte er Menschen von einer so auserlesen vornehmen Lebensart finden können!?

Und über welch gewaltige Intelligenz, Scharfsinn, wunderbare Orientierungsaufgaben und Diskretion mußten diese Menschen verfügen, wenn sie sich nur mit kurzen, kaum sichtbaren, blitzschnellen Bewegungen, eine Tausendstelsekunde dauernden Augensignalen und einem rätselhaften, unauffälligen Spiel der Gesichtsmuskulatur untereinander verständigen konnten!

Oh, wie er sich hier wohl befand! Nirgends hätte er sich wohler fühlen können!

Ihm gegenüber, an der Wand, saß an einem Tisch ein junges Paar: eine Frau und ein Mann. Obgleich er sie bisher gar nicht beachtet hatte, wußte er genau, daß sie sorgsam vermieden, einander anzusehen, und kein Wort miteinander gesprochen hatten. Ihr Gesicht sah er deutlich: kalt, ruhig, eisig und völlig gleichgültig. Seinen Kopf sah er von hinten: er schien schwer zu sein und ungefüge – fast leblos und, als wäre er von seiner Eigenschwere zwischen die Schultern eingedrückt, als könnte er sich nicht aufrecht halten, war er jetzt auf den Tisch herabgesunken.

Aber jedesmal, wenn er sich automatisch langsam aufrichtete, und jedesmal, wenn ihre Augen sich anscheinend begegnen mußten, sah er das Gesicht des Weibes in einem häßlichen, giftigen Lachen aufzucken – es grinste höhnisch und schien zu einer Stahlpeitsche zu werden, mit der sie ihn unerbittlich, mitleidlos, in kalter Verachtung und zynischem Hohn zerfleischte.

Gasztowt interessierte diese stumme Szene, und er begann sie mit gespanntester Aufmerksamkeit zu beobachten – da plötzlich stockte ihm der Atem in der Brust.

Er sah es ganz deutlich: der Rücken des Mannes krümmte sich gewaltsam wie bei einer fauchenden Wildkatze – er sah nicht, aber ahnte die Hand, die sich fiebernd vorstreckte, leise über den Tisch kroch – und plötzlich ein gedämpfter Schmerzensschrei: in der eisernen Umklammerung der wütenden Hand duckte und wand sich das Weib, kauerte schließlich bewegungslos auf dem Boden, aber niemand schien darauf achtzugeben.

Nur der ›Führer‹ allein, der jetzt vereinsamt an dem Tische saß, streifte das Paar mit seinen müden Augen und schien nicht verstehen zu können, wie man es wagen konnte, sein tiefes Brüten durch einen blödsinnigen Eifersuchtsausbruch, oder was es auch war, zu unterbrechen.

Plötzlich begegneten sich ihre Augen. Sie hakten sich aneinander fest und konnten sich nicht voneinander losreißen.

Kalte Schauer überliefen Gasztowts Rücken.

Das waren dieselben Augen, die ihn schon gestern

durchbohrt hatten, als er seine Schmach, seine Schande dort in dem Ausstellungssaal durchleben mußte.

Ja! Dieselben Augen – er fühlte jetzt ganz deutlich: ein gewisses Unbehagen, das er trotz alledem während der ganzen Zeit hier empfunden hatte – es mußte von dem Anstarren dieser Augen herrühren, und er wußte sich jetzt ganz gewiß beobachtet, behorcht, verfolgt ...

Zuerst packte ihn ein panischer Schreck, er wollte sich aufraffen und fliehen – weit, weit weg von diesen verdammten Satansaugen, aber im selben Augenblick besann er sich.

Kranker Wahnsinn! fuhr er sich an – wovor ängstigte er sich? Wieder diese sinnlosen Einbildungen? Der Mensch starrt ihn an, weil er ihn selbst so hartnäckig und erschreckt anstarrt – der Mensch kennt ihn ja gar nicht, er sieht ihn an, gleichgültig, weltfern, höchstens mit einer höhnischen Grimasse, weil er nicht versteht, warum ich ihn so anstarre ...

Und um nur ja dem kranken Wahn keinen Einlaß in sein Gehirn zu gewähren, drehte er sich um und suchte nach etwas, womit er sich ablenken könnte.

Und jetzt erst merkte er, daß schon seit geraumer Zeit ein junger Mann auf einer Art Podium stand und Geige spielte – neben ihm kauerte ein Mädchen und begleitete ihn auf der Harfe.

Und es war ihm, als wäre er eben aus einem tiefen Traum erwacht.

Das, was ihn vor kurzem als ein geheimes Schweigen, wenn nicht geängstigt, so doch verwundert hatte, war eigentlich eine zwanglose, zwar nicht übermäßig laute, aber ganz fröhliche, gesellige Unterhaltung.

Das Weib, das er kurz vorher von dem eisernen Arm des Mannes zu Boden geworfen gesehen hatte, hob jetzt in aller Seelenruhe das Taschentuch auf, das ihm offenbar entglitten und auf den Boden gefallen war.

Der stahlgepanzerte ›Führer‹ mit den müden Augen, die ihn eben noch seltsam und geheimnisvoll angestarrt hatten, daß er vor ihnen Reißaus nehmen wollte, hatte sich eine neue Zigarette angezündet und schien, ohne irgendein größeres Interesse zu verraten, auf das geile Geflüster einer tief dekolletierten Dame hinzuhorchen, die sich an seinen Beinen zu schaffen machte.

Am Nebentisch saß ein anmutig und gottvoll ausgelassenes Menschenkind auf den Knien eines Gigerls, schlug mit den hohen Absätzen ihrer eleganten Halbschuhe auf der marmornen Tischplatte den Takt zur Musik, wobei sie auf ziemlich unanständige Art ihr Hinterteil hin- und herwippte.

Der Bankhalter, den er vor kurzem in parabolischer Wurflinie durch die Hintertür hinausfliegen gesehen hatte, mischte jetzt wieder in seligster Ruhe würdevoll die Karten, und die aufgedunsene Kellnerin mit den melancholischen, schwarzumränderten Augen machte sich zwischen den Tischen mit einer Behendigkeit zu schaffen, die zu ihrem rubensschen wassersüchtigen Fettumfang seltsam kontrastierte.

Gasztowt schwankte einen Augenblick.

Er überlegte, ob er sich jetzt erdreisten könnte, die Kellnerin nicht um ein Gläschen, sondern um ein großes Wasserglas eines dreifach verstärkten Schnapses zu bitten, aber das Betasten des Ringes zerstreute seine Bedenken und machte ihn zuversichtlich: im Nu bekam er das Gewünschte.

Einen Augenblick sehnte er den vornehmen Traum zurück, in dem er alles in gedämpftem Lichte gesehen, sich schon an gemessene, diskret-weltmännische Manieren gewöhnt und nur einen wohltuenden Flüsterton gehört hatte, aber da es ihm nicht schwergefallen war, all diese Gestalten, die er jetzt in normalen Proportionen sah, in ganz anderen Dimensionen als wirklich anzusehen, so lebte er sich rasch in die neue Situation und den rapiden Szenenwechsel ein und machte sich mit ihm vertraut.

Ganz besonders fesselte die merkwürdige Musik seine Aufmerksamkeit – sie hielt ihn ganz und gar in ihrem Bann. Ein anderes Mal hätte sie ihn zur Verzweiflung gebracht. Heute war sie für ihn ein Labsal und ein Hochgenuß.

Auch der Spieler schien ein vollendeter Virtuose zu

sein, er spielte mit seltener Bravour und tiefem Verständnis dessen, was er spielte, ja! er spielte sozusagen perspektivisch, und Gasztowt gereichte es zur tiefen Freude, für alle diese dummen, banalen, geist- und hirnlosen Melodien ihre eigentliche Perspektive, die der Spieler ihm offenbar suggerierte, zu zeichnen:

Im Takt dieses Walzers zum Beispiel sah er Menschenpaare sich stumpfsinnig drehen – Menschen, die nichts mehr zu verlieren hatten, denen es nicht mehr zu einer Schnapsflasche reichte und die sich wenigstens an dem drehkranken Getümmel berauschen wollten.

Er sah die ausgemergelten Beine der Tänzer, um die wie um Totengerippe zerschlissene Hosenfetzen herumflatterten, er hörte den pfeifenden Atem der schwindsüchtigen Weiber, sah weit aufgerissene, tief in die Höhlen eingefallene, fieberglänzende Augen und hektische, rostbraune Flecke auf den abgemagerten Gesichtern – und gerade mit dieser schauerlichen Verwüstung des Menschenfleisches harmonierte die ganze dumme, stumpfsinnige Musik, die der Satan Elend seinen erbärmlichen Kindern zum Tanze aufspielte.

Jener Cake-walk zum Beispiel karikierte vorzüglich die unerhörte Lächerlichkeit des Affen, der mühsam erlernt hatte, auf zwei Beinen zu stehen, und sich nun Mensch nannte! Jetzt ist er unsagbar stolz darauf, daß er die unflätigen Bewegungen eines gemeinen Geschlechtsaktes nachahmen und die lächerlichen Zuckungen eines ragenden Phallus mit seinen Händen und Beinen wiedergeben kann! Ist das nicht eine herrliche Offenbarung des menschgewordenen Schweins!?

Oder dieser Zuavenmarsch! Das war doch ein unglaublich großartiger Ansporn für die vertierten Sklavenhorden, die zur Schlachtbank getrieben werden, in eine wahnsinnige Massenabschlachtung, die man Krieg nennt – den Krieg, der wütend entbrannte, weil China das englische Opium nicht kaufen wollte – wie das alles gemein und lächerlich war in seinem monströsen Elend – was Wunder, daß auch diese Musik dumm und lächerlich sein mußte und zugleich die tiefste Philosophie des Menschen-Affen bedeutete: das Menschen-Schwein, das Menschen-Vieh, das gerade gut genug gemästet war, um ins Schlachthaus geführt zu werden …

Er war jetzt über diese Musik ganz entzückt – er sah sie in einer phantastischen, grotesken Bilderreihe. Jede Melodie, die er schon zu eklem Überdruß gehört hatte, daß er dabei hätte erbrechen können, bekam jetzt einen neuen Sinn und öffnete ihm ganz neue, ungeahnte Perspektiven.

Es offenbarte sich seinen Augen das ganze Leben der Straße mit seinen grotesken Galgensprüngen in unzüchtigen Kontorsionen, schmerzhaften und dabei unendlich komischen Verkrampfungen; es wand sich im unflätigen, trunkenen Rausch, erstickte am heiseren, vertierten Lachen, an Flüchen, Verwünschungen und Lästerungen …

Ja, ja, dachte er tief befriedigt – man muß nur verstehen zuzuhören, und dann wird selbst die blödeste, höllisch dumme Melodie zu einer unerhört tiefen und betörenden Offenbarung – und das Herrlichste an dieser Musik ist eben, daß sie die düstere Stimmung in taumelnde Sorglosigkeit umwandelt, den erbärmlichen, flennenden Menschenjammer mit einer breiten, herrischen Geste abtut und mit verächtlichem Hohne dem Leben in seine infame Fratze speit …

Er nahm aus seinem Glas einen tüchtigen Schluck, zündete sich eine neue Zigarette an und war ganz und gar guter Dinge.

Plötzlich wurde er aus seinem friedlichen Nachdenken in der unangenehmsten Weise aufgescheucht.

Der Geiger, der Virtuose, den er eben noch so bewundert, der ihm die neuen Perspektiven eröffnet hatte, stand vor ihm mit einem Teller, auf dem er Geld einsammelte, und wartete, bis Gasztowt etwas hinlegte.

Gasztowt geriet in die peinlichste Verlegenheit, denn er wußte, daß er nicht einen Sou bei sich hatte – sah sich ratlos um – wandte sich dann ab, als wollte er dem Künstler bedeuten, daß er nicht gewillt sei, ihm etwas zu geben, aber der blieb herausfordernd stehen, schüttelte den Teller, daß die Münzen klapperten, und fuhr ihn unverschämt an:

»Bitte, beeilen Sie sich ein wenig!« es klang wie ein harter Befehl.

»Aber ich habe nicht einen Sou!« platzte Gasztowt verzweifelt heraus.

»Ha, ha, ha! Faule Ausreden! – Hier muß man Geld bei sich haben – hier gibt jeder, muß eben geben.« Die Worte stachen Gasztowt wie glühende Stecknadeln. Er sah sich wieder um mit ängstlicher Ratlosigkeit.

Das ganze Café starrte ihn höhnisch an, es war ihm, als durchlöcherte ihn ein halbes Hundert böser, spöttischer, höhnisch-neugieriger Augen, er hörte die Münzen auf dem Teller klappern, den der unverschämte Geiger immer energischer schüttelte, und seine Augen hakten sich wieder an denen des ›Führers‹ fest. Und in der schwülen, erwartungsvollen Stille, die plötzlich in dem Café entstanden war, schrien diese Augen unabwendbare Befehle. Aus diesen Augen strömte ein kaltes, schneidendes Licht, das ihn bis ins Mark erschütterte.

Vergebens rang Gasztowt mit diesen Augen und wollte sich von ihnen loslösen. Er fühlte, daß dieser Blick ihn von seinem Stuhl hochzwang und gleichzeitig den höllischen Teller in immer wütendere Bewegung versetzte.

Und im selben Nu schoß ihm ein befreiender Gedanke ins Gehirn – jetzt erst vermochte er sich aus den Teufelskrallen der giftigen Augen zu befreien:

»Gib deine Geige her!« schrie er heiser den Spieler an.

Der Virtuose betrachtete ihn eine Weile – Gasztowt bemerkte dabei hellseherisch, daß er sich mit seinen Augen – oder vielleicht auch mit seinem Rücken – mit dem ›Führer‹ in Verbindung setzte; er wußte ganz genau, daß diese beiden Halunken unter einer Decke steckten, aber das war ihm jetzt gleichgültig.

Er streckte die Hand nach der Geige aus, und der Virtuose, als folge er einem fremden Befehl, reichte sie ihm mit tiefer Verbeugung.

Gasztowt leerte sein Glas, rauchte eine Weile. Kalten

Schweiß fühlte er seinen Körper entlangrieseln, vor seinen Augen wurde es dunkel, aber das dauerte nur einen Augenblick.

Er empfand plötzlich ein seltsames Machtgefühl – nahm die Geige, stimmte sie, schob sich den Hut über die Augen, wartete ein wenig, denn er fühlte, daß sich wieder diese fremden Augen mit gierigen Fangarmen an seiner Seele festsaugten – er sah hin: der ›Führer‹ saß ganz allein an seinem Tisch, und sein Gesicht erschien ihm hart, streng, gespenstisch – düster und grausig.

Gasztowt riß ein paar wilde Akkorde aus der Geige, mit solcher Kraft, daß die Töne nicht aus der Geige zu kommen schienen – als hätte eine Orgel sie hinausgebrüllt.

Noch einmal peitschte er die Saiten mit dem Bogen auf, den Hut warf er ab, weil er ihm hinderlich war, und begann zu spielen.

Zuerst den wüsten Rákoczi-Marsch in seiner eigenen Paraphrase, in den unglaublichsten Oktaven, Dezimen, wildem Akkordengetümmel. Er zwang die Geige, daß sie wie ein Orchesterwerk erdröhnte, sprang plötzlich zur Carmagnole über, ließ die Geige keuchen und schreien: ›Dansons la Carmagnole, vive le son du canon!‹ verflocht dies alles mit dem wahnsinnigen heiseren Gekrächz, das sich aus dem tiefsten Grund des menschlichen Elends herausriß: ›Ça ira, ça ira! les aristocrats, on les pendra!‹ und es erbrauste das blutrünstige Lied der Barrikaden, das über Leichenhaufen, unter dem Donner der Kanonen, dem Gestöhn der Verendenden, dem Geschrei und Grauen der Verzweiflung sich in mächtigen, aufgepeitschten, schäumenden Wogen ergoß: ›C' est la lutte finale!‹

Die Gäste sahen sich im tiefsten Erstaunen an – Gasztowt schien sich in einem Abgrund von düsterster Ekstase zu verlieren.

Er spielte den besessenen, von der gespenstischen nächtlichen Windsbraut gepeitschten Tanz über Gräbern und Abgründen, den Triumphmarsch des Todes, der stolz die Schlachtfelder in weiten Schritten durchmaß und über die reichen Garben sich freute, er spielte das Grauen des Alpdrückens, das sich Nacht für Nacht auf die Brust der Elenden und Ausgestoßenen herabwälzt und sie würgt und ihre Glieder verkrampft, und den Hunger spielte er, der sich mit zähnefletschender Gier in das Fleisch des eigenen Kindes hineinbeißt, und die Schande des jungfräulichen Leibes, der sich in dem stinkenden Pfuhl der unflätigsten Gossenunzucht wälzt, er spielte die Blutsymphonie des gemeinen Raubmordes und die sühnende Rache der ›Roquette‹ – er spielte alles, was er einst gemalt hatte – er spielte die Straße.

Jetzt begann er plötzlich angestrengt zu horchen, ob er nicht den Schrei hören würde, den zu malen er sich vergebens abmühte, jedoch sicher spielen zu können glaubte …

Er vergaß völlig, wo er eigentlich war – alle Menschen ringsherum strömten ihm in eine dunkle Masse zusammen, ein chimärenhaftes Untier, von dem nur ein Paar riesige Augen sichtbar waren, Augen, die nach Blut lechzten und in Zerstörungs- und Vernichtungssucht keuchten – und von diesem Augenpaar gebannt, zu Stein erstarrt, stand ein Weib, das die Brüstung einer Brücke krampfhaft umklammert hielt – sie sah das grausige Ungeheuer näher und näher auf sich zukommen, aber sie war gelähmt, konnte kein Glied bewegen …

So schrei doch! Schrei! raste Gasztowt. Und im selben Augenblick hörte er einen grausigen Schrei, der die Luft in Fetzen zu zerreißen schien – einen Schrei, der sich mit einer Flut von Farben in seine Seele ergoß, tollgewordene Farben, in denen giftige Gase brannten, mit denen die Gischt kochenden Gemenges verschiedenartiger Salze und Metalle herumspritzte – und es sah aus, als ob die Regenbogen werdender Welten im tödlichen Ringkampf sich ineinander verkrampften …

Jetzt verließen ihn die Kräfte, er erschöpfte seinen tiefsten Grund, riß alle Schleier von seiner Seele – und erschauerte: er sah sich nackt.

Er schlug mit dem Bogen auf die Saiten, daß eine kreischend zersprang – warf die Geige auf den nächsten Tisch.

Lange herrschte Totenstille – dann brach ein wütender Beifallssturm los: das Publikum schien völlig außer Rand und Band zu geraten – Gasztowt schien es, er befände sich in einem Tollhaus. Er stand zitternd, verängstigt da, konnte sich nicht zurechtfinden, wo er war, was mit ihm geschah – nur das eine wußte er klar und deutlich, daß er noch etwas zu vollbringen hatte, etwas Unfaßbares, etwas, das völlig seine Kräfte überstieg, seinem Verständnis immer ferner entrückte, und das er doch vollziehen mußte.

Und in seinen Ohren dröhnten die Worte seines Fluch- und Bußpsalmes:

›Jegliche Scham und Schande wird dir auferlegt werden, und du wirst sie tragen ...!‹

Er wankte, zauderte, riß immer weiter die Augen auf:

›Und an dem Tor der Aussätzigen wirst du deine Hände ausstrecken und Geld erbetteln zur Wegzehrung, denn Sturm und Regen werden dich von deinem Lager aufpeitschen ...‹

Jetzt schwankte er nicht mehr, überlegte nicht länger, nahm demütig seinen Hut vom Boden auf und begann langsam von Tisch zu Tisch zu gehen.

Das Publikum war vor Erstaunen wie von allen Himmeln gefallen, es konnte nicht fassen, daß der Gewaltige, der es noch vor einem Augenblick unter seine Macht beugte und es im Grauen und tiefster Erschütterung erschauern ließ, jetzt sich selbst den Lohn einheimste – aber willig warf es seine Gaben in überreichem Maße in den Hut, und selbst aus den entlegensten Ecken drängten Hände herbei, um ihre Münzen hineinzuschütten.

Gasztowt taumelte zwischen den Tischen mit seinem hingestreckten Hut wie im somnambulen Schlaf; er sah niemanden, beachtete auch nicht die Hände, die sich ihm entgegenstreckten: eine entsetzliche, ekelhafte Scham hämmerte an seinen Schläfen, er schluckte und würgte an der erbärmlichen Schande, unter deren Joch er sich begeben mußte – da plötzlich kam die Erlösung:

Er sammelte doch nicht für sich – Gott bewahre! Er sammelte doch das Trinkgeld ein für den unverschämten Virtuosen, der ihm die Geige gab, auf daß er den Schrei noch einmal zu hören bekäme, den zu malen er sich vergebens abgequält hatte – und mit einem Male wurde er frei, atmete tief auf, und heiße Erlösungsglut strömte ihm in die Augen.

Er brauchte ja doch das Geld nicht für sich – er war ja reich – er hatte ja den goldenen Ring, und der würde schon für ihn langen.

Und das freudige Bewußtsein, daß er nicht für sich sammle, machte ihn sicher, kühn, ja – sogar herausfordernd – es kam ihm vor, er sei ein Priester, habe soeben eine erschütternde Predigt von der tiefen Not des Heiligen Stuhls gehalten und sammle jetzt von seiner Gemeinde den heiligen Peterspfennig für den Papst ein.

Er schüttelte den Hut, in dem die Münzen mit einem kitzelnden Klang sich durcheinanderschoben, und sah sich lächelnd im Lokal um.

Jetzt zuckte er zusammen.

Wieder begegneten seine Augen denen des ›Führers‹ und wieder verflochten sie sich ineinander. Er fühlte ihre unbezwingbare Kraft, die ihn gewaltsam dorthin zog, wo der fremde Mann saß.

Ihre Augen rangen miteinander im heftigen Hin und Her, im erbitterten, gehässigen Kampf, aber diesmal wehrte sich Gasztowt mit allen Kräften.

Das Gesicht des ›Führers‹ war nicht mehr steinern, es belebte sich. Etwas überflog es, wie ein siegbewußter Hohn, auch die Hand sah er, wie sie sich mit etwas Blinkendem, wahrscheinlich einem Goldstück, zu ihm hinstreckte, aber der Wille, daß der andere selbst an ihn herantreten sollte, wurde in ihm so mächtig, daß er nur den Hut schüttelte, einen Augenblick wartete und sich dann mit triumphierendem Lächeln abwandte.

Er trat an den Tisch, an dem der ›unverschämte Virtuose‹ ruhig saß, drückte ihm heiß die Hand und schüttete den ganzen Inhalt seines Hutes vor ihm aus.

Dieser bedankte sich nicht, sah kaum auf das Geld

hin, nickte nachlässig mit dem Kopfe und zündete sich bedächtig eine Zigarette an.

Und wieder hörte Gasztowt einen Beifallssturm, daß alle Fenster im Zimmer klirrten: die Straße beklatschte sein blödsinniges Beginnen ebenso stark wie sein Spiel, widerwärtig, ekelhaft – aber nein! nein!

Die Straße hat eine reiche und verschwenderische Seele – sie ist anbetungswürdig, wenn sie aus dem Übermaß ihres Elends schöpft und ringsum vergeudet, und die Straße allein hat das überfeinerte Gefühl für alles, was Recht und was Unrecht ist, die Straße allein hat den sicheren Instinkt, mit dem sie Spreu vom Weizen zu scheiden versteht – kein Wunder, daß Gott – Christus – die Straße so tief in sein Herz geschlossen hat.

Er setzte sich hin, trank das Glas leer, und durch sein Hirn tänzelte zu Ehren Christi eine Gassenhauerstrophe:

Christ aux yeux doux
Qu'es mort pour nous,
Chauff' la terre ou –
Qu'on fait leur trou!
  Pierreuses,
  Trotteuses,
A'marchent l'soir,
Quand y fait noir,
Sur le trottoir!

Ha, ha, ha! Du sanftäugiger Christus – wärme auch für mich die Erde, in der man mir mein letztes Loch gräbt!

Auch für mich!

Er stützte sein Haupt, das ihm schwer wie ein Klumpen Blei vorkam, in beide Arme – alles ringsum begann nachzugeben, zu versinken, dann wieder in seltsamsten Sprüngen herumzuwirbeln, zu taumeln und zu schwanken, er wollte seinen Kopf heben, um zu sehen, was denn eigentlich vorgehe, aber die Angst, er könnte wieder den Augen des ›Führers‹ begegnen, die ihm wieder etwas Unerhörtes befehlen und ihn zwingen würden, den Befehl auszuführen, ließ ihn sein Haupt noch tiefer in die breit ausgestreckten Handflächen hineindrücken.

Nur diese Augen nicht mehr sehen – nur nicht mehr willenlos ihren höllischen, ungeheuerlichen Befehl befolgen müssen! ... Denn ungeheuerlich und unglaubwürdig, so unfaßbar in der ganzen ekelhaften Schamlosigkeit kam ihm alles vor, was er soeben durchlebt: daß er seine Seele entblößt hatte, daß alle die Flüche, die gräßlichen Prophezeiungen, die an seinem Ringe hafteten, alle auf einmal in Erfüllung gegangen zu sein schienen.

Eine dumpfe Wut kochte schäumend in seinem Inneren – jetzt wußte er genau, daß er alles auf den Befehl des ›Führers‹ getan hatte, daß dieser Satan den Geiger veranlaßt hatte, ihn mit dem Sammelteller zu belästigen, und wieder ihn veranlaßt hatte, seine erbärmliche Scham mit einer noch größeren Schande loszukaufen – da plötzlich erinnerte er sich, daß ihm der ›Führer‹ etwas schuldig geblieben war – ein blankes Goldstück!

Er wollte sich jetzt erheben und an ihn herantreten – da erinnerte er sich, daß ihn noch etwas Unangenehmes erwartete – nämlich die Geschichte mit dem Ring, mit dem er doch seine Zeche bezahlen sollte – so wollte er doch lieber warten, bis alle Gäste fort waren ...

Aber es war so merkwürdig still geworden – er horchte erstaunt hin: nichts rührte sich ringsumher.

Vorsichtig hob er den Kopf und sah sich verwundert um: das ganze Café war leer – nur in einer Ecke beim ärmlichen Talglicht saß der Geiger, dieser schamlose, niederträchtige Kerl, und überzählte immer von neuem das Geld.

»Es fehlt noch ein Goldstück – ein Goldstück!« hörte Gasztowt ihn murmeln und erschrak heftig.

»Ein Goldstück fehlt!« schrie der Geigenmensch wütend auf – »er hat mich um ein Goldstück betrogen!«, er schlug mit der Faust auf den Tisch.

Gasztowt zitterte vor Angst – wollte an ihn herantreten, sich entschuldigen, er zauderte, wankte, kam mit einem Ruck zur Besinnung:

In den Nebelschwaden, die ihm alle Horizonte verschleierten, sah er plötzlich die Augen des ›Führers‹ ...

VI

»Darf ich mich zu Ihnen setzen?«

Gasztowt blickte auf und sah vor sich den ›Führer‹. Er war darüber gar nicht verwundert, er hatte sich schon lange mit dem Gedanken abgefunden, daß dieser Satan, der ihm gestern die teuflische Brille vor die Augen gesetzt hatte, ihn nicht mehr verlassen, daß er ihm auf Schritt und Tritt folgen würde.

Er wußte nun ganz gewiß, daß er auf seinen Befehl in dieser erbärmlichen Spelunke seine Seele nacktgespielt hatte, und ebenso sicher war es, daß er unter seinem Zwang sich in den Strom gestürzt hatte, um irgendein Weibsbild aus den Fluten zu retten.

Er erinnerte sich, daß er schon lange auf ihn gewartet hatte, daß es ihn unbewußt danach verlangte, er solle sich zu ihm setzen, und war plötzlich erfreut, daß er – er mit seinem starken Willen – den ›Führer‹ gezwungen hatte, an ihn heranzutreten.

»Sie erlauben, daß ich mich zu Ihnen setze?« wiederholte der Fremde seine Frage.

»Aber bitte – bitte – ich habe nichts dagegen«, und er wies höhnisch auf einen leeren Platz, wo kein Stuhl stand.

Der ›Führer‹ sah sich ruhig um, nahm einen Stuhl vom Nebentisch und setzte sich zu Gasztowt.

»Weryho ist mein Name«, sagte er freundlich – und in Wirklichkeit wurden seine Züge weich und zuvorkommend – er verwandelte sich plötzlich in einen äußerst höflichen Antinous mit einladenden Weibsmanieren.

»Weryho?« grinste Gasztowt – »Weryho! Sehr guter Name – nun, ich bin sehr erfreut – Sie haben ein sehr interessantes Gesicht, ich möchte es malen – denn ich bin Maler« – platzte er plötzlich heraus. Weryho, der ›Führer‹, lächelte.

»Ich weiß, ich weiß – von Ihren Bildern auf der Ausstellung konnte ich mich gar nicht losreißen.«

»Woher wissen Sie, daß ich Maler bin und jene Bilder gemalt habe?«

»Nun, das ist ganz einfach – ich war auf Ihrer Ausstellung und sah einen Menschen, der mit einer unglaublichen Intensität die Bilder anstarrte: So sieht nur der Schöpfer auf sein Werk! dachte ich mir gleich – Und als ich Sie heute hier eintreten sah – zu Studienzwecken, nicht wahr? – da habe ich Sie sofort erkannt. Und ohnedies hätten Sie sich mit Ihrer erstaunlichen Musik verraten – so spielt nur ein Mensch, der sieht, der selbst ein Maler ist ... Ich war nur erstaunt, daß Sie mich so ostentativ mieden, als Sie das Geld für den Geigenspieler einsammelten!«

Gasztowt sah ihn frech und herausfordernd an und lächelte boshaft.

»Das werde ich Ihnen sofort sagen – ich wollte Sie für mich, eigens für mich aufsparen – Sie hielten ein Goldstück in der Hand – nicht wahr?«

»Gewiß! Ich wollte es in Ihren Hut werfen«, bestätigte Weryho ernst.

»Also sehen Sie!« Gasztowt zitterte in krankhafter Aufregung – »hätten Sie es in den Hut geworfen, so hätte ich auch das Goldstück vor dem Geigenspieler ausschütten müssen, um nicht den Schlußeffekt der erbärmlichen Komödie, die ich gespielt hatte, zu zerstören. Ich habe mich daher absichtlich von Ihnen abgewandt, denn ich wußte, ich würde dadurch Ihre Neugierde aufstacheln, und Sie würden früher oder später an mich herantreten müssen – ja! müssen, um alles zu bezahlen, was ich hier gegessen und getrunken habe – und aus dem Zustand, in dem ich mich befinde, können Sie ersehen, daß ich nicht wenig getrunken habe.«

»Das fügt sich ja prachtvoll!« sagte Weryho mit ausgesuchtester Höflichkeit. »Was für ein glücklicher Zufall, daß ich Sie hier getroffen habe! Ich trat an Sie heran, eigentlich nicht aus Neugierde, aber in dem brennenden Verlangen, Ihnen ein Bild abzukaufen, von dem ich geradezu besessen bin – das Bild mit dem Verbrecher, der über die Straße rennt und dem jemand ein Bein stellt ... Sie wissen doch!«

Weryho sprach mit so offener Herzlichkeit, daß Gasztowt ganz irre wurde – und gleichzeitig fühlte er sich durch diese weiche, einnehmende Stimme seltsam befangen.

»Ich zitterte vor Angst«, fuhr Weryho fort, »es hätte mir jemand zuvorkommen können – aber das lasse ich unter keinen Umständen zu – ich muß es haben und gebe Ihnen jetzt gleich eine kleine Anzahlung« – er legte vor Gasztowt ein paar Goldstücke hin – »und werde mir das Bild heute abholen und die ganze Summe bar bezahlen ... Sie sind jetzt sehr aufgeregt und gereizt, Sie wären imstande, den gewöhnlichsten Handel als eine Beleidigung aufzufassen, aber Sie würden anders denken, wenn Sie wüßten, mit welch zitternder Angst ich daran dachte, das Bild könnte schon verkauft sein.«

Gasztowt lächelte unsicher und befangen und steckte das Geld automatisch in die Tasche.

Mag sich nun die ganze Schande endlich einmal ganz und gar erfüllen! dachte er, und das erleichterte ihn –

»Nur eine heiße Bitte habe ich und werde Ihnen unendlich dankbar sein, wenn Sie sie mir nicht abschlagen. Wollen Sie heute mein Gast sein? Ich habe so vieles mit Ihnen zu besprechen – nur nicht hier – gehen wir woandershin – hier ist die Luft so dick, daß man sie schneiden könnte ... Kommen Sie!«

»Es ist hier wirklich nicht auszuhalten!« bestätigte Gasztowt mechanisch und betastete die Westentasche: – der Ring war da – er war sehr erfreut, er brauchte ihn nicht mehr zu verpfänden.

Sie bezahlten und traten auf die Straße hinaus.

Hier aber besann sich Gasztowt plötzlich, daß er den Geigenspieler um ein Goldstück betrogen hatte, er ließ Weryho stehen und ging ins Café zurück.

Er traf ihn wirklich noch am Tische, wie er noch immer sein Geld durchzählte und dabei murmelte:

»Ein Goldstück fehlt – ein Goldstück!«

»Hier ist es!« Gasztowt warf ihm das Goldstück hin.

Der andere sah ihn forschend an, mit kaltem, gleichgültigem Blick.

Gasztowt wich erstaunt zurück: er erkannte plötzlich in diesem Menschen den Droschkenkutscher von gestern.

»Ah! Schön von Ihnen – Sie wollen wohl die gestrige Droschke bezahlen ... Ach, wegen dieser Kleinigkeit brauchten Sie sich nicht zu bemühen ...«

Gasztowt überlief es kalt: dieses Gesicht lachte nicht, im Gegenteil, es war fast finster, aber nie früher hat er ein Gesicht gesehen, das von einem so höhnischen, satanischen Lachen umspielt gewesen wäre – er sah deutlich, wie es sich unter würgendem Lachen verzerrte, die gelbe Haut, die wie ein Lederhandschuh die Backen umprallte, faltete sich mit bösem, gehässigem Grinsen, und aus den Augen, die wie zwei Scheibchen aus glattpoliertem, bläulichem Stahl aussahen, stach giftiger Hohn heraus.

»Ah! Verzeihung! Vielleicht brauchen Sie selbst Geld? Was sehen Sie so verängstigt und erschrocken aus? Warum zittern Sie so? Sie brauchen sich nicht zu genieren, Sie sind ebenso elend und ausgestoßen wie ich – nur haben Sie die schönen Gesten eines Grandseigneur, Sie belieben ein wenig Philanthropie zu mimen, Sie würden sich sogar auf dem Markt nackt ausziehen, um die Geste noch zu unterstreichen, Sie würden sogar Ihre Seele feilbieten, um nur das Prestige des Menschenwohltäters nicht zu verlieren – nun, wenn es Ihnen Spaß macht!«

Kalte Schauer rieselten Gasztowt über den Rücken, er hätte vor Scham in die Erde versinken mögen.

»Nun greifen Sie nur zu!« Die Stimme des anderen pfiff und keuchte, als ringe sie mit Lachkrämpfen.

»Warum lachen Sie?« fuhr Gasztowt ihn wütend an.

»Ich? Ich lache? Daß ich nicht wüßte«, entgegnete jener kalt und gleichgültig, »ich lache nie! Es kann sein, daß mein Gesicht lacht, meine Augen lachen, meine Zähne grinsen – ich selbst lache nie!«

Und jetzt sah Gasztowt ein furchtbar verzerrtes, giftiges, höhnisches Lachen, das ihm von der Gesichtsmuskulatur losgelöst erschien – das Lachen an sich, das Lachen, das aus abgründiger Tiefe einer unterirdischen Quelle hervorzukriechen schien – und eine solche Macht der Verachtung entsprühte ihm, daß Gasztowt sich umschaute, wo er sich vor diesem Lachen verstekken könnte. Aber auf der Türschwelle sah er Weryho, der ihn ungeduldig und mit verhaltenem Zorn anherrschte:

»So kommen Sie doch endlich!«

Gasztowt gehorchte demütig, es wäre ihm nicht eingefallen, dagegen Widerspruch zu erheben.

Auf der Straße blieb Weryho stehen und sah auf seine Uhr.

Er wurde mit einem Male äußerst liebenswürdig.

»Aber ich habe mich so zudringlich an Sie angekrallt, und Sie sind wohl sehr müde?“

»Nicht im geringsten«, antwortete Gasztowt barsch, denn er war wütend, daß er so widerspruchslos einem fremden Willen folgen mußte.

»Ich bin über alle Maßen erfreut, daß Sie mir meine Bitte nicht abgeschlagen haben – ich bin Ihnen dafür sehr, sehr dankbar; Sie wissen nicht, was Ihre Gesellschaft für mich bedeutet – es kam mir nur vor –«

»Nichts konnte, nichts brauchte Ihnen vorzukommen«, unterbrach ihn Gasztowt heftig – »höchstens die Tatsache, daß ich eine Zeitlang völlig betrunken war, sonst hätte ich die erbärmliche Komödie dort in der Kneipe nicht aufgeführt.«

»Eine Komödie?« Weryho war höchst erstaunt.

»Aber selbstverständlich! Noch dazu eine ganz gemeine! Haben Sie nicht den dummen Clownstrick bemerkt? Ich habe, als ich zu spielen anfing, meinen Hut abgeworfen, scheinbar deswegen, weil er mich belästigte, in Wirklichkeit äffte ich nur den ›dummen August‹ nach: ›Bitte, meine Herrschaften, jetzt aufpassen – jetzt kommt was Feines!‹« Gasztowt lachte heiser auf: »Wie kann man sich nur so sinnlos betrinken!«

»Hm!« Weryho sprach mit der diskreten, vornehmen Stimme eines gewiegten Diplomaten – »Sie sind ein großer Künstler, und als ein solcher haben Sie das Recht, ungerecht gegen sich zu sein – ich habe etwas ganz anderes bemerkt, das mich die Tiefe Ihrer Seele in einem ganz anderen Lichte erschauen ließ.«

»Oh! was Sie nicht sagen! Und wie gewählt Sie sich ausdrücken. Ich bin wirklich neugierig – vielleicht sind Sie in das niederträchtige Komödienspiel noch tiefer eingedrungen, als ich es bewußt beabsichtigt habe ... Ha, ha, ha ... Legen Sie nur los – Sie sind ein außergewöhnlicher Menschenkenner...«

»Ich bemerkte«, fuhr Weryho mit derselben diskreten und schonenden Stimme unbeirrt fort, »daß Sie jedesmal, wenn Sie sich etwas zu essen oder zu trinken bestellten, zuerst die Westentasche betasteten. Daraus habe ich gefolgert, daß Sie sehr wenig oder gar kein Geld bei sich hatten.«

»Eine überaus scharfsinnige Beobachtung!«

»Und als dieser Geigenspieler ...«

»Droschkenkutscher!« rief Gasztowt höhnisch – »den Sie sehr gut kennen ...«

»Es geht mich nichts an, was er im Nebenberuf ist – jede Nacht spielt er in der ›Wilden Marderkatze‹.«

»Aber Sie kennen ihn?«

»Ebensoviel und ebensowenig wie Sie – aber um auf die Sache zurückzukommen! Als der unverschämte Kerl mit dem Sammelteller an Sie herantrat, wußte ich, daß Sie tatsächlich kein Geld besaßen, denn Menschen wie Sie geben in solchem Falle ihr Letztes, selbst wenn sie dann ein paar Tage hungern sollten.«

Gasztowt wartete gespannt, was er jetzt zu hören bekäme.

»Sie haben wieder Ihre Westentasche betastet, aber diesmal haben Sie unbewußt an der Stahlkette gezogen.«

Davon wußte Gasztowt wirklich nichts.

»Und Sie haben den Ring herausgezogen, der an der Kette hängt ...«

»Den Ring?« Gasztowt erschrak heftig.

»Nun, nun, beruhigen Sie sich«, Weryho nahm seinen Arm – »glauben Sie ja nicht, daß ich mich in das Geheimnis, das irgendwie mit dem Ring verbunden ist –«

»Ein Fluch!« schrie Gasztowt plötzlich unbewußt auf und erschrak noch heftiger, begann zu zittern.

»Meinetwegen ein Fluch! Was geht mich das an? Beruhigen Sie sich doch – ich will mich wirklich nicht in Ihre Geheimnisse hineinstehlen – ganz im Gegenteil – jedes Geheimnis, um das ich weiß, verliert für mich den Zauber, wird nur langweilig und widerwärtig …

Wir beide sind fanatische Liebhaber der Straße, nicht wahr? Nun, sehen Sie, ich liebe die Straße, weil ich sie nicht kenne, weil sie mir ein tiefes Geheimnis ist, und deswegen liebe ich Ihre Bilder, weil Sie um das Geheimnis wissen, aber es nicht verraten wollen; heute haben Sie es mir auf eine Sekunde in Ihrem Spiel preisgegeben, aber so spärlich, daß ich mit noch größerer Spannung dem Rätsel auf die Spur zu kommen trachte …«

Er nahm den Hut ab, rieb sich nachdenklich die Stirn – bedeckte sich wieder, reichte Gasztowt das Zigarettenetui.

»Aber Sie sind wohl sehr müde, und ich belästige Sie mit meinem Geschwätz?«

»Durchaus nicht – im Gegenteil – äußerst interessant« – antwortete Gasztowt bissig.

»Ja, ja, Sie sind ein höflicher Mensch … Und wie glücklich ich bin, daß ich Sie getroffen habe und gerade heute! Ihre Musik hat mir so unendlich vieles gesagt, was ich in Ihren Bildern in tiefster Mühe gesucht habe. Sie hat mir erst die Augen geöffnet – und Ihre Musik: den geheimen Schlüssel zu Ihren Bildern verdanke ich Ihrem geheimnisvollen Ring … Ja, ja! Jetzt habe ich es – die höchste Offenbarung verdanke ich dem Ring … Unterbrechen Sie mich nicht – jetzt weiß ich es!«

»Was wissen Sie denn wieder?« lachte Gasztowt höhnisch.

»Oh! oh! mein Herr, glauben Sie nicht, daß ich Ihre Seele erforschen will – nichts liegt mir ferner – aber ich glaube nicht, daß Sie in der ›Marderkatze‹ eine Komödie gespielt haben – ganz, ganz im Gegenteil: Ihre blutigste Tragödie, wenn Sie wollen – Sie haben eine gewaltige, heroische Tat vollbracht – lieber wollten Sie Ihre Seele von allen Schleiern entblößen, sie öffentlich ganz nackt zeigen mit allen ihren Wunden und Schwären, als sich von dem geheimnisvollen Ring trennen – und doch sollte der Ring, als Sie der Hunger aus dem Atelier hinausgejagt hatte, als Pfand dienen, nicht wahr?«

»Blödsinn – unerhörter, idiotischer Blödsinn!« – Gasztowt geriet in eine sinnlose, wütende Erregung – »Besoffen war ich! Und mit der Schlauheit eines Säufers wollte ich Ihre Aufmerksamkeit auf mich ziehen, und da ich kein anderes Mittel fand, spielte ich die Komödie mit dem Ring auf – ich habe ihn ganz zufällig an die Stahlkette angehängt, weil ich keine Uhr habe – wozu sollen das alle Menschen wissen? Und aus dieser lächerlichen Tatsache wollen Sie irgendein heroisches Mysterium herleiten?! Ha, ha, ha! Das ist wirklich unglaublich!«

»Ja! Das ist unglaublich! Denn dieser lächerlichen Tatsache, dieser niederträchtigen Komödie, wie es Ihnen beliebt, Ihre wirklich große und heroische Tat zu benennen, verdanke ich die schauerlichste Offenbarung, die mir je zuteil werden konnte: in Ihrer Musik habe ich den Schrei der Straße gehört, denselben Schrei, der wahrscheinlich den Geheimschlüssel zu dem tiefsten Verständnis Ihrer Bilder bedeutet.«

»Den Schrei?!« Gasztowt blieb stehen – seine Beine zitterten, wankten, er taumelte, und sinnloser Schreck und Entsetzen fuhren ihm in die Glieder.

»Den Schrei?!« lallte er und starrte Weryho abwesend an.

»Ja, ja! Was zittern Sie so? Was sind Sie so erschrokken – um Gottes willen – was ist Ihnen denn?«

Weryho bemühte sich angelegentlich um ihn: »Oh! – ich verstehe – diese Aufregung, diese Übermüdung!«

Gasztowt beherrschte sich plötzlich.

»Ich bin durchaus nicht übermüdet – im Gegenteil: ich fange an jetzt nüchtern zu werden – ich, ich bin nicht im geringsten müde – durchaus nicht ...«

»Oh, mein Herr, Sie beschämen mich mit Ihrer Güte, daß Sie auf mein Geschwätz hinhören ...«

»Ich kann Ihnen nicht sagen, wie mich Ihre Ausführungen interessieren – Bitte, fahren Sie nur fort« – grinste Gasztowt. Und jetzt wuchsen der Schreck und die

Angst in Milliarden von feinsten Wurzelfäserchen selbst in seine verzweigtesten Kapillargefäße hinein …

»Nun gut! Also sehen Sie – ich habe diesen Schrei in Wirklichkeit gehört – aber damals kam er mir lächerlich und trivial und abgeschmackt vor – erst in Ihrer Musik bekam er für mich eine ungeahnte Tiefe – eine unerhörte Perspektive, ein Etwas, das mich zum ersten Mal bis ins Mark durchschauert hat mit einem Grauen und Entsetzen, daß jedes Härchen auf meinem Haupt sich in die Höhe reckte – ich fühlte es deutlich … Aber sind Sie wirklich nicht müde? Wir sind übrigens bald am Ziel – interessant dieses Gewirr von engen Gäßchen, nicht wahr?«

Gasztowt antwortete nicht.

»Also sehen Sie – Sie werden mich sicher verstehen … Was konnte mich zum Beispiel eine solche Geschichte angehen – eine alberne, gewöhnliche Sache, wie sie sich tagtäglich ereignet, und deren man Hunderte zum Überdruß in den Zeitungen lesen kann – eine ganz ordinäre, blöde Szene, deren Zeuge ich gestern zufällig war … interessiert es Sie?«

»Was für eine Szene?« fragte Gasztowt gereizt, mit innerem Beben …

»Ach, wie zerstreut ich bin, Sie haben ja die Sache nicht mit angesehen! Also ich ging gestern das Stromufer entlang und kam so an die Brücke – Sie wissen schon …«

»Nein, ich weiß nichts!« Gasztowt beherrschte sich mühevoll.

»Nun! diese Brücke, die unsere Stadt – unsere, diese, die Sie malen, von der anderen – der dort!« – er wies mit verächtlicher Gebärde auf die andere Seite hin – »würdevoll abgrenzt – da sah ich plötzlich, wie mir gegenüber am anderen Ufer ein Weib stehenblieb, dann sich mühsam weiterschleppte, das Brückenjoch hinauf, dort wieder stehenblieb und in das hochgehende Wasser hinunterstarrte … Nun, ich wußte von vornherein, daß jetzt etwas geschehen würde, und ich hatte mich nicht geirrt, es geschah wirklich etwas unglaublich Triviales:

das Weib sprang über die Brüstung und stürzte sich in den Strom ... Requiescat, dachte ich und wollte weitergehen – aber da geschah etwas ganz Unglaubliches, etwas, was mich im Boden festwurzelte – im ersten Augenblick wußte ich nicht, was geschehen war, denn es dämmerte schon – ich sah nur einen Kopf, wie er in wilden Sätzen der Stelle zusteuerte, wo das Weib verschwunden war – der Kopf schien ganz für sich zu existieren, es fiel mir nicht ein, mir einen Rumpf hinzuzudenken – es war nur ein springender, in unglaublicher Kraftanstrengung mit den schäumenden Wellen ringender Kopf – jetzt wurde es mir begreiflich, daß es sich um eine Rettungsaktion handelte ... aber – aber ... was sind Sie so blaß geworden?«

»Wie können Sie wissen, daß ich blaß geworden bin!« Gasztowt zitterte wie Espenlaub.

»Das kann ich natürlich nicht sehen, aber so was fühlt man ...« – Weryho schien höhnisch zu grinsen – »aber, um auf die seltsame Sache zu kommen: also die dumme Tatsache, daß sich ein Weib ertränken wollte, bekam für mich ein bedeutungsvolles Relief erst durch diesen Kopf – immer mußte ich an ihn denken und suchte nach dem Menschen, zu dem dieser Kopf gehören könnte – und da! denken Sie sich mein Erstaunen – als Sie da in der Kneipe plötzlich den Hut wegwarfen – da!«

»Schweig!« schrie Gasztowt ihn herrisch an.

Sie sahen sich lange an in verbissener, schmerzhafter Spannung – dann gingen sie weiter in tiefstem Schweigen.

Aber in Gasztowt kochte die letzte Neugier über, er konnte nicht länger an sich halten:

»Und haben Sie den Schrei gehört?« fragte er geheimnisvoll und erschauerte.

»Freilich habe ich ihn gehört, aber gestern war er mir nichts weiter als eben der lächerliche Schrei eines Weibes, dem im letzten Augenblick das Wasser doch ein wenig zu kalt wird – gehört, wirklich gehört in seiner ganzen majestätischen Gewalt, die Himmel und Erde durcheinanderrüttelt, habe ich ihn erst heute ...«

»Wann? Wann?« Gasztowt fieberte – »wann haben Sie den Schrei gehört?«

»Heute! Mit diesem furchtbaren Schrei haben Sie Ihre Musik heute beendet – ich bin Ihnen unendlich dankbar für diesen Schrei – die triviale Sache des versuchten Selbstmordes eines Weibes, das Sie übrigens gerettet haben, bekam für mich eine unerhört tiefe Perspektive von Grauen, von Verzweiflungswahnsinn, ohnmächtigem Sich-Hinstrecken nach herrischem Lebenskampf – die ganze Straße heulte und brüllte in verendender Agonie, in verreckendem Todeskampf ... Unerhört, unerhört!«

Weryho geriet in furchtbare Aufregung:

»Jetzt – jetzt nur noch das Letzte: Jetzt werden Sie den Schrei malen – Sie müssen ihn malen – ich flehe Sie fußfällig an – für mich werden Sie ihn malen – Sie, der gewaltigste Künstler, den je die Erde getragen hat – Sie werden noch einmal den Schrei hören.«

Er erfaßte plötzlich Gasztowts Hand und küßte sie inbrünstig.

Gasztowt entriß ihm die Hand, als hätte ihn eine giftige Natter gebissen.

»Jetzt werden Sie das Weib sehen – jetzt werden Sie den Schrei hören, Sie werden mir ihn malen – malen! Sie müssen, müssen ihn malen ...«

Gasztowt hörte die Stimme jetzt wie aus einer weiten Ferne – nun schien es ihm, er würde gewaltsam durch eine Mauer hineingeschoben in einen engen Gang, er tappte herum, tastete sich vorwärts, bekam eine Klinke zu fassen, öffnete eine Tür und trat in einen kleinen, lichtüberschwemmten Saal ...

VII

Als wäre er in eine seltsame Maskerade hineingeraten.

Er sah sonderbare Frauengestalten mit weißen Perükken, ihre Gesichter waren mit gelbem Wachs überzogen, aber statt der Augen war der Mund mit einer Maske verhüllt, mit einem schmalen, schwarzen Bande, und wenn sie auf und ab hinter diesem schwarzen Bande ihre weißen, schmalen Finger hindurchsteckten, machte es einen unglaublich seltsamen Eindruck: man glaubte überall Totenschädel zu sehen.

Dort sah er wieder halbnackte Kokotten, die schamlos, mit kalten, raffinierten, unflätigen und unzüchtigen Bewegungen sich auf den roten Sammetsofas an den Wänden ringsherum räkelten, ihre Augen waren mit schwarzer Kohle dick unterstrichen, die Brauen mit gemeinster Karminfarbe überkleistert, und ihre Lippen, mit giftgrüner Farbe ummalt, machten den Eindruck unsagbar ekelhafter, vom Wundbrand zerfressener Saugorgane.

Dort wieder ein Schwarm Backfische in kurzen Rökken, die nichts verschleierten – sie hüpften herum auf dünnen Beinchen, aus den durchsichtigen Chlamiden schimmerten welke Brüstchen, die Wangen waren eingefallen und glühten in hektischer Röte, die Augen brannten in gieriger, unzüchtiger Brunst.

Und eine würdige Gefolgschaft bildete ein Schwarm von durchaus unglaubwürdigen Männern. Er sah zahnlose Greise mit völlig kahlen Köpfen, nur hinten hing auf die betreßten Uniformen eine Art von fettigem Weichselzopf herab – sie gingen, als hätten sie in ihren Gliedern statt Knochen elastische Sprungfedern, machten bei jedem Schritt lächerliche, nach allen Seiten hin und her flatternde Bewegungen, wie man sie nur in den ältesten Kinos sieht, bewegten den Mund und atmeten wie Wachsfiguren im Panoptikum, wenn sie aufgedreht werden – er sah auch junge Leute, aber es war, als hätte sich das Knochengerüst in ihnen aufgelöst – sie sahen aus wie lederne Schläuche, die hin und her rutschten, wie die Figürchen in einem Marionettentheater, und zwischen ihnen schlängelten sich halbwüchsige Knaben hindurch mit verloschenen Augen, mit rachitischen Beinen und den langen, bis an die Erde reichenden Armen eines alten Orang-Utans.

Gasztowt staunte und erschrak heftig in diesem Gespensterhaus. Er wollte entweichen, aber er konnte nirgends eine Tür entdecken. In ängstlicher Erwartung schloß er die Augen, tappte blindlings umher, und als er auf einmal aus seinem Todesschreck erwachte, sah er zu seinem Erstaunen, daß er an einem kleinen Tische saß, mitten im Publikum, aber nicht dem, das ihm soeben den fürchterlichsten Schreck eingejagt hatte, sondern in einem zwar nicht ganz gewöhnlichen, aber doch jedenfalls passablen Publikum, das ihm verflucht blasiert und unendlich gelangweilt erschien.

Alle saßen sie an ebensolchen Tischchen wie er – gossen sich aus den Flaschen irgendeinen dickflüssigen Trunk in die Gläser, und auch er griff nach der Flasche, die sich durch irgendein Wunder vor ihm vorfand, goß sich ein Glas voll und trank es bis zur Neige.

Im ersten Augenblick empfand er einen Schmerz, als berste ihm die Hirnschale entzwei, aber zugleich fühlte er eine seltsame Seligkeit und Ruhe sich in seine Adern ergießen …

Er erinnerte sich plötzlich, daß er das erste Publikum, das ihn so tief erschreckt hatte, eigentlich nicht vor sich gesehen – er hatte es erblickt ganz weit in der Ferne, in einem Riesenauge, das in dem Phosphor der Fäulnis und des Verderbs glühte – dem Auge des gräßlichen Tausendfüßlers. Wenn er jetzt aber in dem anderen Auge noch ein weit gräßlicheres Schauspiel zu sehen bekäme, würde er sich durchaus nicht beunruhigen und sich nicht aus dem Gleichgewicht bringen lassen – so gut, so wohl, so selig fühlte er sich jetzt …

Nur eine gespannte Erwartung empfand er rings um sich, und auch er erwartete irgendwelche Dinge, die da kommen sollten, in völligster Seelenruhe …

Seine ganze Aufmerksamkeit war jetzt auf ein Etwas gerichtet, das im Hintergrunde mit einem scharlachroten Vorhang verdeckt war. Von dort würde ihm wahrscheinlich die Erlösung für sein Warten kommen.

Und er irrte sich nicht.

Aber da ihm alles so sonderbar vorkam, überzeugte er sich, daß er nicht träumte: er betastete die Westentasche – der Ring war da! Er atmete erleichtert auf.

Nun sah er neben dem Vorhang einen Mann, der eine Geige stimmte – er lächelte vergnügt: oh! es war ja der bekannte Droschkenkutscher – auch dieser schien ihn erkannt zu haben, denn er blinzelte ihm verstohlen zu: nun wird es bald losgehen!

Der Spielmann verschwand plötzlich mit dem unvermeidlichen Mädchen, das auf der Harfe die Begleitung spielte, und durch das ganze Café ging ein Aufatmen der Erleichterung.

Nach einer Weile hob sich der geheimnisvolle, scharlachrote Vorhang. Gasztowt sah auf einer winzigen Bühne eine äußerst primitive Dekoration, die läppisch das Innere einer italienischen Taverne vermuten ließ. In einer Ecke saß der phantastisch kostümierte Geigenspieler, der jetzt Mandoline spielte, ihm zu Füßen kauerte das Mädchen mit der Harfe.

Nach einem kurzen Vorspiel erschien plötzlich ein Weib auf der Bühne – sie trat langsam, zaudernd ein, schwerfällig, fast widerwillig und widerstrebend, als ob sie nur gezwungen einem Befehl gehorchte. Sie sah vor sich hin mit weit aufgerissenen Augen, die ganz starr und wie erstorben schienen, und ihr Gesicht war so schmal und klein, daß man im ersten Augenblick nur die Augen, einzig allein die großen Augen mit ihrem trüben, gläsernen Ausdruck zu sehen vermeinte.

Gasztowt zuckte zusammen.

Das war doch sie! er rieb sich die Augen – nein! er irrte sich nicht – er war so erstaunt, von dieser Erscheinung so überrascht, daß er ganz vergaß, wo er sich befand, und seine Augen unstet umherirren ließ, um sich zu überzeugen, daß es keine Traumvision war.

Einen Augenblick lang fuhr es ihm durch den Kopf, es könnte hier nur eine zufällige Ähnlichkeit im Spiele sein, es müßte doch völlig ausgeschlossen sein, sie hier zu treffen, ganz und gar und unter allen Umständen ausgeschlossen; noch einmal richtete er seine Augen mit angestrengtester Aufmerksamkeit auf das Weib: nein! er irrte sich nicht – sie war es, zweifellos.

Und offenbar hatte sie die schwere Last seiner Augen auf sich ruhen gefühlt, denn ihr Gesicht zuckte auf, die halb erloschenen Augen erglänzten – begannen unruhig von einem Tisch zum anderen zu flattern und bohrten sich schließlich tief in die seinen.

Und ihre Augen packten sich, schraubten sich ineinander unzertrennlich fest, und es schien, als müßten sie sich jetzt ganz automatisch in Bewegung setzen, um dicht aneinander zu kommen: da plötzlich sprang aus einer Ecke ein junger, schöner Mann auf sie zu, faßte sie um den Leib – schneller und lauter begann der Mandolinenspieler das Instrument zu bearbeiten, und immer schneller liefen die dünnen Finger über die verstimmten Saiten der Harfe.

Und nun begann ein wilder, leidenschaftlicher Tanz, ganz unwahrscheinlich in seiner elementaren Ausgelassenheit – weltentrückter Ekstase.

Das Weib, das ihm noch vor einer Weile schwerfällig und beinahe schlaftrunken erschien, verwandelte sich plötzlich in eine wilde Mänade: sie stand wie im Feuer, ihr schwarzes, reiches Haar flatterte nach allen Seiten, aus ihrer Kehle drang ein kurzer, pfeifender Schrei, ihre Arme, die sich über dem Haupt verflochten, sich dann über der Brust kreuzten, dann wieder den Boden berührten, um wieder emporzuschnellen, glichen geschmeidigen Schlangen in lüsternen Windungen, in gierigen Sprüngen, kriechenden Listen und schleichenden, verführerischen Wagnissen; die Beine glitten so schnell hin und her, daß man ihre Bewegungen kaum fassen konnte, nur ab und zu flogen sie unter dem Kleide hervor in die Höhe, jäh und gewaltsam, als wollten sie sich von den Hüften losreißen.

Der geschickte Tänzer lief bald von der einen, bald von der anderen Seite an sie heran, ließ sie sich wie einen Kreisel um sich selbst drehen, faßte sie um die Hüften und ließ sie wieder los, faßte sie von neuem, riß sie an seine Brust, umfing sie mit einem Arm, um sie gleich wieder mit dem anderen zu greifen, schien mit ihr Ball zu spielen mit einer Gewandtheit und Leichtigkeit, als spiele er mit etwas Körperlosem.

Aber jedesmal, wenn sie ihr Gesicht dem Publikum zuwandte, fühlte Gasztowt ihren sengenden Blick, der ihn zu verschlingen suchte und an seiner Seele mit ätzender Säure fraß.

Nein! das war doch unmöglich, dachte er, ganz ausgeschlossen, daß es dasselbe Weib sein könnte: jene dort auf der Brücke, die sich in das Wasser geworfen hatte, und diese hier, die er besessen von dem höllischen Tanze sah – dies ausgelassene, herausfordernde, schamlose Weib!

Jetzt wurde der Tanz zu einer wüsten, unflätigen Orgie – entfesselte sich hart am Rande einer brutalen, tierischen, schamlosen Geschlechtsbegierde.

Gasztowt ließ angeekelt den Kopf sinken. Er wollte nicht sehen, was ihm die Erhabenheit der Straße beschmutzte.

Mit Wollust würde er einem Tanze des wildesten Grauens zuschauen, einem Tanze über dem Abgrund zwischen Tod und Leben, einem entmenschten, blutrünstigen Tanze auf dem Schlachtfelde des Lebens, dem irrsinnigen Veitstanze des Hungers und des Galgens, der Rache und des Hasses in Todeszuckungen – aber diesen Tanz konnte er nicht länger anschauen: er roch nach der Pfütze.

Und deshalb hatte er sie dem Tode entrissen, um sie in diese Kotlache hinabzustürzen! Dem Tode hatte er sie entwunden, um ihr ein Bad in dem kotigen Rinnstein des Lebens zu bereiten ...

Er erschauerte und duckte sich unter der grauenhaften Erkenntnis, daß er ein scheußliches Verbrechen begangen hatte, das er durch kein noch so großes Opfer würde sühnen können.

Und vielleicht war es nur ein höllisches Blendwerk, eine kranke Einbildung seines fiebernden Hirns? – er hob langsam den Kopf – und verstohlen, als fürchtete er, ihren Augen zu begegnen, blickte er auf die Estrade: er sah nur ein paar Beine in der Luft – der Tänzer hatte sie bei den Armen gepackt, sie in die Luft geworfen, ein paarmal schnell herumgewirbelt, daß sie horizontal in der Luft schwebte, und ließ sie jetzt zu Boden gleiten.

Und im selben Augenblick hatte sie Gasztowt mit

ihren Augen gepackt, und als hätte sich in ihnen ein Abgrund von Haß geöffnet – schienen sie wilden Hohn auszuschreien, Flüche und Verwünschungen herauszubrüllen, und jeder dieser lautlosen Schreie peitschte seine Seele mit bis zur Rotglut erhitzten metallnen Ruten.

»Schau zu, verfluchter Verbrecher, in welches Leben du mich hinübergerettet hast! Sieh, zu welcher Qual du mich verdammt hast! Sieh, in welcher Kotlache ich mich wälzen muß, denn du hast mich zum Leben gezwungen, und ich muß leben, weil du, verbrecherischer Wohltäter, meinen Willen bezwungen hast!«

Ihr kleines Gesicht verkrampfte sich in konvulsivischem Lachen, und die fletschende Reihe scharfer, schmaler Zähne schien sich in seine Haut einzubeißen, seine Adern zu durchschneiden und ihr Mund, dieser unzüchtige Mund einer Hetäre, sein Herzblut zu schlürfen.

In seinem Kopfe wurde es wirr – er hörte nicht das Begeisterungsgebrüll der Anwesenden, es wurde dumpf und taub um ihn herum und in den Augen eine entsetzliche Öde und Nacht.

Das tausendfüßige Elend kroch langsam über die ganze Welt, mit tausend Füßen krallte es sich ein in ihre Grundfesten, legte sich über sie mit seinem Riesenleib und nahm sie in seine Gewalt. Kalte Schauer liefen über seinen Rücken – er wachte auf und sah mit irren Augen um sich.

An einem Tische ihm gegenüber, neben einem Mann, dessen Gesicht in viehischer Begierde ganz rot angelaufen war, saß – sie! Jetzt war jeder Zweifel geschwunden – sie war es tatsächlich und in Wirklichkeit – sie!

Sie schmiegte sich an den anderen, der sie immer leidenschaftlicher an sich preßte, streichelte seine Wangen, und gleichzeitig sah sie unverwandt Gasztowt an, mit herausfordernden, schamlosen Blicken.

Und als wollte sie ihm die große Wohltat, die er ihr erwiesen, ganz deutlich vor Augen führen und ihm zeigen, wie unendlich dankbar sie ihm war, umhalste sie den anderen und setzte sich auf sein Knie, und um ihn ganz zu überzeugen, daß sie den Weg zum Leben wirklich gefunden hatte, leerte sie ein Glas Champagner nach dem anderen auf einen Zug.

Aber nicht eine Sekunde wandte sie ihre Blicke von Gasztowt ab, dessen Augen Verzeihung von ihr erflehten.

Jetzt bohrte sie tiefer und schmerzlicher noch ihre Augen in seine Seele ein, knirschte mit den Zähnen, schenkte ein Glas Champagner voll und goß den ganzen Inhalt ihm ins Gesicht.

»Ich taufe dich mit dem Wasser des neuen Lebens, zu dem du mich vom Tode erweckt hast« – sie lachte aus vollem Halse, und über den ekelhaften Leib des riesigen Tausendfüßlers, den er nicht sah, aber allmächtig und allwesend um sich fühlte, ergoß sich die Flutwelle eines gütigen und tief vergnüglichen, zufriedenen Lachens.

Gasztowt trocknete sich das Gesicht und nahm ruhig die Schmach hin, die sie ihm angedeihen ließ, denn er wollte wenigstens ein winziges Stückchen seiner großen Schuld abbüßen ...

Aber sie wurde wütend, weil er so demütig war: immer wildere Flammen des Hasses schlugen aus ihren Augen hervor. Sie machte ihrem Galan den Rock auf, durchsuchte die Westentasche, zog ein Goldstück heraus und warf es verächtlich vor Gasztowt hin.

Gasztowt verbeugte sich tief, nahm das Goldstück auf, denn er wußte, daß er auch diese Demütigung ertragen mußte, um die Größe seines Verbrechens ein wenig zu mindern.

Und das tausendfüßige Elend blähte sich auf vor vergnügtem Lachen, denn die größte Tugend der Elenden ist die Demut ... Sie erblaßte vor übermäßigem Zorn, stieß den Mann, den sie soeben noch so schamlos umfangen hatte, mit solcher Kraft von sich, daß er beinahe vom Stuhl gefallen wäre. Dann setzte sie sich neben Gasztowt an seinen Tisch.

Sie drückte ihr Gesicht in beide Handflächen – das winzige Gesicht, in dem zwei Augen wie riesige schwarze Kohlen glühten, und sah ihn an, als wollte sie ihm seine Seele in Fetzen reißen.

»Hast du nach mir gesucht?« fragte sie giftig.

»Ja! ich habe nach dir gesucht«, antwortete er demütig. »Ich wollte dich um Verzeihung bitten für das Verbrechen, das ich an dir begangen. Aber ich wußte nicht, daß ich dich in noch tausendmal größeres Elend stürzen würde, als ich dich vom Tode rettete. Nun, jetzt ist es zu spät, ich kann es nicht ungeschehen machen. – Übrigens wußte ich, daß du sowieso dich auf diese oder jene Weise wirst von dir befreien wollen. Und das hast du so gründlich besorgt, daß du dich ganz und gar in dir zerstört hast. Wäre nicht die äußere Hülle da, aus der du dich selbst hinausgejagt hast, um eine mir ganz fremde Seele in sie hineinzupeitschen, hätte ich dich niemals erkannt.«

»Also hat deine Rettungsaktion nichts geholfen?« lachte sie höhnisch und biß die Zähne aufeinander.

»Nichts – gar nichts! Sollte ich dich noch tausendmal retten, es würde nichts helfen« – sagte er salbungsvoll. »Du existierst ja nicht mehr – in der ehemaligen, äußeren Hülle haust nun eine mir ganz fremde Seele.«

»Verbrecher du!« zischte sie.

»Ich weiß es und büße schwer genug. Ich weiß nun allzu gut, daß ich mein Verbrechen durch nichts sühnen kann.«

Sein Kopf sank ihm schwer auf die Brust.

»Aber wozu darüber reden ... etwas Schlimmeres noch lastet auf meiner Seele.«

Sie hatte sich so gierig mit ihren Augen in ihn eingesogen, daß er unwillkürlich zu ihr aufsah.

»Du fragst, was es sei? Nun – ich kann es dir sagen ... Ich bin hierhergekommen und habe nach dir gesucht nur deswegen, um deine Stimme zu malen. Ich habe nämlich ein Bild gemalt, wie kein Mensch gewagt hätte es zu malen – das heißt – ich habe es nicht gemalt, aber ich wollte und hätte es gemalt, wenn ich nur deine Stimme zu hören bekommen hätte. Ich wäre dann bis in die geheimsten Tiefen der rätselhaften Seele der Straße eingedrungen, ich hätte das grausige Geheimnis des Elends, an dem das menschliche Herz krankt, enträtselt, – jeder Stein hätte dann gesprochen, und die dämmrige Straße und die hohe Brücke, von der du dich in den Strom geworfen hast – die Farbe, die Form wäre zur Sprache geworden, einer gespenstischen Mär von der in allen Fugen berstenden Seele des Menschen, von ihren Irrungen in den dunklen, engmaschigen Kreuzgängen des Daseins – die Form, die Farbe, das Wort: dies alles eine göttliche Einheit, hätte das gewaltige Mysterium erschlossen, das mit dem Worte allein nicht zu erfassen ist … Deinen Schrei muß ich jetzt hören, denn der gestrige ist verblaßt, ich kann ihn nicht malen, er trieft zu wenig von Blut, seine Wunde ist noch nicht groß genug – noch einmal muß ich den bluttriefenden, aus allen Wunden ächzenden Schrei hören!«

Er richtete sich plötzlich auf:

»Den Schrei muß ich hören, der aus dem tiefsten Pfuhl der Unzucht, aus dem Urgrund deiner unflätigen Schamlosigkeit sich losreißt – ich muß ihn hören!«

Er stand vor ihr in grausiger Macht:

»Schrei!« brüllte er auf.

Sie sah ihn einen Augenblick erschrocken an.

»Schrei! Schrei!«, er packte sie an den Armen und schüttelte sie.

Jetzt brach sie in ein gellendes Gelächter aus.

»Ha, ha, ha! Was für ein erbärmlicher Komödiant! Ha, ha, ha! Welch blödsinniger Scharlatan! Womit will er mir imponieren und mich ängstigen! Ha, ha, ha!« sie drehte sich um – »habt ihr gehört, ihr guten Leute, kommt doch heran – eilt mir zu Hilfe!« Sie wälzte sich vor Lachen.

Gasztowt war plötzlich zu Stein geworden – er sank schwer auf seinen Stuhl nieder.

»Weiter – weiter! Bist du schon zu Ende?« höhnte sie.

Er sah sie lange in tiefstem Hasse an, dann lachte er giftig.

»Donnerwetter – die Komödie ist mir mißlungen –

ich glaubte dich schon mit der großen Phrase ködern zu können, aber du bist zu schlau – du verflixtes Aas – jetzt muß ich mit einer ganz anderen Tonart anfangen, das Kraut aus einem anderen Faß schöpfen … Ha, ha, ha … Nun hast du mich fest an die Wand gedrückt, jetzt will ich dir die ganze Wahrheit gestehen – hörst du?«

Sie war auf einmal wie verwandelt, sie sah ihn starr und mit tiefem Ernst an.

Er versuchte noch immer eine möglichst höhnische Fratze zu schneiden, aber er gab es auf, bemühte sich möglichst höflich zu erscheinen und befleißigte sich in seiner Anrede des vornehmsten ›Sie‹.

»Bitte um Verzeihung, daß ich Sie in der unverzeihlichsten Weise bis jetzt zu hintergehen trachtete … Ich verstehe es selbst nicht … Ich weiß nicht, wo mein – wahrscheinlich krankes Gehirn diese Grille eingefangen hat … Ich meine das mit Ihrer Stimme – das ist doch völlig sinnlos und absurd …«

Er sprach hastig, abgerissen und überstürzte sich in seiner Rede …

»Diese dumme Idee, daß ich erst Ihre Stimme hören müßte, um ein Bild zu malen! Können Sie sich etwas so Absurdes vorstellen?«

Er lachte sie verlegen an.

»Freilich wäre es eine dankbare Aufgabe für einen Maler, das Lachen eines Menschen zu malen und mit diesem Lachen die düsterste Landschaft in blühendes Eiland umzuwandeln, und umgekehrt das sonnigste und lebenslustigste Gelände zur gespenstischen Eingangspforte des Hades zu machen – und zweifellos wäre es ein ganz interessantes Experiment, die menschliche Stimme oder ihren Schrei zu malen und mit ihrem – oder vielmehr seinem ›Timbre‹ die Mauern und Häuser und Brücken zu tönen – aber …«, er hüstelte, besann sich und sprach dann mit betonter Ehrlichkeit.

»Aber ich kann Ihnen versichern, daß ich mit allen diesen künstlerischen Vorsätzen und Absichten nur einen infamen Selbstbetrug getrieben habe – der einzige Beweggrund, weshalb ich nach Ihnen gesucht habe, war die ganz gewöhnliche Neugierde, was denn eigentlich mit Ihnen geschehen sei ...«

Ihr Gesicht wurde tiefernst und verdüsterte sich – sie fraß sich in ihn hinein, und inzwischen sprach er immer eindringlicher und verbissener:

»Ja, ich schwöre es Ihnen, daß ich jetzt die reinste Wahrheit spreche: es war wirklich eine ganz gemeine Neugierde, deren ich mich jetzt schäme, die mich aus dem Atelier heraustrieb – ich wollte in den Zeitungen lesen, ob Sie vielleicht Ihr Vorhaben von gestern erneuert hätten – ja, ja! starren Sie mich nur nicht so an ...«

Er lachte zynisch ...

»Sehen Sie, wie niederträchtig gemein meine Seele ist! Ich suchte nach einem metaphysischen Schürzchen, um ihre schamlose Blöße zu verhüllen, ich habe den Hunger nach den höchsten künstlerischen Offenbarungen vorgeschützt und mir selbst etwas Hehres vorgelogen, wo ich nur ganz einfach von einem widrigen Sensationsgelüste geplagt war.«

Immer tiefer fraßen sich ihre Augen in seine Seele hinein und saugten sich an ihr fest.

»Ja, ja! Sie können mich noch so ernst und qualvoll anstarren – aber Tatsache bleibt eben Tatsache: als ich Sie aus dem Wasser gezogen habe, war es auch nur die gemeine Neugierde, welches Ende dieses Abenteuer nehmen würde – und als ich Sie mit größter Mühe wieder ins Leben brachte, geschah es nur in der Absicht, Sie auf einen neuen Lebensweg zu führen – und zwar einen solchen, den ich von vornherein für Sie bestimmt hatte. Ich! Ja! Ich! verstehen Sie?!«

Er lachte auf, in wildem Triumph:

»In ein größeres Elend, also in die vornehmste und erhabenste Lebensform, in der Sie jetzt leben, hätte ich Sie nicht hineinzwingen können!«

Er schlug sich an die Brust und kreischte mit steigendem Pathos:

»Wenn jemand, so habe ich die Taufe mit dem Champagnerwein verdient, und nie gab es einen würdigeren

Menschen, dem man verächtlich ein Goldstück vor die Füße werfen könnte, als gerade mich!

Ha, ha, ha! Das ist mein sauer erworbener Verdienst: damit kann ich hier meine Zeche begleichen und brauche nicht in gräßlicher Angst zu zittern, wie in der ›Wilden Marderkatze‹, daß ich meinen prophetischen Ring werde versetzen müssen – ha, ha, ha ...«

Sie unterbrach ihn mit einer müden Geste, zauderte einen Augenblick, dann flüsterte sie im Grauen vor etwas Unbekanntem, in geheimer Angst vor etwas, das sie mit kalten Schauern ob einer nie geahnten Größe überlief:

»O Gott! Wie arm, wie arm Sie sind, wie unsagbar arm und elend!«

Gasztowt starrte sie an in tiefstem Entsetzen, kroch dann in sich zusammen, als wäre ein wütender Faustschlag auf ihn niedergesaust ...

Er keuchte und stöhnte unter diesem Henkersschlag:

»Ah! Jetzt hast du dich gerächt! Oh, wie du dich gerächt hast, Satan du! Nie hat ein Mensch eine so wuchtige Ohrfeige erhalten!«

Er duckte sich nieder, starrte sie an – und plötzlich fuhr er jäh in die Höhe im wilden Triumph des Schmerzes, der ihn wie ein Wirbelsturm im Kreise herumtrieb und einen Wutausbruch verbissenen Hohnes und Verachtung in ihm auslöste:

»Oh, wie ich dir dankbar bin – du – du – apokalyptische Hure! Wie dankbar! Ich habe dich wiedergefunden, du meine erhabene Straße! Oh, wie ich dir dankbar bin, du infame Straßendirne, daß ich durch dich die stolze, majestätische Stimme der Straße zu hören bekam – endlich die stolze, übermächtige, erhabene Geste der Straße! Endlich hat sich mir der Abgrund eines so überreichen, eines so erhabenen, gottgetränkten Elends offenbart, daß es in seinem Überfluß noch an dem meinigen Erbarmen zeigt!«

Er packte sie an den Armen in schreiender Ekstase:

»Schrei es, brülle es in die ganze Welt hinaus – dies furchtbare Wunder, kreische es, ächze, stöhne es hinaus in solchen gräßlichen Schreien, daß von ihrer Glut Erde und Himmel Feuer fangen, von ihrer interplanetaren Sturmmacht alle Welten aus ihren Bahnen herausgerissen werden ... Schrei es hinaus, einmal noch, und ich werde Gott werden!«

Noch wollte er etwas aus sich herausstoßen, aber auf einmal wurde er gewahr, daß alles um ihn sich in Rauch und Nebel aufgelöst hatte, daß ein schwerer eiserner Vorhang vor seinen Augen krachend herabgefallen war – er sah sich wieder – allein.

VIII

Wo war er denn nur?

Vielleicht wieder in seinem Atelier?

Aber nein! Irgendwo in dem Saal eines verhexten Hauses. Er hörte das Geräusch von Stühlen, die man wegrückte, von Schritten, die ängstlich und verstohlen irgendwo verhallten – an sein Ohr drang keuchendes Geflüster, ab und zu sah er ein Irrlicht, wie wenn Tausenden von weit aufgerissenen Augen eine Fäulnisphosphoreszenz entströmte, er hörte sein eigenes Zähnegeklapper vor unfaßbarem Grauen, er wagte nicht sich vom Fleck zu rühren, damit ihn nicht irgendeine boshafte Drut von hinten anpacken konnte, er kroch in eine Ecke, sah hin und erstarrte vor Entsetzen:

Die Bretter des Fußbodens hoben sich allmählich, und aus dem tiefen Riß kroch ein ungeheuerlicher Tausendfüßler hervor.

Er war so widerlich, ekelhaft und monströs, wie er ihn noch nie gesehen hatte – und doch hätte er sich schon längst an ihn gewöhnen müssen.

Er sah, wie das ekle Gewürm mit seinen tausend Füßen um den runden Saal herumkroch, sah, wie es sich fortwährend in neue Ritzen verkroch und wieder verschwand, aber er wußte ganz genau, daß es wieder zum Vorschein kommen würde – und er irrte sich nicht – er sah den Tausendfüßler sich wieder hocharbeiten, sah ihn auf dem geborstenen Plafond herumkriechen, riesenhaft, in gespenstischer Größe, in tötendem Grauen.

Nun wußte er, was es war: wohin er sich auch verstekken, fliehen, verkriechen mochte, immer würde er ihn sehen, nie mehr diese Vision loswerden, ihm wurde nur eine Offenbarung zuteil, die er zu sehen verlangt hatte: den übermächtigen Tausendfüßler, den Beherrscher der Straße, ihres Hungers, ihres Elends, ihres Unrats – er hatte das fürchterliche Symbol des kalten, gleichgültigen Lebens erblickt: das tausend- – nein! das myriadenfüßige Elend!

Die Haare sträubten sich ihm, und das Entsetzen schmerzte ihn körperlich so furchtbar, daß er sich blindlings zur Flucht wandte. Und durch irgendein Wunder öffnete sich die Wand, und er kam ins Freie.

Die Knie schlotterten ihm, er hörte das rasende Hämmern seines Herzens – er blieb stehen.

Aus dem Innern des Höllenhauses drangen unruhige, verworrene Laute an sein Ohr; es war wie das Bersten von Brettern, das Krachen einfallenden Deckengebälks, dann wieder etwas, wie wenn man Schutt beiseite wirft, um nach verborgenen Schätzen zu suchen, ein Graben und Wühlen – der Tausendfüßler sucht nach ihm, das Ungeheuer arbeitet sich jetzt durch die Wandmauer hindurch – noch einen Augenblick!

Und als hätte ihn eine fremde, gewaltige Macht gepackt, wandte er sich zur Flucht.

Die Füße fühlte er nicht den Boden berühren, ihm schien, er wäre nur ein Herz, das wie ein Spielball vom Boden aufschnellte, im rasenden Sprung wieder niederfiel und wieder in die Höhe zuckte – ab und zu fiel er in der schwarzen Finsternis lang hin auf den Boden, raffte sich auf, wußte nicht, ob er geradeaus lief oder sich im Kreise drehte, streckte seine Arme weit von sich, weil er wußte, irgendwo würde er auf eine Mauer stoßen und nicht weiter können – aber endlich atmete er hoch auf, glücklich.

Er kam auf einen geräumigen Platz, seltsam beleuchtet von einem bläulichen, nebligen Licht – es konnte Frühlicht sein oder auch späte Abenddämmerung – das vermochte er nicht zu unterscheiden.

Er blieb mitten auf dem Platze stehen und sah vor sich eine Menge Alleen, die nach allen Richtungen ausliefen – es erfüllte ihn mit dem größten Schreck, daß er nicht wußte, welche Richtung er einschlagen sollte – er hatte völlig das Gefühl verloren, wohin es geradeaus ging und wo er wieder auf die alte Stelle zurückkehren würde.

Wäre es noch ein öffentlicher Platz mitten in der Stadt gewesen – aber es war eine Lichtung im Wald – ringsherum starrte eine dunkle Mauer von riesigen, hochragenden Bäumen, und auch die Alleen schienen nur ein Blendwerk seines überhitzten fiebernden Gehirns zu sein – denn er sah keinen Weg vor sich.

Immer heftiger schüttelte ihn der grausige Frost des Entsetzens – er hörte in diesem Walde seltsame Stimmen, das Krachen von Ästen, den dumpfen Widerhall von kriechenden, vorsichtigen Schritten: sicher war es das tausendfüßige Ungeheuer!

Und wieder wandte er sich zur blinden Flucht, wie ein umstelltes Wild, sinnlos vor sich hin.

Aber seltsam: er traf auf keinen Baum, auf kein Hindernis, es war ihm nur, als müßte er sich durch eine schwere, dicke Nebelmasse hindurcharbeiten, die er mit weit vorgestreckten Armen auseinanderriß, und jetzt wurde dieser Nebel zu einem breiten, elastischen Tuch, auf das er sich weit vorgebeugt hinwarf und in unglaublicher Schnelligkeit zu schwimmen begann, wie von starken Meereswellen getragen – aber es dauerte nicht lange, denn schon fühlte er harten Boden unter seinen Füßen und gleichzeitig einen gräßlichen Schmerz, der sich aber mit keinem menschlichen, weder einem körperlichen noch einem seelischen, vergleichen ließ – es war wie der Schmerz mühsam entzweigebrochener Äste, tief durchfurchter Erde, in kleine Stücke zersprengter Felsen, vom Himmel herabgerissener Sterne – und er hörte sich jetzt laut und qualvoll schluchzen und konnte sich nicht vergegenwärtigen, daß er sich in einem Weinkrampf wälzte – er hatte völlig das Gefühl seines eigenen Selbst verloren. Nur ein Gefühl noch hielt sein nach allen Richtungen zerstiebendes Ich mit straffen Zügeln zusammen: ein gräßliches Angstgefühl, daß sich in ihm etwas ganz Ungeheuerliches vollziehe.

Und wieder sank tiefe, schwarze Nacht auf sein Gehirn herab.

Und in dieser Nacht – wann hatte er sie doch schon einmal erlebt – gestern? vor einem Jahr – einem Jahrtausend? – hörte er wieder das Brausen von weiter Ferne heranflutender Wogen, himmelhoch ragende Wasserwälle im Donner des Jüngsten Gerichts und höllischem Gebraus – jetzt wölbte sich die entsetzliche Wasserkuppel hoch über ihm, jetzt würde sie bersten und mit Wolkenbrüchen über ihn niederstürzen – jetzt würde er den Schrei hören, der ihm den Abgrund tiefster Geheimnisse beleuchten mußte – den Schrei, den gewaltigen Blitz, der den Himmel in tiefe, feuersprühende Furchen zerpflügt und auf ihm eine Feuersbrunst entfacht von irrsinnig gewordenen Farben, in denen giftige Gase brennen, mit denen die kochende Lava aus einem Vulkankrater hervorschießt und auf dem Spektrum der Nacht meilenweite Farbenstreifen einzeichnet, von denen das Auge erblindet! Oh, nur noch einmal diesen Schrei der tobsüchtigen, epileptischen Farben hören!

Und ihn packte ein wüstes, blutrünstiges Verlangen, diesen Schrei in seinen Ohren erdröhnen zu hören, ihn zu fühlen, wie er in den geheimnisvollen Knotenpunkt aller Sinne hineinströmte, so daß er zu einem allmächtigen Sinn wurde – der Schrei – tausend Sinne zugleich in einem – und er mit diesem einen, aus tausend Komponenten zusammengesetzten Sinn, die ganze Welt umfassen konnte – nein! nicht die Welt! Was ging ihn die Welt an? –

Die Straße! Die Straße!

Mögen dann die Harpyien seine Speise verunreinigen – er wird sie verschlingen mit der Wollust des verwöhnten Feinschmeckers – möge sein Wein mit bitterster Galle vermischt sein – er wird ihn mit einer Seligkeit schlürfen, als hätten ihm die Götter ihre Ambra gereicht.

Mögen ihm scharfe Kieselsteine als Ruhekissen dienen, er wird sie als Eiderdaunen empfinden – und die Tore der Leprarien werden ihm zu goldenen Eingangspforten, durch die er einschreiten wird in das geheimste Heiligtum der Kunst.

Dann wird sich der Fluch seiner Mutter wenden und zur heiligen Gnade des göttlichsten Segens werden.

Wenn er nur diesen Schrei noch einmal zu hören bekäme!

Müde fiel ihm das Haupt auf die Brust herab, und er ächzte und stöhnte im verkrampften Schmerz, denn er wußte, daß sein Verlangen sich nicht erfüllen würde, seine Nacht war taub und konnte keinen Schrei gebären.

Und dem Fluch der Mutter gesellte er seinen eigenen:

»Und du wirst taub sein, obgleich du hören wirst, blind, obgleich du das unsichtbarste Stäubchen zu sehen vermagst, und stumm, obgleich deine Zunge gelöst ist.« – Er dachte lange nach, aber einen schwereren Fluch konnte er für den Schöpfer nicht finden …

Schade! Schade! Daß er nicht zorniger sich verfluchen konnte! Vielleicht würde ihm vor seinem eigenen Fluch mehr grauen als vor dem seiner Mutter, vielleicht würde er auf ihn so einwirken wie die furchtbare Erschütterung des Schreckens, der Taubstummen Stimme und Gehör wiedergibt und Blinde sehend macht …

Ohnmacht! Grauenhafte Ohnmacht!

Er war zu schwach, selbst um zu fluchen, dazu benötigte man gewaltige Kraft und gottgewordenen Erfüllungswillen!

Er hob seinen Kopf in düsterer Verzweiflung und sah rings um sich.

Er war gar nicht erstaunt über das seltsame Lichtgewoge oder vielmehr den metallischen Abglanz von bläulichen Stahlplatten – das war das Strahlen der Augen des Weibes, das er gerettet hatte und das ihm schon gestern die Straße, den Strom auf die Brücke erleuchtete – ihn verwunderte nur der Umstand – wo war er denn eigentlich? Nein! er irrte sich nicht: er saß auf derselben Bank auf dem nämlichen Platz wie gestern, hier hatte er den

Bußpsalm seiner Mutter gesprochen, hier hatte er auf das Gewirr der einmündenden Gäßchen hingeblickt und von hier aus den Weg des Schattens genommen, den das Weib, das sich ertränken wollte, hinter sich warf.

Welches Wunder hatte ihn hergeführt?

Er erschauerte.

Ja! er irrte sich wirklich nicht – hier in der Nähe der schwarze Strom und die Höllenbrücke – oh, oh! noch einmal diesen Schrei hören!

Er schnellte plötzlich hoch, sein Herz setzte aus, er zitterte und bebte an allen Gliedern: vor ihm stand das Weib!

Er wich zur Seite in keuchender Angst.

»Was hat dich denn so erschreckt?«

Ihre Stimme! Er riß die Augen weit auf – und sah jetzt deutlich ihr Gesicht und ihre ausgestreckte Hand.

»Erkennst du mich nicht?«

Sie nahm ihn bei der Hand.

»Kennst du mich nicht wieder?«

Er kam allmählich zu sich und empfand einen Ekel, als hätte ein schleichender Lurch seine Haut berührt. Schon wollte er seine Hand schroff wegziehen, die Dirne, die ihm die Erhabenheit der Straße durch ihren unzüchtigen, geilen Tanz beschmutzt hatte, wegstoßen, als ihm plötzlich ein Gedanke wie ein greller Schöpfungsblitz den tiefsten Grund seines Inneren in flammender Helle erleuchtete. Jetzt wurde er auf einmal den versteckten, geheimen Willen gewahr, einen felsharten, unabwendbaren Beschluß, der dort schon längst in voller Reife seiner Erfüllung harrte.

Ein gewaltiger Triumph von Erlösung durchzuckte, durchwühlte seine Seele – denn jetzt wußte er, daß er noch einmal den Schrei hören würde – hören mußte, und sollte das ganze All zu Stücken zerbersten.

Und gleichzeitig fühlte er, daß er sich vervielfältigte und in ein paar Menschen auseinanderfiel: einen, der kalt, streng, hart und grausam Wache hielt, dann einen, der schweigend, düster und herrisch ihn unter dem Arm packte, und dann wieder einen, der wie automatisch angekurbelt überaus glücklich erschien und, als folge er einem übermächtigen Befehl, eitel Wonne, eitel glückseliges Überströmen war.

»Oh! Wie sollte ich dich nicht wiedererkannt haben?! Aus einem tausendstimmigen Gewirr würde ich deine Stimme sofort erkennen, und sähe ich Myriaden von Augen, die deinigen würde ich unfehlbar aus dem verschwommensten Lichtglanz sofort herausfinden – ich bin nur erstaunt und angenehm überrascht, daß du mich hier zu finden vermochtest ...«

»Du sagtest mir, du hättest ein Verbrechen begangen.«

»Ich sagte es«, bestätigte er heiser – »ich bin ein großer Verbrecher.«

»Also siehst du, die Verbrecher kommen immer wieder auf den Platz zurück, wo sie das Verbrechen begangen haben – hier hast du es beschlossen, als du mir gestern Schritt für Schritt nachgeschlichen bist ... ich wußte, wo ich dich zu suchen hatte.«

»Du hast nach mir gesucht?!« Er ließ seine Stimme in überquellendem Glück erzittern, und seine Stimme gehorchte.

»Ja, ja! Ich habe in Hast und Angst nach dir gesucht, um dir zu sagen, daß ich dein Elend nicht bemitleide – ich liebe es!« Gasztowt durchschüttelte zornige Wut, aber sein Nachbar beschwichtigte ihn mit einem heftigen Ruck.

»Du! Du liebst mein Elend?! O sag es noch einmal!« Er strömte über vor heißem Dank – »Wie ich dir dankbar bin! Auch ich liebe das deinige – ich verehre, ich vergöttere es!«

Er bekam Angst, ob er nicht zu hoch gegriffen hatte, ob sein Stimmfall nicht allzu hitzig war – aber er war sicher, daß sie ihm blindlings vertraute.

»Ja! Ich liebe dein Elend, und ich leide, leide ... Ich weiß, daß mein Schrei dich erlösen könnte, aber er ist in meiner Brust taub geworden – er hat sich da im Inneren festgestaut und kann nimmer durch die Kehle durchbrechen ...«

Gasztowt erbebte in tiefster Unruhe. Angst, daß er den Schrei nicht hören sollte, lähmte ihn. Aber sein Nachbar wachte, wieder gab er ihm einen Ruck – und heftiger noch und leidenschaftlicher begann er zu ihr zu sprechen.

»Es handelt sich jetzt gar nicht mehr um den Schrei! Durchaus nicht – das war nur das Fiebern meines kranken Gehirns ... Nach dir habe ich gesucht, nach dir mich krank gesehnt – mein Elend birgt eine grenzenlose Liebe, mit der sich keine andere vergleichen ließe.«

Und sein Nachbar flüsterte ihm ins Ohr: noch stärker, noch eindringlicher!

»Die Liebe, die Liebe allein ließ mich nach dir suchen! Wenn du dich beschmutzt fühlst, wirst du dich in Engelsfrische reinwaschen können, bist du vor Kälte erstarrt, wirst du dich in der Gluthitze meines Herzens erwärmen ...«

Die schändlichen Lügen verstopften ihm die Kehle mit breiigem Kot, seine Stimme wollte sich ihr nicht entwinden– er schämte sich seines hinterlistigen, gemeinen, niederträchtigen Spieles, alles in ihm gellte im heftigsten Aufruhr und verweigerte den Gehorsam, seine Seele schwitzte Blut vor widerlicher Qual, aber das Verlangen, noch einmal den Schrei zu hören, der seine Kunst in die erhabensten Höhen des göttlichen Hellsehens emporheben konnte, überschrie in ihm den Zorn und den tausendstimmigen Zank und Hader in seiner Seele und rang nieder die Scham, die Schande und den Ekel.

Jetzt begann er im hastigen Sprudel die heißesten Liebesworte aus sich herauszuwerfen, er taumelte, überstürzte sich, faßte sie an den Händen, zog sie an seine Brust, überwand den körperlichen Schmerz, den ihm die Berührung verursachte – nur um den Schrei zu hören, in dem sich ihm die Straße in ihrem rätselhaftesten Geheimnis offenbaren sollte, in dem kaum zu ahnenden Versteck, in dem sie in ihrer majestätischen Synthese verborgen ruhte.

Und er bezwang sie mit dem unüberwindlichen, sieghaften Werben seiner Liebe – immer enger preßte sie sich an seine Brust, ihre trunkenen verlangenden Hände umschlangen seinen Hals – ihre gierigen Lippen suchten die seinen – er schüttelte sich vor physischem Ekel, aber er umfaßte sie, hob sie hoch und warf sie sich auf die Brust, umklammerte sie fest und preßte sie immer heftiger an sich:

Jetzt habe ich dich, grinste es in ihm in wildem Hohngelächter, jetzt werde ich deinen Schrei doch hören!

Er schielte zu dem felsharten Unbeugsamen hinüber, der auf der Wacht stand: er nickte mit dem Kopfe.

Und leidenschaftlicher noch flüsterte er ihr sein heißes Liebesgift ins Ohr.

Sie verging in seinen Armen.

»Ah, ah ... das also ist die Liebe! Oh, wie süß – wie himmlisch – oh, ich vergehe!«

Jetzt hab ich dich, du infames Luder!

Er biß die Zähne aufeinander in steigender Wut.

»Zu einem neuen Leben werde ich dich wiedergebären, reinigen werde ich dich mit meiner Liebe, daß du des Gottesthrones teilhaftig werdest – zerschmelzen werde ich dich in der Glut meiner Liebe ... Oh, komm, komm – dort auf der Brücke, von der du dich gestern in den Strom warfst und dich dem Satan-Tod opfern wolltest, dort werde ich dich dem neuen Leben antrauen, dort werden wir unsere heilige Trauung vollziehen ... Komm – komm! Dort wollen wir einander das heilige Gelübde ablegen ... Dort auf dieser Brücke ...«

Jetzt erst merkte er, daß sie schon eine geraume Weile, eng aneinandergepreßt, hin und her taumelten, dieselbe Straße entlang wie gestern – schon blinkte im bläulichen, metallischen Widerschein unsichtbarer Welten der schwarze Strom, schon geisterte in der Ferne das grausige Brückenjoch, ein steigender Triumph weitete ihm seine Seele – und gleichzeitig wuchs in ihm der lähmende Schreck, sie könnte das ganze Lügengewebe und sein niederträchtiges Spiel durchschaut haben und jetzt selbst mit ihm eine verächtliche, höhnende Komödie spielen.

Aber nein, nein! Sie war wie von Sinnen, ganz befangen, bezaubert von ihrem Glück.

Und ein paar Schritte vor ihnen schritt finster und unbeugsam der Wachthabende.

Sein Nachbar verschwand plötzlich.

Aha! Er ist wohl wieder um eine Droschke gelaufen, dachte Gasztowt und unterdrückte mühsam das Lachen – Heute wird sie nicht nötig sein, grinste er.

Da blieb sie plötzlich stehen:

»Ich habe Angst«, keuchte sie und sah sich wirr um.

Gasztowt durchrieselte ein stachelnder Schreckschauer.

»Du hast Angst? Jetzt – jetzt hast du Angst?!« Seine Stimme keuchte in der letzten, qualvollsten Anstrengung. »Jetzt, da wir die Schwelle eines Glückes überschreiten sollen, das mit den kostbarsten Schätzen das tiefste Elend vergoldet, mit der Lichtpracht aller Weltensonnen überstrahlt – da ich dich vor jeglicher Gottheit als meine Braut mir antrauen werde – jetzt weichst du zurück?! Ach komm, komm!« drängte er in sinnloser, leidenschaftlicher Erregung – »dort auf der Brücke werde ich dir ein Gelübde ablegen, heiliger und mächtiger noch als das, welches Gott und die Welt aneinander bindet.«

Sie traten auf die Brücke. Sie ging eigentlich nicht, sie war halb ohnmächtig, er trug sie mehr, als sie ging.

Sie begann plötzlich Widerstand zu leisten, sie entglitt seinen Armen und fiel zu Boden, er hob sie wieder auf und sprach ununterbrochen, immer heißere Liebesbeschwörungen: ein schäumender Strom der glühendsten Betörungen ergoß sich über seine Lippen – es kam ihm vor, als stolpere er über seine eigenen, tückisch ausgestreckten Beine, als habe er sich an die Flügel einer rasenden Mühle angekrallt und wirble jetzt mit ihr zusammen herum.

Aber nichts verfing. Er fühlte, wie sie sich ihm gewaltsam zu entwinden suchte.

»Laß mich los!« schrie sie gell auf.

»O nein! nein!« – er biß wütend die Zähne aufeinander – »jetzt nicht mehr, mein Täubchen! Ha, ha, ha – jetzt nicht!«

»Laß mich los!« schrie sie in tödlicher Angst und schlug mit den Fäusten um sich.

»Jetzt!« hörte er einen steinharten Befehl.

Ja, ja – jetzt werde ich dich loslassen, grinste Gasztowt mit wütendem Hohn. Er umklammerte sie mit seinen Armen, in denen er jetzt eine unmenschliche Kraftfülle empfand, riß sie von sich los, wie einen angesaugten Blutegel, und mit einem gewaltigen Schwung warf er das federleichte Weib über die Brüstung der Brücke in den Strom hinein.

»Schrei!« brüllte er auf.

Sein Herz wuchs ihm ins Hirn hinein und sprengte ihm die Schädeldecke auseinander.

Aber er hörte keinen Schrei.

»Schrei!« Als berste ihm die Brust vor Wutgeheul.

Nichts als das Brausen der schäumenden Stromschnellen.

Und schon wollte er selbst in den Strom stürzen, das ertrinkende Weib erfassen, es am Halse packen und würgen, würgen, um den Schrei aus ihm herauszupressen, da fühlte er, daß jemand ihn von hinten packte und ihn gewaltsam zurückriß. Er wandte sich um und wurde zu Stein:

Vor ihm stand Weryho.

IX

Sie sahen sich lange an.

Es war eigentlich kein Sehen. Eher ein rein körperliches Einander-Betasten mit sehenden Fühlhörnern, ein gegenseitiges Sich-Umklammern mit elastischen Fang- und Saugarmen, die sich ineinanderfraßen, um sich gegenseitig die ganze Seele auszusaugen.

Lange, lange – vielleicht eine Ewigkeit dauerte dieses Ringen auf Tod und Leben.

Endlich schloß Gasztowt die Augen, und als er sie wieder zu neuer Kampfeswut hob, sah er nichts.

Aber es dauerte nur eine Tausendstel Sekunde, denn

wieder sah er deutlich Weryho vor sich. Und seltsam: weit deutlicher und klarer als je zuvor: zum ersten Male sah er ihn wirklich und leibhaftig: Sich selbst!

Ein sinnloser Schreck erfaßte ihn, seine Knie gaben nach, er verlor das Gleichgewicht und fuchtelte mit den Armen in der Luft.

»Was geht mit Ihnen vor?« hörte er eine weitferne Stimme – er riß die Augen auf, aber wieder sah er nichts – nur in seinem Hirn dröhnte der Fluch, den er über sich selbst geschleudert hatte: du wirst blind sein, obgleich du das unsichtbarste Stäubchen zu sehen vermagst!

Ja! Er war blind geworden! wieherte in ihm ein Wirbelsturm von Todesangst.

Aber nein! Denn jetzt wieder tauchte Weryho vor ihm auf, nur das Gesicht, das er noch vor einer Weile deutlich zu erkennen glaubte, schien nebelhafte Formen und dann wieder einen abstrakten Ausdruck anzunehmen – er wußte nicht: den eines ›Führers‹, eines Cäsar, Antinous, eines Wohltäters – oder eines Verbrechers – er konnte sich in dem Gesicht nicht mehr zurechtfinden.

»Jetzt hat es keinen Zweck mehr, daß wir hier stehen – sie ist schon sicher auf den Grund gegangen – jetzt wäre jegliche Rettungsaktion ganz umsonst ...«

Weryho sprach es mit einer ernsten, beinahe traurigen Stimme.

»Das war übrigens vorauszusehen«, meinte er nach einer Weile, »gestern haben Sie Ihren geglückten Rettungsversuch beinahe mit dem Leben bezahlt – heute schlagen Sie es sich aus dem Kopf – Sie sind todmüde, alle Liebesmüh wäre umsonst ...«

»Aber ich habe sie doch selbst in den Fluß hinabgeworfen!« schrie Gasztowt in sinnloser Wut.

»Wozu regen Sie sich so auf? Was ist denn so Großes oder so Aufregendes dabei?«

Weryho lächelte vornehm und diskret.

»Ich sehe keinen Grund für Ihre Aufregung – Sie wollten doch nur den Schrei hören – weiter nichts –, den Schrei, den Sie gestern gehört haben und der wahrscheinlich in Ihrem Gedächtnis verblaßt war, wollten Sie sich auffrischen – das ist doch so klar und so selbstverständlich!

Sie wollten den Schrei malen, und dazu war es nötig, daß Sie ihn noch einmal und vielleicht noch viele Male hören ... Mein Gott, wie viele der gewaltigsten ›Kreuzigungen Christi‹ haben wir den mittelalterlichen Malern zu verdanken, die irgendeinen Bettler von der Straße in ihr Atelier hinauflockten, ihn dort mit Hilfe ihrer Schüler ganz einfach ans Kreuz schlugen, um in gemächlicher Ruhe die Todesagonie des Heilands an dem verreckenden Taugenichts zu studieren – man sagt, dies sei nur eine Legende, aber ich könnte darauf schwören, daß die ›Kreuzigung‹ des gewaltigen Mathias Grünewald dieser einfachen Tatsache ihr Dasein verdankt.

Übrigens müssen Sie diesmal mit diesem Schrei des ersoffenen Weibes zufrieden sein. Er war exquisit – er hat alle Himmel und alle Höllen von Grund aus aufgerüttelt ...«

Gasztowt wich zurück, taumelte, seine Sinne fingen an sich zu verwirren in wahnsinnigem Schreck:

Er hatte den Schrei nicht gehört!

Er war taub, obwohl er hörte, obwohl ihm das leiseste Geräusch zum mächtigen Orgelgedröhn anwuchs – sein Fluch, den er auf sich geschleudert hatte, war in Erfüllung gegangen.

Jetzt haben sich alle Flüche erfüllt und vollzogen.

Und eine dumpfe, brütende Stille nistete sich in seiner Seele ein.

Nur etwas schien in ihm geheim zu beschließen, aber was es war, das wußte er nicht.

»Wissen Sie was«, sagte Weryho plötzlich, »ich habe einen prächtigen Einfall! Ich wohne hier in der Nähe ... Sie werden mich zu größtem Dank verpflichten, wenn Sie jetzt bei mir einkehren. Ich habe eine Flasche Kognak seltenster Marke, das wird uns warm machen – es ist ganz merkwürdig frisch geworden in dieser Nacht ... dabei muß ich heute – schon in ein paar Stunden – in zwingendster Angelegenheit verreisen, so könnten wir bis dahin einige Stunden miteinander verbringen ... Aber vielleicht sind Sie zu müde?«

»Durchaus nicht!« Gasztowt wußte, daß Weryho ihm etwas Wichtiges, etwas für sein ganzes Leben Entscheidendes zu sagen hatte, und ebensogut wußte er, daß er sich jetzt um keinen Preis von ihm trennen mochte.

»Durchaus nicht?!« Weryho lachte – »ich habe mich an diese Ihre Höflichkeitsphrase bereits gewöhnt« – er hielt plötzlich inne – »überdies habe ich Ihnen wirklich etwas mitzuteilen – nicht wahr? Das haben Sie doch soeben auch gedacht?«

Gasztowt antwortete nicht, nickte nur zustimmend, er wußte ja, daß der andere ohnehin alle seine Gedanken las.

Sie gingen schnell, denn plötzlich war es bitter kalt geworden – es war wohl schon gegen Morgen.

Sie gingen durch geheimnisvolle Gäßchen, immer tiefer hinunter, und schließlich schien es Gasztowt, daß sie auf dem Grund dunkler, tiefer Kanäle dahinschritten – links und rechts ragte zu beiden Seiten ein hohes Gemäuer, von keinem Fenster durchbrochen.

»Hier sind die Häuser nach orientalischer Sitte gebaut«, erklärte Weryho – »die Fenster gehen nach innen, auf den Hof hinaus.«

Jetzt wechselten sie kein Wort mehr, und endlich blieben sie an einer Stelle der Mauer stehen. Weryho öffnete mit dem Schlüssel eine kleine Pforte, die sich mit donnerndem Geräusch hinter ihnen schloß.

»Jetzt könnten Sie ohne meine Hilfe nicht mehr hinaus«, lachte Weryho – »wenn Sie mich zum Beispiel ermorden wollten – was für ein fabelhafter Gedanke! würden Sie auf keine Weise dies Haus verlassen können – dies Pförtchen öffnet sich nur, wenn ich in meinem Zimmer auf eine geheime Sprungfeder drücke – eine prächtige Mausefalle – was?«

Aber Gasztowt hörte kaum hin, er hatte Mühe, sich in einem langen und finsteren Korridor vorwärtszutasten, und fiel dabei vor tödlicher Ermüdung beinahe um.

»Hier!« sagte Weryho, drückte auf einen Knopf in der Wand, die Tür öffnete sich, elektrisches Licht blitzte gleichzeitig auf, und sie betraten einen kleinen Salon, der wie ein kostbares und überreiches Antiquariat aussah.

Gasztowt sah sich erstaunt um.

»Mit der Zeit« – Weryho lächelte – »hat sich hier manches Gerümpel angesammelt – aber wie Sie sehen, ist Raum genug da.«

Weryho schob Gasztowt einen Fauteuil zu, rückte einen runden Tisch heran und stellte die Kognakflasche darauf.

»Trinken Sie«, nötigte Weryho mit sanftem Zwang – »ich glaube kaum, daß der französische Präsident diesen Kognak zu trinken bekommt – übrigens sind Sie der erste Fremde, der die Schwelle meines Hauses betreten hat – ich verwahre hier zu große Schätze, um jemanden einlassen zu können – und meiner Schatzkammer werde ich alsbald als höchstes Gut Ihren ›Schrei‹ einverleiben.«

Gasztowt erschauerte, aber er sagte nichts, betrachtete nur mit angestrengtester Aufmerksamkeit die kostbare Tischplatte, in die Pfauen, Paradiesvögel, aller Art Wundertiere geschnitten und mit den feinsten Plättchen aus Malachit, Syenit und dem verschiedenfarbigsten Marmor inkrustiert waren.

»Trinken Sie doch«, bat Weryho und rückte seinen Stuhl dicht an den Fauteuil heran, in dem Gasztowt saß.

Er stieß an Gasztowts Glas und lachte plötzlich mit einem erzwungenen, fast beleidigenden Lachen:

»Ich habe mich mit aller Macht dagegen gewehrt, als Sie mir durchaus einreden wollten, Sie hätten in der ›Wilden Marderkatze‹ Komödie gespielt – ich war direkt beleidigt, als Sie sich einen Histrion, einen Jahrmarktskomödianten, einen Harlekin schimpften – erinnern Sie sich? Ich glaubte, daß Sie nur Ihre tiefe Scham verschleiern wollten. Aber jetzt glaube ich, daß Sie der gewaltigste Schauspieler sind, den je die Erde hervorgebracht hat.«

Gasztowt sah sich plötzlich allein, aber das war wohl nur wieder das alte Gaukelspiel – Weryho würde sicher bald zum Vorschein kommen.

»Ja!«, er sah wieder Weryhos Gesicht, es schien widerwärtig zu grinsen – »das, was ich heute gesehen habe« – deutlich hörte er jetzt auch Weryhos Stimme – »das war das Unerhörteste, was je mir zu sehen und zu hören beschieden ward – eine Komödie, die zu einer grauenhaften Wirklichkeit wird, ist keine Komödie mehr, eher eine göttliche Tat! Das war eine Entspannung der geheimsten Menschenkräfte, um nur ein Ziel zu erreichen, ein übermächtiges Unterjochen des Gehirns unter die Gewalt eines Übergehirns durch eine mystische Kraft, mit der vielleicht nur noch ein Yogi seine Blutzirkulation nach Belieben regeln und seinen Stoffwechsel beschleunigen oder unendlich zu verlangsamen vermag ... In Ihnen hat sich das Versprechen des Satans erfüllt: ›Eritis sicut Deus!‹«

Weryho sprach wie in einer hellseherischen Verzükkung.

»Vor ein paar Stunden habe ich Ihre Hand geküßt und Sie angefleht, mir ›den Schrei‹ zu malen, und jetzt bereue ich es nicht: im Gegenteil, ich werfe mich auf die Knie nieder vor dem Genie in Ihnen, das die Kraft besitzt, die Sterne aus ihren Bahnen zu stoßen, wenn es für seine Kunst erforderlich ist. Oh, wie ich das göttliche Schauspiel genossen habe, als Sie das Weib auf die Brücke lockten – wie Sie mit sich gekämpft und gerungen haben – und jetzt – jetzt, diesen Triumph mitzuerleben, ihn nur in dem fernsten Abglanz durchzukosten, den Triumph, der Ihre Seele von einem Pol zum anderen treibt, daß Sie den Schrei gehört haben! Für einen Augenblick dieses Triumphes würde ich, sollt ich tausend Leben erleben, alle, alle hingeben – diesen Schrei mitempfinden zu können, mit Ihnen, würde mir kein Schatz zu kostbar sein – ach! ach! diesen heutigen unerhörten Höllenschrei!«

In Gasztowts Seele ging eine schwarze Sonne auf, und es entstand eine tiefe Finsternis, in der nur zwei kalte Scheiben ein giftiges Fäulnislicht ausstrahlten: die Augen des Tausendfüßlers – des Elends, das wie ein unermeßlicher Trichter alles in sich verschlang.

»Jetzt weiß ich es, jetzt glaube ich inbrünstig«, sprach Weryho in verzückter Begeisterung, »daß Sie Gott werden und das erschaffen werden, woran noch kein Mensch je zu denken gewagt hat.«

Gasztowt sah ihn qualvoll angestrengt an, er zwang sich, ihn zu sehen, aber seine Augen kehrten unablässig und hartnäckig in die Tiefe seiner eigenen Seele zurück und suchten nach dem Schrei, den es dort nicht gab – denn er hatte ihn nicht gehört. Sie fraßen sich hinein in die leere Öde, aus der eine finstere Sturztiefe gähnte, deren Grund nicht zu sehen war.

Jetzt endlich vermochte er seine Augen von diesem Abgrund loszureißen und ließ sie herumschweifen, bis sie auf der marmornen Platte, die auf seltsamen Sphinxen ruhte, haftenblieben.

Das war wohl ein Schreibtisch, dachte er und betrachtete die Sphinxe – sie schienen geheimnisvoll zu lächeln, blinzelten mit den Augen und flüsterten eine merkwürdige Zeichensprache:

»Kannst du denn nicht sehen?«

Er richtete jetzt sein Augenmerk mit größtem Fleiß und angespanntem Eifer auf alle umherliegenden Gegenstände, da fiel sein Blick plötzlich auf die glänzende Marmorplatte des Schreibtisches, suchte sie aufmerksam ab: mitten auf der Platte lag eine Pistole.

Ihn packte ein Schüttelfrost – unfaßbare Kraft fing an seine Muskeln zu schwellen – sein Gehirn fing an zu wachsen und das Schädeldach zu sprengen: ein Beschluß reifte in ihm – er hörte ihn wie das Brausen eines unterirdischen Ozeans, der in vorsintflutlichen Orkanen sich ausraste – aber worauf der Beschluß gerichtet war, wußte er nicht.

»Und diesen Schrei werden Sie für mich malen!« Weryho sprach leidenschaftlich und abgerissen – »für mich, für mich werden Sie ihn malen – ich werde das Bild mit allen meinen Schätzen erkaufen …«

Gasztowt sah ihn abwesend an – er sah nur die Pistole, die sich hin und her zu bewegen schien und ihn gebieterisch anschrie, er solle sie in die Hand nehmen.

»Ich habe eine seltsame Sammlung des kostbarsten Edelgesteins« – Weryho überstürzte sich in dem wilden Getümmel seiner Worte – »ich habe Klumpen der verschiedenfarbigsten Amethyste vom Ural, die in allen Regenbogenfarben schimmern, ich habe einen Haufen von gelben Topasen aus Böhmen und Sachsen, Rubine aus Birma, tiefblaue Saphire vom Himalaja, ich habe Smaragde aus Singapore, so groß wie Straußeneier, Karneole aus Indo-China und haselnußgroße Demanten vom Kap, unschätzbare Massen von Lapislazuli aus Afghanistan und ultramarine Steinplatten aus dem Baikalsee – ich habe ...«

Gasztowt hörte nicht hin, denn er war jetzt nur noch ein Auge, das an der Pistole festklebte.

»Ist es noch zuwenig? Noch immer zuwenig? Nun, dann werde ich Ihnen meine kostbare Waffensammlung hingeben, wie es eine zweite auf der ganzen Welt nicht gibt – ich habe die seltensten Yatagane, Kindschale, Kordelase, mit kostbarstem Edelgestein übersät, von fabelhaft meisterhafter Ausführung – das alles gebe ich Ihnen für den Schrei ... Hören Sie, was ich sage?« Weryho faßte ihn am Rock – »hören Sie?«

Gasztowt sah ihn lange und durchdringend an – endlich vermochte er seine Augen von der Pistole wegzureißen – er sah ein schmerzhaft verzerrtes Gesicht in namenloser Verzweiflung zucken, und wieder, wie im Spiegel, erkannte er sein eigenes, aber nur auf ein kurzes Aufblitzen, dann wieder sah er Weryhos Gesicht, das ihm grausam, unerbittlich, blutrünstig vorkam ...

»Ich werde dieses Bild nicht malen!« stieß Gasztowt endlich hervor.

»Was?! Was?! Sind Sie wahnsinnig geworden?« Weryho war wie vom Blitz gerührt.

»Ich werde den Schrei nicht malen, weil ich ihn nicht gehört habe!« Gasztowt schrie es in kochender Wut und wildem Haß.

Weryho starrte ihn eine Weile ganz sprachlos an, verblüfft, zitternd vor Schreck, dann brach er in ein langes, pfeifendes, heiseres Gelächter aus.

»Ha, ha, ha! Welch ein Satanskerl! Welch höllischer Komödiant! Was für ein verbrecherischer Lügner, der mir einreden möchte, er habe den Schrei nicht gehört – den Schrei, unter dem die Erde bebte und der Himmel barst. Ha, ha, ha! Was für ein unglaublicher Possenreißer! Ha, ha, ha!«

Und plötzlich versteinerte sein Gesicht und verwandelte sich in eine mordgierige, blutlechzende Henkersfratze:

»Sie werden das Bild dennoch malen! Sie werden mir den Schrei noch gräßlicher darstellen, als er schon war! Ich lasse Sie nicht fort – Sie kommen von hier nicht weg, ehe Sie das Bild gemalt haben. Sie sind mein Gefangener, und Sie wissen, daß nur ich allein Ihnen die Tür öffnen kann. Verrecken, verhungern sollen Sie hier, wenn Sie den Schrei nicht malen!«

Gasztowt schnellte vom Fauteuil auf – die schwarze Sonne in seiner Seele begann aufzuleben und sich zu erwärmen in wachsendem, wutentbranntem Haß:

»Ich werde den Schrei nicht malen!« keuchte er heiser hervor.

»Sie werden ihn malen! Sie müssen ihn malen, wenn Sie nicht des Todes sein wollen«, triumphierte Weryho und trat drohend dicht an ihn heran. »Nicht deshalb hab ich in qualvollster Mühe an Ihrer Seele gearbeitet und sie zur Aufnahme des Schreies würdig gemacht, nicht deshalb bin ich Ihnen Schritt auf Schritt gefolgt und habe bis zur Erschöpfung all meiner Kräfte auf Sie eingewirkt, daß Sie alle meine Befehle ausführten, nicht deshalb hieß ich Sie, die Dirne aus dem Wasser ziehen, denn ich wußte, daß der Schrei damals in Ihnen noch nicht zur Reife gelangt war, nicht deshalb hieß ich Sie, sich die Seele nacktspielen, um sich den Schrei aufzufrischen, und nicht deshalb ließ ich Sie das Weib wiederfinden, habe es Ihnen auf die Brücke geschleppt, daß Sie es morden konnten ...«

Gasztowt wich dem rasenden Ansturm aus und schlich nahe an den Schreibtisch, wo er die Pistole wußte, und immer mächtiger begann die schwarze

Sonne Licht und Wärme eines verbissenen Entschlusses auszustrahlen.

»Nicht deshalb«, schäumte Weryho, »habe ich mich vor dir gebeugt und deine Hand geküßt, damit du jetzt so unverschämte, infame Mätzchen machst und mich zum Narren hältst – ha, ha, ha! Da kennst du mich schlecht – ich brauche dich nicht einmal hier einzukerkern, ich weiß mir noch besseren Rat für dich ...«

Er drängte sich dicht an ihn heran und riß ihm blitzschnell die Stahlkette mit dem Ring aus der Tasche, begann dann herumzuspringen und hielt mit ausgestrecktem Arm triumphierend den Ring in die Höhe.

»Ha, ha, ha! Jetzt hab ich dich! Jetzt wirst du mir den Schrei malen! Du mußt, du mußt ihn jetzt malen, wenn du den Ring zurückhaben willst« – er schwang die Kette in der Luft, und der Ring klirrte um sie herum mit dünnem Klang.

Gasztowt starrte ihn wie versteinert an, wollte schreien, aber er vermochte es nicht, wollte sich auf ihn stürzen, aber er schien an allen Gliedern gelähmt zu sein, ein wüster Sturm der Verzweiflung schüttelte ihn hin und her, riß an seiner Seele, um sie von Grund aus zu entwurzeln, es rang in ihm wie im Todeskampf – und endlich brach sich seine Stimme freie Bahn:

»Und du, du«, keuchte er mühsam, »der du in meiner Seele die geheimsten Gedanken liest, sie mir unterschiebst und sie zu meinen eigenen machst, der du jeden meiner Schritte berechnest und lenkst, mir in die Adern das höllische Gift des Verlangens eingeimpft hast, das erschaffen zu wollen, was nur ein Gott erschaffen kann ...«

»Du sollst Gott werden! Ich befehle dir, Gott zu werden!« unterbrach ihn Weryho mit wildem Triumphgeschrei.

»Du, du ...« Schäumend vor Wut packte Gasztowt ihn am Arm – »du siehst nicht, weißt es nicht, daß ich es nicht kann, daß meine Seele lahmgelegt ist, daß Ohnmacht in mein Schaffensmark sich eingefressen hat, daß ich nicht imstande bin, den Schrei zu malen?!«

»Du mußt ihn malen!« sagte Weryho düster, aber in seiner Stimme klang etwas, woraus Gasztowt heraushörte, daß er gesonnen war nachzugeben.

»Fühlst du denn nicht«, drang er auf Weryho in letzter Verzweiflung ein – »daß ich durch dieses Geständnis mir meine Seele entzweigerissen habe, siehst du sie nicht aus tausend Wunden bluten? Gib mir den Ring zurück!«

»Du willst also nicht Gott werden?« fragte Weryho und starrte ihn finster an.

»Ich kann es nicht! Ich bin gelähmt, ohnmächtig, meine Kraft ist aufgezehrt – gib mir den Ring zurück! Alle Flüche sind in Erfüllung gegangen ...«

In Weryhos Gesicht ging eine seltsame Verwandlung vor sich. Er wurde fast traurig, bekam plötzlich einen bekümmerten, unschlüssigen und verwirrten Ausdruck – es zuckte nur noch wie von verbleichenden Sturmblitzen.

»Sie haben mich angesteckt«, versuchte er zu scherzen und lächelte ein erzwungenes Lächeln – »verzeihen Sie mir, daß auch ich mich in einem dummen Komödienspiel versucht habe – nur kam dabei nichts heraus als ein tiefes Unbehagen, daß ich es so ordinär und gemein gespielt habe ... Ich verstehe ja selbstverständlich, daß man ebensowenig den Schrei wie das Vibrieren der Luft oder die Ätherbewegung malen kann – Farbe und Stimme schließen doch einander aus – ha, ha, ha!« kicherte er leise in sich hinein – »das übersteigt wirklich die menschlichen Möglichkeiten – Sie haben vollkommen recht, daß so etwas nur ein Gott bewerkstelligen könnte – und selbstverständlich gebe ich Ihnen den Ring zurück – ich wollte Sie nur erschrecken, habe wieder nur unbeholfen dasselbe versucht, was Sie an sich selbst mit Ihrem eigenen Fluch versuchten, als Sie sich durch ihn zur letzten Kraftanstrengung aufraffen und die Stimme, oder vielmehr den Schrei in Farbe umsetzen wollten ...«

»Sie haben mich fluchen gehört?«

»Ja, ich höre alles« – Weryho lächelte freundlich – »hier haben Sie Ihren Ring – dafür aber müssen Sie mir eine Bitte erfüllen.«

»Jede, die Sie nur von mir wünschen – nur den Schrei nicht, den kann ich nicht malen« – Gasztowt kroch in sich hinein, beruhigte sich aber, als er den Ring entgegennahm, und steckte ihn in die Westentasche, diesmal zusammen mit der Stahlkette.

»Sie sind vorsichtig und mißtrauisch geworden«, lächelte Weryho. »Ja, Sie haben vollkommen recht, den Ring nicht durch die Kette zu verraten – aber es könnte doch vorkommen, daß es jemanden nach Ihrem Ring gelüstete, und deshalb bitte ich Sie dringend, diese Pistole von mir als Geschenk anzunehmen« – Weryho nahm die Pistole vom Schreibtisch und steckte sie Gasztowt in die Rocktasche. Er goß Kognak in die Gläser.

»Also noch einen Abschiedstrunk – und jetzt, da Sie mir versprochen haben, jede meiner Bitten zu erfüllen, werden wir in Ihr Atelier gehen – Sie haben dort ein Bild, von dem ich völlig besessen bin – ich werde nicht zur Ruhe kommen können, ehe ich es hier habe – und da ich, wie Sie wissen, heute unbedingt verreisen muß – ich weiß nicht, auf wie lange, so werde ich mir jetzt das Bild holen und es gleich bei meinen kostbarsten Schätzen hier verbergen ... Also gehen wir ...«

Das Licht erlosch, und sie kamen jetzt ohne weitere Zwischenfälle gleich auf die Straße.

X

Sie gingen noch immer in einem dämmernden Zwielicht, obwohl die Sonne doch schon längst aufgegangen sein mußte.

Warum ging sie nicht auf? dachte Gasztowt tiefgründig nach – und hatte das Rätsel gelöst: solange er die schwarze Sonne in sich trug, konnte keine andere aufgehen.

Er versicherte sich, daß er den Ring und die Stahlkette in der Westentasche hatte, die Pistole befühlte er liebevoll und war ungemein erfreut: jetzt würde er schon seinen Ring zu beschützen verstehen.

Weryho kam ihm jetzt als ein gewaltiger Wohltäter vor, daß er ihm diese Waffe geschenkt.

»Müssen Sie wirklich heute verreisen?« fragte er fast bedauernd.

»Ja! Ganz unbedingt und ohne jeden Aufschub – ich bin eigentlich mehr als müde, aber das Verlangen, das Bild, von dem ich ganz besessen bin, endlich in meinen Händen zu haben, macht mich frisch und munter. Sie ahnen nicht, welche Unruhe ich durchlebt habe bei dem Gedanken, Sie könnten das Bild anderweitig verkauft haben.«

Weryho sprach noch etwas, aber Gasztowt war zu zerstreut, um hinzuhorchen.

Die schwarze Sonne begann wieder Licht und Wärme auszustrahlen – es wurde immer heller in ihm, eine ungeahnte Kraftfülle ergoß sich in seine Adern, er wurde wieder stark, ja sogar lustig.

»Da sind wir am Ziel!« Er blieb vor einem Hause stehen und suchte nach den Schlüsseln – »ich wußte nicht, daß wir so nahe beieinander wohnen ... wie glücklich ich bin, daß ich den Ring nicht mit den seltenen Schätzen, von denen Sie sprachen, loszukaufen brauchte, sondern mit irgendeinem dummen Bild – oh, Sie sind bescheiden und allzu genügsam ... Aber Sie haben eine grausame Komödie mit mir gespielt, dagegen waren all meine ordinären Possenspiele eine lächerliche, läppische Kinderei – ha, ha, ha!«

Weryho lächelte, sagte aber nichts, was Gasztowt sehr verdroß – er hätte sich doch wenigstens gründlicher entschuldigen können, als er es getan, und wieder empfand er einen brennenden Haß gegen den Menschen, der ihm das entsetzliche Ohnmachtsgeständnis durch den gemeinsten, niederträchtigsten Clowntrick erpreßt hatte. Er suchte noch immer nach den Schlüsseln, aber er fand sie nicht.

»Die Tür ist doch offen«, meinte Weryho.

Die Tür stand wirklich angelweit offen, sie traten in den Flur und stiegen langsam die steilen Treppen hinauf.

»Sie scheinen in nächster Nachbarschaft des Himmels zu wohnen«, lachte Weryho.

»In ihm selbst, mein Herr, in ihm selbst. Der mißlungene Herrgott, der ich bin, trug schon vorher Sorge, mit dem eigentlichen in eine nähere Berührung zu kommen – ha, ha!« grinste Gasztowt und öffnete endlich die Tür zum Atelier.

»Nun bin ich froh, wieder in meinen vier Wänden zu sein – es ist doch verflucht lange her, daß ich hier war ... ich selbst bin gar nicht müde – aber Sie müssen sich ausruhen – oh! setzen Sie sich hierher.« Er warf einen Haufen bemalter Leinwand vom Sofa herab – »hier auf das Sofa, aber nur vorsichtig, es kracht und wackelt und birst in allen Fugen, gerade wie sein Herr – ha, ha!«

Weryho schien gar nicht auf ihn zu achten, was Gasztowt immer mehr in Wut versetzte – sah sich nur im Atelier um.

»Jetzt werde ich Ihnen sehr dankbar sein, wenn Sie Ihr Versprechen einlösen, mir meine Bitte erfüllen und mir das Bild überlassen.«

»Welches Bild?« grinste Gasztowt und befühlte die Pistole.

»Sie wissen schon – das Bild mit dem unterstellten Bein ...«

Gasztowt schien sehr erstaunt:

»Wie? Habe ich recht gehört? Dieses Bild wollen Sie haben? Diese kleine, dumme, lächerliche Straßenepisode?«

»Ja, gerade dies Bild! Gerade dies – ich bin, wie Sie wissen, ganz besessen von ihm.«

»Nun! Wie Sie wollen! Ich habe mein Versprechen gegeben und will es einlösen – aber ich hätte nicht gedacht, daß ein vornehmer Kenner von Ihrem Schlag ...«

»Ich gebe Ihnen dreißigtausend Frank für dies Bild.«

»Sind Sie wahnsinnig geworden? Dreißigtausend für diesen erbärmlichen Kitsch?«

»Ich bitte Sie dringend um dieses Bild, Sie haben es mir versprochen – Ihr Ring ist Ihnen doch mehr wert als dies Bild?!«

Gasztowt suchte fiebernd in den Stößen von Leinwand, die Hände zitterten ihm, vor den Augen wurde es ihm bald finster, bald blendete sie eine übermäßige Helle.

Endlich zog er ein Bild hervor und rollte es vor Weryho auf:

»Dies Bild also wollen Sie haben, dies erbärmliche Machwerk?!«

»Ja, gerade dieses – oh, wie glücklich ich bin, es wieder betrachten zu können – wollen Sie es mir dort aufhängen – ja dort! Oh, wie gewaltig dies Bild – wie unerhört in seiner Macht!«

Weryho schien ganz im Betrachten des Bildes zu versinken. Im Hintergrund eine rasende, wutentbrannte Menschenmenge mit heulenden, rachsüchtigen Fäusten, ganz besessen von irrsinniger Vernichtungsbrunst – ein sich hervorwälzender Knäuel von ineinander verkrampften, sich erdrückenden Leibern, in der blutrünstigen Gier, den Verbrecher zu fassen, der der Rache zu entrinnen versucht. Der Verbrecher – vielleicht ein Anarchist, der soeben eine Bombe vor die Karosse eines Mächtigen dieser Welt geworfen, vielleicht der Schächer, der sich von seinem Kreuze losgerissen, um in verzweifelten Sprüngen das Paradies zu erreichen, das ihm der sterbende Christus versprochen – sieht sich nach der Menge um, um die Entfernung, die ihn noch von den Verfolgern trennt, abzumessen; in seine Augen hat sein Herz sich verkrochen und schlägt wie der besessene Klöppel an den Glockenmantel beim Sturmgeläut – seine Augen werden blind von diesem rasenden Geläute und sehen nicht, wie dicht vor ihm ein Henker an der Mauer lehnt und sein Bein über die ganze Straße wie eine teuflische Barriere hinstreckt, über die er unfehlbar stolpern, zu Falle kommen und zur Strecke gebracht wird.

Weryho sog sich mit seinen Augen gierig in das Bild ein, er schien die Farbenflecke zu durchsuchen, um hinter ihnen noch etwas anderes herauszufinden, er bewegte den Mund, als wollte er den Verbrecher zu noch größerer Eile antreiben, und keuchte in banger Erwartung, wann er über das verräterische Bein langhin auf die Straße fallen würde.

»Das ist unerhört – das ist göttlich! Dies Bild ist eine Gottestat!« murmelte Weryho verzückt.

Gasztowt nahm jetzt die Pistole aus der Rocktasche, steckte sie in die Hosentasche, entsicherte sie und spannte den Hahn.

Weryho wandte sich plötzlich nach ihm um:

»Wollen Sie mir nur noch erklären, warum der Henker, der das Bein vorstreckt, und der Verbrecher, dem es zum Verhängnis wird, dasselbe Gesicht haben – und merkwürdigerweise Ihr eigenes Gesicht?! Sehen Sie doch: beide sind Autoporträts von Ihnen!«

Gasztowt warf sich plötzlich über ihn, packte ihn am Halse und würgte ihn in irrer Wut:

»Von dir, von dir, du verfluchter Satan!«

Er zog den Revolver aus der Tasche, drückte los und hörte ein paar Schüsse – nein! er sah sie in einem Sturm von blendenden, schreienden Blitzen.

Und gleichzeitig fühlte er einen gewaltigen Faustschlag, der ihn hintenüber zu Boden streckte.

Aber er empfand keinen Schmerz – nur ein unnennbares, seliges Gefühl des Erlösungstriumphes: nun hatte er sich endlich von Weryho befreit.

Er richtete sich mit unmenschlicher Anstrengung halb auf, um seine Augen an Weryhos Todesqual zu weiden, aber im selben Augenblick zerriß die ganze Luft der Orkan eines gräßlichen Schreis, der die Sterne aus ihren Bahnen in das leere Nichts hinabstürzte.

Wie ein Wirbelwind umraste ihn das Gefühl verzücktesten Glückes:

Jetzt, jetzt endlich hatte er den Schrei gehört!

Er richtete sich auf und fiel dann in die Knie …

Jetzt würde er das Bild malen – vor ihm hing es, wie er es gestern angefangen hatte – er kroch auf dem Bauch zu dem Bild, jetzt nur den Pinsel und die Palette zur Hand – jetzt, jetzt …

Noch einmal, wie von einem letzten Todeskrampf emporgeschnellt, richtet er sich auf und fällt dann langhin auf den Boden, und mit verhallendem Echo verzittert es in der Luft:

Der Schrei – jetzt – jetzt – dieser Schrei …

Anhang

Die Synagoge des Satans

Die Entstehung der Satanskirche

I

Ich will in einer Reihe von Essays eine gedrängte Übersicht über das ganze Gebiet des Satanismus und der schwarzen Magie geben. Dieser Essay behandelt die historische Entwicklung des Satanismus bis zu dem ersten Prozeß, in dem der Sabbat erwähnt wird, also bis zu der Zeit, in der die Satanskirche als völlig konstituiert erscheint, die Zeit, in der sie ihre höchste Blüte erreicht. Der zweite Essay wird die Priester der Satanskirche (die Hexe, den Magier, den Zauberer) sowie ihren Kultus (den Sabbat, die Schwarze Messe) behandeln, und der dritte Essay wird eine wissenschaftliche kritische Würdigung des Satanismus geben, seine Äußerungen in der modernen Kunst und den neuesten religiösen Sekten verfolgen. Die historische Übersicht nimmt bei mir einen verhältnismäßig großen Platz ein, und mit Recht. Nur auf Grund der historischen Entwicklung, im Licht der Epoche, der seelischen Zustände der damaligen Menschheit, der äußeren Ereignisse kann man zu einer klaren Beurteilung und zum nötigen Verständnis des Satankults gelangen. Bis jetzt haben die Diabologen viel zu wenig Gewicht darauf gelegt. Man behandelte den Satanismus losgelöst von der Zeit, in der er wuchs und sich verbreitete, natürlich mußte man zu jener freisinnigen Weisheit gelangen, die das alles für einen puren Blödsinn erklärt.

Zwei Götter gibt es ewig entgegengesetzt, zwei Erzeuger und zwei Herren ohne Anfang und Ende.

Der gute Gott erschuf die Geister, die reinen Wesen; seine Welt des Unsichtbaren, die Welt der Vollendung, die keinen Kampf und keine Schmerzen kennt.

Der schlechte Gott schuf das Sichtbare, das Körperliche und Vergängliche. Er schuf das Fleisch und die Leidenschaften, die Erde mit ihrem Kampf, ihren Qualen und ihrer Verzweiflung, das unermeßliche Erdental der Tränen, er schuf die Natur, die nur immer den Schmerz und die Verzweiflung und das Böse erzeugt.

Der gute Gott, das ist die Norm, das Gesetz, die Demut und die Ergebung. Seinen Kindern sagt er: Seid arm im Geiste, denn nur so gelangt ihr in mein Reich! Seid kindlicher als die Kinder, tötet euren Willen, folgt mir nach! Forschet nach keinem Ursprung und keinen Zielen, denn nur bei mir allein ist alle Vergangenheit und alle Zukunft.

Der schlechte Gott, das ist die Regellosigkeit, der trotzige, hellseherische Sprung in die Zukunft, er ist die Neugierde nach den verborgensten Heimlichkeiten und der titanische Trotz, der schrankenlos alle Gesetze, alle Normen über den Haufen wirft. Er ist die höchste Weisheit und die höchste Verworfenheit, er ist der wildeste Stolz und die verschlagenste Demut, denn nur so kann man die Regel übertölpeln. Er hat den Hoch- und den Wagemut und die Herrschsucht geheiligt und nennt es Heldentum, er hat den Menschen gelehrt, daß es kein Verbrechen gebe, außer wider seine eigene Natur. Er heiligte die Neugierde und nannte sie Wissenschaft, nach seinem eigenen Ursprung ließ er den Menschen forschen und nannte es Philosophie, und uferlos ließ er alle Instinkte in dem Strombett des Geschlechts sich breiten und nannte es Kunst.

Gut war der böse Gott, ein guter Vater und ein gütiger Wegweiser: ›Du bist krank, du willst gesunden? Sieh! Überreich ist meine Erde an allerlei Kräutern, die dich heilen können, überreich an gefährlichen Giften, aber du kannst sie zwingen, dir als Heilmittel zu dienen.

Du willst reich werden, du suchst nach verborgenen Schätzen? Oh, tausend Mittel habe ich, mit denen du deine eigene Seele aus ihrem Verstecke locken kannst, daß sie dir die kostbaren Adern der Erde offenbart. Denn deine Seele weiß alles. Ihr und Mir ist derselbe Urbeginn.

Du willst in die Zukunft schauen und deine Geschicke enträtseln? Geh, forsch dem Flug der Vögel nach, horch auf das Sausen der Blätter, schau in die Sterne, sieh in kristallne Spiegel, enträtsele die Linien der Hand – in tausend Formen hab Ich deine Zukunft vorgeformt, aber forsche, suche, enträtsele, denn mein Gebot ist die Schärfe und die Verschlagenheit, die Umsicht und die Weitsicht und die schaffende Neugier.

Du willst deine Feinde vernichten und willst nicht durch das Gesetz erreicht werden? Geh! Lerne deine Seele vom Körper zu trennen, und ich werde sie über Tausende von Meilen tragen, daß du unsichtbar die Gelüste deines Herzens befriedigst. Denn dein eigenes Wohl, deine eigene Entwicklung und Zukunft sei dir das höchste Gebot.

Du hast dein Weib durch den Tod verloren? Ich habe Mitleid mit deiner Liebe, denn die Liebe, die dein Geschlecht fortpflanzt, ist nach meinem Herzen. Geh! Tausend Mittel habe ich, tausend Formeln, um dein Teures dem Tod zu entreißen!

Alles versprech ich dir, alles sollst du schauen und alles erhalten, wenn du meine Wege gehst. Aber meine Wege sind schwer, denn schwer ist jede Vollendung.‹

So sprach der böse Gott, so sprach der Lichtbringer und Satan-Paraklet, da ihm noch nicht sein großer Feind, der Jüngling von Nazareth, geboren war. Und viele gingen seine Wege, und in jahrelangen Mühen und Qualen erforschten sie die Geheimnisse des Himmels und der Erde, kehrten alle Dinge um, daß das Gift zum Heilmittel wurde, das Wasser ihnen die Zukunft zeigte, die vulkanischen Dünste, die der Erde entströmten, ihnen das geheimste Wesen der Dinge offenbarten. Und weiter und weiter drangen sie vor auf dem Weg des Schauens. Ein Kreis, den sie um sich zogen, eine Reihe von Vokalen, die sie nacheinander sprachen, ein Gebet, eine Handbewegung genügte schon, um ihre Seele mit dem ganzen Weltall in Verbindung zu setzen, alle Gesetze des Raumes und der Zeit aufzuheben und schrankenlos von dem Urbeginn an bis in die allerfernste Zukunft die endlosen Verkettungen von Ursachen und Folgen zu schauen.

Noch war zu jener Zeit Satan-Antichrist nicht geboren.

Der böse Gott war zweieinig.

Satan-Vater, Satan-Samyasa, Satan, der Dichter und der Philosoph, lebte in dem stolzen, allmächtigen und allwissenden Geschlecht der Magier. Er lebte in den verschwiegenen Mysterien der chaldäischen Tempel, und seine Priester waren die Hakamim (die Ärzte), die Khartumim (die Magier), die Kasdim und Gazrim (die Astrologen). Dieser Satan lebte in den Doktrinen des Mazdaismus, und seine Kinder, die Mag'en, die Großen, hüteten das heilige Feuer, das ihnen vom Himmel kam, und von Ahūramazda, dem guten Gott, lernte Zarathustra die Geheimnisse der Soma-Pflanze. Der ägyptische Thot, der Trismegistes, legte das geheime Wissen in 42 Büchern nieder und lehrte seine Auserwählten die Bestandteile der Körper, und die fruchtbare Hekate teilte unter ihre Auserwählten die Gabe des magischen Schauens und Wirkens und vor allem die Gabe des unsichtbaren Totschlags.

Aber neben Satan-Thot und Satan-Hekate lebte auf der Erde Satan-Satyr, Satan-Pan und Satan-Phallus.

Er war der Gott der Instinkte und der fleischlichen Lust, im selben Maße verehrt von dem Höchsten im Geiste wie vom Niedrigsten, er war der unerschöpfliche Quell der Lebensfreude, der Begeisterung und des Rausches. Er hat das Weib die Verführungskünste gelehrt, die Menschen in doppeltgeschlechtlichen Trieben ihre Lüste befriedigen lassen, in Farben hat er geschwelgt, die Flöte erfunden und die Muskeln in rhythmische Bewegung gesetzt, bis die *heilige* Mania die Herzen umfing und der *heilige* Phallus mit seinem Überfluß den fruchtbaren Schoß besamte.

Denn Pan war Apollon und Aphrodite gleichzeitig. Er war zugleich der Gott des Heimatherdes und des Bordells. Er hatte philosophische Systeme verfaßt, er hat Museen und herrliche Tempel gebaut, er hat die Medizin und die Mathematik gelehrt und gleichzeitig seinen Tempel in dem Astarteion, einem immensen Bordell, gehabt, dem Astarteion, in dem die Priesterinnen in jahrelangen Übungen alle geschlechtlichen Künste, alle nur denkbaren Mittel der geschlechtlichen Befriedigung erlernten.

Zu dieser Zeit, um die Zeit des Kaisers Tiberius, da die große Wanderung der Götter nach Rom begann, der Zeit der höchsten Verfeinerung und des aristokratischsten Lebensgenusses, besann sich der ›gute‹ Gott, der bis jetzt in seinem unsichtbaren Reich in beneidenswerter Indolenz thronte, daß das Maß der Sünde übervoll war, und er schickte seinen Sohn auf die Erde, daß er der Brut des ›schlechten‹ Gottes die triste Wahrheit des Unsichtbaren beibringe.

Und er kam auf die Erde, der Sohn des ›guten‹ Gottes, und offenbarte sich zuerst den Armen, den Unterdrückten, den Sklaven und den Tagelöhnern, die nichts von den heiligen Freuden des Pan gekostet haben.

Warum kümmert ihr euch um das tägliche Brot? Wer kleidet denn die Lilien in die schönsten Farben, wogegen Scharlach und Brokat leere Lumpen sind, wer ernährt die Vögel, die nicht säen noch ernten? Warum strebt ihr nach irdischen Gütern, die doch vergänglich sind? Was hat euer Stolz zu bedeuten, wenn der Höchste auf Erden der Niedrigste im Himmelreich wird? Und eure Fleischeslust, ist sie nicht die Pforte zur Hölle? Oh, die arme Fleischeslust, die Fleischeslust ganz besonders, der Sitz aller Leidenschaften, der unerschöpfliche Quell der Liebe zum Leben, der Wille zur Ewigkeit des Lebens, mußte vernichtet werden, damit das Reich des Unsichtbaren über die Erde komme.

Der Meister sagte, daß man bereits ein Weib schändet, wenn man es begehrlich ansieht – der Schüler geht viel weiter. Der heilige Cyprian sagt von dem Mädchen, das so beschaffen ist, daß sie bei einem Mann Liebesseufzer erregen kann, sie sei schamlos, und hat sie gar jemanden in Liebe, wenn auch unwissend, entbrennen lassen, dann sei sie überhaupt keine ›Jungfrau‹ mehr.

Weib! Was hast du und ich miteinander gemein? fragt der Meister. Die Schüler gehen weit über den Meister hinaus. *Tu es diaboli janua*, schreit Tertullian, *tu es arboris illius resignatrix, tu es divinae legis prima desertrix, tu es, quae eum persuasisti, quem diabolus aggredi non voluit. – Omnia mala ex mulieribus*, jammert der heilige Hieronymus, ja, er stellt sogar die Behauptung auf, daß das Weib überhaupt nicht *ad imaginem Dei* geschaffen sei, denn die Heilige Schrift sagt nichts von der Seele bei Erschaffung des Weibes.

Der gute Gott des Unsichtbaren haßte die irdische Schönheit. Er haßte alles, worin Satan-Pan seine heiligsten Offenbarungen feierte, denn er lehrte die Nichtigkeit und die Vergänglichkeit dieser Welt. Jedes Verlangen, die geringste Revolte des Fleisches war eine Sünde, die mit langen Jahren der härtesten Buße bestraft wurde. Tertullian wütet mit fanatischem Haß gegen jeden Purpurstreifen, mit dem das Weib sich das Kleid umsäumt, Lactantius verflucht die Dichter und die Philosophen, welche unbewachte Seelen ins Verderben ziehen, man vernichtet die Malerei, denn: *quod nascitur, opus Dei est, ergo quod fingitur, diaboli negotium.* Das Theater und der Zirkus wurden zu *diaboli figmenta*, ja die heiligen Väter warnen selbst vor den Farben der Blumen, denn der Dämon, der böse Feind kleidet sich am liebsten in Farbe und Pracht.

Isaurius der Ikonoklast wetteifert mit Gregor dem Großen in der Zerstörung der Bildwerke, Theodosios II. läßt alle Tempel zerstören und überall das Kreuz aufpflanzen. Man vernichtet durch die fatalsten Fälschungen die herrlichsten Kunstwerke der Dichter oder zerstört sie ganz, denn der Diabologe Cyprian lehrt, daß in den Gedichten *varia daemonia* stecken. Die Priesterin der Aphrodite wird zur Hure, die jeder mit Schmutz bewerfen kann, und die Liebe – Gott, die Liebe! *amor si vincitur, diabolus vincitur!* Die ganze Natur wird proskribiert, namentlich die heilkräftige Natur! Gott hat die Krankheit geschickt, um den Menschen schon einen Teil seiner Sünden hier auf Erden abbüßen zu lassen, und es ist

Sünde, Gottes Ratschläge zu vereiteln. Höchstens waren noch die Exorzismen bei den Besessenen erlaubt, nicht etwa, um die Krankheit zu heilen, sondern nur um die triumphierende Macht des guten über den bösen Gott zu bezeugen.

Ubique daemon! Nach Hieronymus ist die ganze Luft voll von Dämonen, die von ihrem Geschrei und Wehklagen über den Tod der Götter erzittert, in jeder Blume, in jedem Baum steckt der Dämon, denn er ist die Freude und die Fruchtbarkeit, Reichtum und Schönheit. Er verbringt den Tag als Luzifer, und er beschließt ihn mit dem Licht der Venus, die die üppigen, wollüstigen Träume bringt. Die ersten Jahrhunderte kennen nur eine Religion, den Kampf gegen den Dämon.

Aber der Kampf war nicht leicht.

In ihrem fanatischen Wahnsinn warf sich die Kirche gegen die tiefsten und heiligsten Bande, die den Menschen an das All knüpften. Sie hat den Menschen von der Natur gewaltsam losgerissen, ihn isoliert, zwischen Himmel und Erde gehängt. Die geheimen Rapporte, mit denen die nackte Seele des Menschen, die Seele als absolutes, vom Gehirn völlig unabhängiges Phänomen, mit der Natur in Verbindung stand, wurden satanisiert, als Blendwerk des Satans erklärt.

Die Menschen des Altertums standen zu der Natur in intimster Beziehung. Sie lebten unmittelbar mit und in der Natur, sie waren ein Stück von ihr, ein Stück Nerv, der die geringsten Veränderungen in der Natur nach außen signalisierte. Und – wenn alle Erfindungen des menschlichen Geistes nur Organprojektionen sind, so war aller polytheistischer Kultus eine Organprojektion der Natur in ihrer segnenden und zerstörerischen Macht. Und wie die Seele den Mechanismus des Körpers, den sie von innen anschaut, nach außen projiziert, so hat sich die Natur selbst in mächtigen Symbolen in dem heidnischen Kultus geoffenbart.

In einem wüsten Kampf zerreißt die Kirche Stück für Stück die Adern, durch die das Blut der Erde in den Menschen strömte. Sie zerstört die unbewußte Zuchtwahl der Natur, die sich nach außen in Schönheit, Kraft und Herrlichkeit äußert, sie beschützt all das, was die Natur ausstoßen will, wogegen sie so mächtig revoltiert: den Schmutz, die Häßlichkeit, die Krankheit, den Krüppel und den Kastrierten. Am liebsten hätte die Kirche alle Menschen kastriert, das Licht ausgelöscht, die ganze Erde vom Schwefelregen verzehren lassen, und ihre einzige Sehnsucht, ihr brennendstes Verlangen, das war der heiße Wunsch, daß doch das versprochene Jüngste Gericht endlich einmal kommen möchte.

Aber der Nerv, die Blutader ließ sich nicht so leicht zerreißen. Besonders das Volk, das erdgeborene, wurzelte noch fest in der Erde. Die geringste Gelegenheit benutzte es, um zu seinen geliebten Erdgöttern zurückzukehren.

In den blutgierigsten Gesetzen richtete sich die Tobwut der Christen gegen die Heiden, aber der Dämon, das heißt die Erde, die Natur, war unzerstörbar. Er ging in die Wälder, verbarg sich in unzugänglichen Höhlen, versammelt hier seine Gläubiger und feiert wüste Bacchanalien.

Aber am stärksten richtet sich die fanatische Tobwut des Hasses gegen den Satan-Magier, Satan-Mediziner. Seid arm am Geiste und demütig, seid gehorsam, ahmt nach, denkt nicht! Das war das oberste Gesetz der Religion für imbezille Volksmassen. Aber der Magier war stolz, denn er trotzte allen Gesetzen. Gegen das Gesetz der Schwerkraft hob er sich in die Luft und ging nicht im Wasser unter. Wenn er wollte, so konnte man ihn ins Feuer werfen, und er ging heil heraus. Der Magier war zu stolz, um nachzuahmen; wenn er wollte, so konnte er ebensogut Gott werden wie Christus. ›Christus vermochte nichts mehr wie ich, ich kann mich auch durch die Tugend vergöttlichen‹, sagte Theodor von Mopsuestia. Der Magier verachtete die Armut im Geiste, denn er erbrach alle Geheimnisse und enträtselte alle Heimlichkeiten. Aus den Sternen bestimmte er die Nachfolger der Kaiser und wußte die Zukunft aller Völker. Der

Magier war das, was Christus selbst war, der trotzige Verbrecher an allen Gesetzen, der wissende Seher, Gott, aber der Magier war stolzer als Christus. Christus plebezisierte seine Lehre. Zu Mitverbrechern an altem Bunde machte er Bauern und Knechte, die kindlicher waren als Kinder. Der Magier pflanzte seine Lehre nur in den stolzesten und mächtigsten Seelen fort.

Gegen diese trotzigen Titanen richtete sich die christliche Wut, der Haß der Plebejer und der Armen im Geiste, der Gesetzanbeter und derer, die nichts vermochten, außer ›nachzuahmen‹. Schon das Gesetz von Constantius setzt schwere Strafen auf die Magie. Nun folgt ein Gesetz nach dem andern, eins strenger als das andere, bis unter Kaiser Valens alle Philosophen ausgerottet wurden, darunter der geniale Jamblichus, der sich selbst vergiftete. Es genügte schon, ein philosophisches Buch zu haben, um sein Leben aufs Spiel zu setzen, und um diesem Schicksal zu entgehen, verbrannten alle Bewohner sämtliche Bücher. Und nun begann das furchtbare Martyrium der stolzen Satanskinder, wogegen die Christenverfolgung unter Nero als ein anmutiges Spiel erscheint.

In dieser Zeit wurde der Magier zum Priester. Um ihn herum sammelten sich die heidnischen Gemeinden, und alle Überreste des Heidentums gehen in die Magie über. Freilich verlieren sie ihre symbolische Kraft, ihren Inhalt, keiner wußte, was die Zeichen und Symbole zu bedeuten hatten, aber auch hier wußte sich der Magier zu helfen. Er verlieh den Zeichen eine mystische Bedeutung, die nach und nach eine enorme Suggestion auszuüben anfingen. Die Worte, deren Bedeutung keiner mehr kannte, wurden zu einem mächtigen magnetischen Mittel, mit dessen Hilfe der Magier den Rapport zwischen seinem Gebieter und seiner Seele herstellte.

Die Kirche sah ein, daß sie mit Strafen und Torturen nichts auszurichten vermochte. In ihrer Fähigkeit, nur nachzuahmen, griff sie zu dem ›Rückschlag‹, dem *choc en retour*, der eine so große Rolle in der Magie spielt.

Die Beschwörungen mit den magischen Zeichen wurden durch das Weihwasser, die Sakramentalien und das Kreuzzeichen ersetzt. Die magische *evocatio* wurde durch die Messe paralysiert, mit Weihwasser wurde Satan ausgetrieben, und hat der Magier im Namen des Satans ein Gewitter gesammelt, so konnte der Christ es mit dem Kreuz zerstreuen.

Aber je länger der Kampf währte, um so mehr mußte die Kirche nachgeben. Sie wurde gezwungen, den heidnischen Kultus mit dem ihrigen zu verquicken. Die Bacchanalien bei den Festen der Ceres Libera wurden bei den Prozessionen an den Mariafesten mit größerer Ausgelassenheit gefeiert als je zuvor, und bis in das 13. Jahrhundert feierte das Volk zusammen mit dem Priester laszive und orgiastische Feste, das Fest des Esels, das Fest der Idioten *(fatuorum)* – Reste des Phalluskultes verkrochen sich in die Kirche, die Säulen-Kapitäle strotzten von obszönen Figuren, und ein beliebter Vorwurf für die Reliefs an den Kirchen war Noah, wie er den Beischlaf mit seinen Töchtern ausübt. Besonders aber die Hölle! Gott! Wie prachtvoll!

Da brauchte sich das armselige Gehirn der Kirchenväter und der Kirchendoktoren, die so lustig und so naiv und so umfangreich einer den anderen abschrieben, nicht anzustrengen. Hades frappiert im hohen Maße den braven Eusebius. Nun ja, selbst der Dämon kann ab und zu gute Offenbarungen haben, aber verwunderlich war es jedenfalls, daß die Heiden so genau die Hölle kannten. Rabanus Maurus vergißt bei seiner Beschreibung der Hölle nicht einmal den Phlegeton, Cocytos und Styx, und im ganzen Mittelalter sieht man den Kahn des Charon als den Kahn des Teufels.

Überall der Dämon! Satan triumphiert über Christus. Zuerst ein Schreckmittel, um die Herrschaft des Christus zu befestigen, wird er jetzt ein allmächtiger Herr, den die Welt fürchtet und zu besänftigen sucht. Man wagte kaum zu atmen, daß der böse Geist nicht in den Körper hineinfahre. Im 4. Jahrhundert sieht man eine ungeheure Sekte der Massalier, die sich vom Teufel besessen glaubten, man sieht sie unablässig um sich schlagen, schreien, spucken, sich in den entsetzlichsten Konvulsionen winden, um sich des Bösen, dessen Name ›Legion‹ ist, zu erwehren.

Satan vertausendfacht sich. Er wird zum Theologen, geht in die Wüste und quält die heiligen Väter mit den verfänglichsten Fragen, er sät in ihre Seele Tausende von Zweifeln und Bedenken, er geht in die Klöster und exaltiert das abgequälte Hirn der Mönche durch die unzüchtigsten Bilder, er besucht die frommen Frauen bei Nacht, nimmt ihnen den Willen und den Verstand und zwingt sie zur schändlichsten Unzucht, er fährt in das Hirn von Tausenden und aber Tausenden der Gläubigen und schreit die wüstesten Flüche und Blasphemien aus.

Die Kirche kann sich kaum mehr des Satans erwehren. Der Exorzismus nimmt in der Liturgie einen immer größeren Platz ein. Keine Messe wurde mit einem solchen Pomp gefeiert, wie er bei den Exorzismen entfaltet wird, man wagt kaum mehr eine religiöse Zeremonie vorzunehmen, ohne zuvor jeden Winkel der Kirche zu exorzieren, ja man exorzierte unter Sixtus V. einen ägyptischen Obelisk, bevor er in Rom aufgestellt wurde.

Aber je wütender der Kampf seitens der Kirche geführt wurde, um so stärker wird Satan. Die Besessenheit nimmt überhand, Satan höhnt Gott durch die brüllenden Stimmen der Besessenen, er verrichtet Wunder vor der Menge der Gläubigen. Er sagt dem Priester seine geheimsten Sünden, er prophezeit Dinge, die wirklich eintreffen, er hebt den Körper des Besessenen in die Höhe und läßt ihn mit aller Kraft niederstürzen, ohne daß der Betreffende auch nur den geringsten Schmerz erleidet.

Die Kirche greift zu verzweifelten Mitteln. In der richtigen Voraussetzung, daß jede starke Leidenschaft den Menschen dazu prädisponiert, vom Teufel besessen zu werden, verbietet sie ihre geringste Äußerung. Jede Leidenschaft hat ein Dämonium; wird die Leidenschaft getötet, so wird der Dämon getötet.

Die Welt wird verzweifelt. Wie soll sie sich gegen den Satan und seine Verführungen schützen? Wie soll man sich schützen gegen die ewig, stündlich aufsteigenden unzüchtigen Halluzinationen, die tausend höhnenden, lachenden Stimmen, die Satan gegen Gott richtet? Und jeder Gedanke ist Sünde: die Jungfrau, die ohne ihr Wissen verliebte Seufzer der Jünglinge ›nach sich zieht‹, sündigt, schon dadurch verliert sie nach dem Ausspruch des heiligen Cyprian die Jungfrauschaft. Das Weib, das schön ist, sündigt, ohne zu wissen, denn durch ihre Schönheit wurde sie zur Sichel, mit der der Satan seine Ernte mäht (Anselmus). Der Mönch, den der Dämon von dem Kreuze wegschleppt, sündigt, denn er hatte nicht Kraft genug, auszuharren. Der Ehemann sündigt, weil er dem ›Negotium‹ der Kinderzeugung mit mehr Interesse obliegt als der Liebe Gottes. Die Nonne, die sich mehr als zweimal im Monat wäscht, sündigt – überall Sünde, überall ewige Verdammnis; mit einem Gedanken, einer einzigen Handlung verliert man das Anrecht auf das Paradies und verfällt dem Satan. Und ist man einmal verfallen, dann ist das Heil verwirkt. Denn selbst Heilige gestehen, daß viele Teufel die Exorzismen mißachten und sie gar nicht fürchten.

Und in dieser Zeit des Massenwahnsinns, der ansteckenden Hystero-Epilepsie, die sich mit rasender Schnelligkeit über die Erde breitet und in Tausenden verschiedenen Formen die Menschen krampft, in der Zeit, in der man immer und ewig das Ende der Welt erwartet und in wildester Verzweiflung vor dem nahenden Weltgericht lebt, entsteht der Glaube an den Paraklet des dreieinigen Satans, an Antichrist.

Und die Zeit, in der seine Herrschaft beginnen sollte, war schon nahe. *In brevi tempore saeviet*, sagt Cyprianus, und Lactantius sagt, daß die Zeit bereits da ist.

Über diesen Antichrist herrschten die seltsamsten Anschauungen. Er ist der Mensch der Sünde, er ist der Sohn des Verderbens, der Gesetzlose, der Widersacher, der Verbrecher. Er wird erzeugt von einem Papst und einem Succub, oder auch *immundissima meretrica et crudelissimo nebulone.* Die Sünde ist sein Element, aber er ist groß in der Sünde, größer noch als Christus in der Tugend. Alles, was dieser gelehrt hat, wird er umstürzen, alle Sünde zur Tugend erheben. Christus hat sich erniedrigt, er wird sich in den Himmel erheben, wird seinen Einzug in den ›Tempel‹ halten und sich als Gott ausrufen lassen. Er wird Christi Diener niedermetzeln lassen und mit frechem, stolzem Munde schreien: Ihr Blut über uns und unsere Kinder! Er wird Wunder verrichten, wie sie nicht größer der Gottessohn verrichtet hat. Und seine Macht wird sein wie die, von der es bei Hiob 41 heißt: Keine Macht auf der ganzen Erde ist zu vergleichen der Gewalt desjenigen, der gemacht ist, daß er niemand fürchte; der alles Erhabene sieht und der König über alle Söhne des ›Hochmuts‹ ist.

Und der Antichrist kam. Aber nicht der Antichrist der materiellen Herrschaft, sondern der des Geistes, des Stolzes und der Erhabenheit: der göttliche Mani.

Satan wurde es langweilig, in der Raserei der Epileptiker zu toben, er bekam es satt, in der Unzucht mönchischer Träume zu leben, das dumme Spiel mit den Exorzismen belustigte ihn nicht mehr. Gott wollte er werden, Gott, bevor er noch den Antichrist erzeugen durfte, Gott im Reiche des Geistes, ein stolzer, wilder Gegengott, der den Nazarener, den Usurpator der Erde, wieder in sein unsichtbares Reich zurückdrängte.

Und also sprach Mani, die uralte heilige Weisheit: Zwei Götter gibt es, gleich starke, gleich mächtige und ewig entgegengesetzte, den unsichtbaren Gott des Guten, der im Himmel thront, sich um die Erde nicht kümmert und nur für die Vollendung seiner Auserwählten lebt – dann gibt es einen Gott, Gott der Sünde, der die Erde regiert. Sünde gibt es nicht, denn die Sünde kommt ebenso von Gott, wie die Tugend von dem andern Gott kommt, dem indolenten Gott, der da sagt: Strengt euch nicht an, ahmt mich nur nach.

Die Gnosis und der Manichäismus verbreiten sich wie Lauffeuer über die christliche Welt, und zum ersten Mal erhebt sich die Frage: Christ oder Manichäer, das Märchen von dem freien Willen oder die Tatsache der Determination, stupide Imitatio oder die selbstherrliche Phantastik der Mystik, demütiges Sklaventum oder stolzes Sündigen im Namen des Satan-Instinktes, oder Satan-Natur, Satan-Neugierde und Satan-Leidenschaft.

Wieder siegte die Kirche. Im dreihundertjährigen Kampfe mußte Satan die Waffen strecken. Sein erstes, grandioses, antichristliches Avignon wurde mit furchtbarer Grausamkeit zerstört, und Satan lästert in furchtbarer Verzweiflung.

Ich bin der Gott des Lichtes! Du finstrer Gott der Rache hast mich hinabgestürzt, weil ich Licht war. Deine Eifersucht auf meine Schönheit, meinen Glanz und mein Licht war größer als meine Macht, aber fürchte mich jetzt, fürchte meinen Stolz und den Haß des Mächtigen. Ich, das ewige Licht, schlafe nicht, und meine Kinder, die ich mit dem ewigen Licht großgesäugt habe, schlafen nie. Aber deine Kinder, die das Licht hassen, die das Licht fürchten, deine Kinder, die in niedriger Sklaverei vor deinen Füßen kriechen, deine Kinder, müde von dem Kampf mit mir, sie müssen schlafen. Sieh! Ich bin der Fürst unter Fürsten, ich verkehre mit ihnen, ich tanze mit ihnen – du bist ein finsterer Despot unter kriechenden Würmern.

Nimm dich in acht!

Millionen von den Meinen habe ich deiner Rache geopfert, Millionen werde ich noch opfern, willig opfern, denn Millionen sind nur Dung für den Einzigen, der auch nur den Einzigen zeugt.

Die Gemeinde hast du vernichtet, aber nie wirst du den *Einen* vernichten, der tausend neue Gemeinden zeugen kann.

Nimm dich in acht und fürchte meine Rache!

II

Und Satans Rache kam. Er hat sich in die Erde hineingewühlt: die Erde wurde besessen.

Um das Jahr Eintausend begann die Menschheit an Gott zu verzweifeln. Es kamen Zeichen und Wunder über die Erde.

Das Heer Ottos des Großen sah die Sonne im Verlöschen und gelb wie Safran. In Rom besuchte der Teufel in eigener Person den Papst Silvester IV., die Reihenfolge der Jahreszeiten schien sich umgedreht zu haben; es schneite im Sommer, und schweres Gewitter entlud sich mitten im strengsten Winter. Das ›Heilige Feuer‹ fraß auf das Fleisch der Menschen, so daß es in brandigen Fetzen von den Knochen abfiel, die Erde delirierte, und die Menschen wurden zu Bestien. In der Hungersnot, die zu jener Zeit die ganze Welt heimsuchte, fing man an, Menschenaas zu fressen. Der Heißhunger nach Menschenfleisch wurde zur Manie. Man verachtete das tierische Fleisch, man beachtete es nicht einmal. Menschen sollten Menschen auffressen, so hat es der rachsüchtige Satan gewollt. Zuerst warf man sich auf das Fleisch der Kinder, dann wurden die, die auf den Wegen fielen, gebraten, bis zuletzt einer es wagte, öffentlich Menschenfleisch feilzubieten.* Und es kamen in zahllosen Herden die Wölfe aus den Wäldern und fraßen diejenigen, die noch am Leben geblieben waren, und große Angst beherrschte die Erde, daß sie entvölkert werde. Und es kamen die Prälaten und die Obersten der Städte zusammen und berieten, wie man wenigstens die Stärksten am Leben erhalten könnte, damit die Erde nicht ausstürbe.

Vergebens suchte man Gott auszusöhnen, vergebens schwören sich die erbittertsten Feinde die *treuga Dei*, vergebens singen die Könige, bekleidet mit Krone und Szepter, mit den Chorknaben zusammen die verzweifeltsten Gebete – alles umsonst.

Hilft nicht Gott, muß Satan helfen! Und man fing an Gott zu verhöhnen, seinen Leib in Schmutz und Kot zu treten, seine heiligsten Zeichen zu bespeien. Satan begann zu ernten. Er hat lange genug den Verzweifelten hohnlachend zugeflüstert: Seht, wie gütig Euer Gott ist! Seht ihr nicht, daß er Euch bereits verdammt hat und nichts mehr von Euch wissen will?

---

* Glaber.

Nun, sind wir einmal verdammt, dann hilft nichts mehr dagegen. Allons! ergeben wir uns ganz dem Satan.

Christus hat sein Blut für das Heil der Menschen vergossen. Heh! Heil?! Was war das für ein Heil, daß Menschen einander auffressen mußten, daß die Erde wie glühendes Eisen unter den Füßen brannte und die Pest das Fleisch an den Knochen abfaulen ließ?

Hohn, dreimal Hohn diesem Heil. Speien wir auf das Heil, das nach dieser irdischen Hölle kommen soll. Und am Ende ist das zukünftige Heil nur eine Lüge, wie alles, was das Heil hier auf Erden versprach? Denn sieh! Die Kirche, Christi heilige Braut, wurde zu einer Hure, die sich verkaufte und den infamsten Schacher trieb.

Zu dieser Zeit, da es als eine Schande galt, ›ohne Erde‹ zu sein, da es keinen Herrn ohne Erde geben konnte, war die Erde etwas Unveräußerliches. Sie ist unteilbar wie ein Mensch und muß ungeteilt bleiben. Sie geht auf den ältesten Sohn über.

Was sollen aber die anderen Kinder machen? Nun, wozu war die Kirche da? Der Gottestempel wurde zur Synagoge des Satans, des gütigen Vaters, der die schmutzigste Leidenschaft braucht, um das fruchtbare Böse zu zeugen.

Die zahllosen Kinder der Barone und Herzoge wurden zu Äbten und Bischöfen. Das Volk wird zusammengerufen und nun: Wähle, oder ... Das Volk hat nie das ›Oder‹ erwartet, es wählte. Atto de Verceil erzählt, wie man ein kleines Kind von sechs Jahren zum obersten Seelensorger zahlloser ›Schafe‹ wählte. Es bestieg einen Stuhl, plapperte ein paar Sätze aus dem Katechismus und wurde zum Bischof ausgerufen. Manchmal vergaß das Kind die paar Sätze. Nun, man hat sich dann mit einer Taube ausgeholfen, die sich plötzlich auf seinen Kopf niedersetzte: sieh! dann war es noch günstiger. Der Heilige Geist hat selber gewählt.

Gleichzeitig skandalisieren die würdigen Nachfolger des heiligen Petrus die ganze Welt. Zwei Weiber machen ihre Geliebten zu Päpsten, der Sohn eines Juden und ein zwölfjähriger Knabe entscheiden über die Schicksale der Christenheit.

Der gütige Vater der Sünde ist zufrieden. Nun weiß er seine Herrschaft befestigt. Die Kirche besinnt sich. Reform der Kirche! schreit die ganze Welt. Und Papst Gregor VII. fängt an zu reformieren. Das Weib, oh, immer und wieder das Weib, muß in der Kirche zerstört werden. Mit wildem Eifer kündigt der fanatische Mönch-Papst das Zölibat. Selbst ein Mönch, wiegelt er die Mönche gegen die weltlichen Priester auf. Der Mönch wirft seine Brandfackeln unter das Volk, und nun beginnt ein entsetzlicher Terror. Der zerstörerische Instinkt des Volkes, dieser ewig hungrigen Bestie, entfesselt sich uferlos. Gab es eine bessere Gelegenheit, sich an seinem Blutsauger zu rächen, der tausendmal schlimmer gegen das Volk wütete als der Schloßherr selbst? Und das Volk wirft sich auf die Priester, die sich mit hartnäckiger Verzweiflung weigern, ihre Frauen zu entlassen, man reißt sie von den Altären weg, ohrfeigt, verstümmelt sie, oder man reißt sie in der Kathedrale in Stücke. Das Volk tritt mit den Füßen, besudelt, bespeit das, was es noch unlängst als heilig verehrte. Man trank den heiligen Wein, nachdem man ihn mit Urin vermischte, und warf in alle Winde die geheiligten Hostien. Die Macht des Priesters war gebrochen. Man glaubte nicht mehr an seine Gottesvertretung. Es gibt keine Macht und keine Autorität. Der Mönch und der Pöbel beherrschen die Welt. Dunstan läßt die Konkubine des englischen Königs verstümmeln, Papst Gregor VII. belohnt einen Abt, der einen Mönch kastrieren läßt, mit dem Bistum, und der Theologe Manegold lehrt öffentlich, daß der verheiratete Priester getötet werden solle.

Die Natur wird vergewaltigt, die Kirche stößt das Weib mit Abscheu zurück als ein unreines Tier, eine Schlange des Satans, als den verkörperten ewigen Tod des Mannes. Der fanatische Wüterich Pietro Damiani durchläuft ganz Italien, und in zahllosen Predigten wendet er sich immer von neuem gegen das Weib. *C'est à vous que je m'adresse, écume de paradis, ámorce de Satan, poison des âmes, glaive des cœurs, huppes, bijoux, chouettes, louves, sangsues insatiables* ... Oh, das klingt noch besser als das, was Strindberg über die Weiber sagt. Die heiligen Doktoren erklären, daß man sich vom Weibe fernhalten müsse, da die Welt genug bevölkert sei und die Welt sowieso bald untergehen werde, und Peter von Lombard stellt den Grundsatz auf, daß die Ehe eine Sünde sei, zum mindesten *un péché veniel.*

Mit der Natur ist die Kirche glücklich fertig geworden. Der Priester wurde von seinem Weib weggerissen, um sich einer unsagbaren heuchlerischen Geschlechtsschweinerei hinzugeben. Seine Ehe wurde getrennt, nun fing er an Notzucht zu treiben und seinen männlichen Schäfchen die Hörner aufzusetzen. Aber, wie gesagt, das Zölibat wurde so ziemlich allgemein durchgeführt. Nun mußte die Kirche noch mit der Vernunft fertig werden. Hat man früher verboten, nach dem Wesen des Gottes zu forschen, so verbietet man jetzt überhaupt in allen Dingen den Gebrauch der Vernunft.

›Jedes Wort entspricht einer Idee, und jede Idee ist ein Wesen. Folglich ist Grammatik die Logik, und die Logik ist die Wissenschaft.‹

Damit hat man die Vernunft abgetan. Ist eine Idee ein Wesen, so brauche man ja gar nichts zu sehen, nichts zu lernen, nichts zu beobachten. Man schaue die Welt in seinen Gedanken an, und man schaut das Wahre und Wirkliche.

Man hat aufgegeben zu denken, und mit Begeisterung wirft man sich auf ein paar Bruchstücke von Aristoteles, den Harun al Raschid eben ins Arabische übersetzen ließ. Nun kommentiert man den armen Aristoteles, schreibt zu den Kommentaren lange Kommentare, man verstümmelt die Bruchstücke, man macht den Heiden zum Christen, läßt ihn die Göttlichkeit Christi haarscharf beweisen, seinen Märtyrertod prophezeien: das ganze System der christlichen Lehre hat man zuerst in Aristoteles entwickelt und philosophisch begründet gefunden. Ein Hohlkopf von Avicenna wird zum Fürsten der Denker, und die beiden großen Kirchendoktoren waren sterile Maulesel: Thomas grübelt über die Psychologie der Engel nach, und Duns Scotus erfindet die fabelhafte *machina cogitationis*: Wenn der Traum dem Sein entspricht, entspricht das Wort der Sache! Herrlich! Aber nur weiter: Alle Kombinationen der Worte sind also Kombinationen der Sachen und der Realitäten. Worte zusammensetzen heißt Erkennen. Diese Zusammensetzung, vorgesehen durch bestimmte Formeln, gibt uns die Maschine zum Denken.

Denken, ohne zu denken, so hat die Kirche beschlossen.

Der Satan-Philosoph, er, der die abgründigsten philosophischen Systeme des Orients geschaffen hat, er, der in den poetischen Subtilitäten eines Plato sich gefiel, er, der mit der furchtbaren Wucht manichäischer Häresien die tüchtigsten Köpfe des guten Gottes zertrümmerte, lächelt boshaft vergnügt zu diesen Kindereien.

›Aber wie ist es‹, fragt er mit einem unbeschreiblich listigen Augenzwinkern die Kirchendoktoren, ›wie ist es, wenn ein Bauer ein Schwein auf den Markt zieht? Was zieht da, der Bauer oder die Leine?‹

Das ganze Jahrhundert zerbricht sich qualvoll den Kopf über diese Frage. Die Meinungen sind geteilt, und die tüchtigsten Athleten des Blödsinns können diese Frage nicht lösen.

Die Maschine des Denkens hat das Denken zertrümmert, und die Kirche atmet erleichtert auf. Aber in diesem Augenblick, da die Kirche sich nun ganz ruhig ihren stillen und zarten Geschäften, dem Bauern die Haut über die Ohren zu ziehen, hingeben wollte, erhebt sich ein furchtbares Gewitter. *Abälard* wagt ein kleinkleines Wort: Die Idee ist kein Sein, die Abstraktion ist keine Realität.

Schön und herrlich wie ein Gott, so daß es nach dem Ausspruch des Chronisten kein Weib in Frankreich gab, das ihm widerstehen könnte, außerordentlich gelehrt für jene Zeit, mit einer glänzenden Gabe der Beredsamkeit ausgerüstet, fing Abälard an, als ein Mensch zu Menschen zu sprechen. Er entwickelte und popularisierte den entsetzlichen Wust der kirchlichen Lehren, kam zu neuen und überraschenden Folgerungen, die die Lehren der Kirche über den Haufen warfen.

Wollte Anselmus glauben, um zu wissen, so wollte Abälard prüfen und erkennen, um zu dem Glauben zu gelangen.

Das Verbrechen besteht nicht in der Handlung, sondern in der Absicht, folglich keine Sünde aus Gewohnheit noch aus Unwissenheit. Was ist die Erbsünde? Keine Sünde, sondern eine Strafe. Aber wozu die ganze Erlöserarbeit? Das war ein Akt der Liebe. Gott wollte das Gesetz der Liebe aufstellen, deswegen hat er seinen Sohn auf die Erde gesandt.

Das waren furchtbare Häresien in jener Zeit, aber Abälards Philosophie verbreitet sich mit einer ungewöhnlichen Schnelle über ganz Europa; zu seinen Füßen saß die Blüte der damaligen Intelligenz, aus der dann später zwei Päpste, zwanzig Kardinäle und fünfzig Bischöfe hervorgingen. Die kirchliche Philosophie dringt in das Volk, Abälard lehrt unablässig, daß jeder sie sich nach seiner Vernunft auslegen soll, die geistige Macht der Kirche war mit einem Mal gebrochen, alle Menschen fingen an, über heilige Dinge zu diskutieren, sie anzuzweifeln, neue Folgerungen zu ziehen. Große und Kleine, Gelehrte und Ungelehrte, ja selbst die Kinder vergewaltigten das Heiligtum und das Verborgene, und der heilige Bernhard von Clairvaux jammert in seinen Denunziationen gegen Abälard: *Irredetur simplicium fides, eviscerantur arcana Dei, quaestiones de altissimis rebus temerarie ventilantur.*

Arnold von Brescia, Abälards begabtester Schüler, lehnt sich gegen das Papsttum auf, er will die Kirche auf den Typus der ersten Christengemeinden zurückführen. Mit wilder Begeisterung horcht das Volk auf seine Lehren von der Macht der Kirche, die nur geistig sein soll, so wie sie Christus haben wollte, und zum ersten Mal erscholl der unerhörte Kampfruf: Rom soll frei sein! Papst Lucius II. wird getötet und sein Nachfolger Eugen III. muß fliehen, um der Rachsucht des Volkes zu entgehen.

Die Könige von Kastilien lassen nun den ganzen Aristoteles übersetzen, und in seinem Gefolge kommen die Araber und die Juden mit dem Pantheismus des Averrhoes und den Subtilitäten der Kabbala. Unter dem Schutz Kaiser Friedrichs II. wagen arabische Ärzte das Unerhörte: eine menschliche Leiche zu öffnen, und Friedrich II., der Débaucheur und Atheist, der geistreiche und feinsinnige Philosoph, fragt schmunzelnd die Muselmänner: Meine Herren, was denken Sie über Gott?

Der Geist des Skeptizismus und des Unglaubens erfaßt alle Menschen, das Ich dringt mit trunkenem Enthusiasmus hervor. Alles beweisen und gleichzeitig das Bewiesene zu widerlegen galt als die höchste philosophische Kunst, und Simon de Tournay ruft plötzlich aus, nachdem er die Wahrheit der christlichen Lehre glänzend dargelegt hat: *O pétit Jésus, pétit Jésus, comme j'ai élevé ta loi! Si je voulais, je pourrais encore mieux la rabaisser!*

Richard Löwenherz erklärte sich als Waffenbruder des Sultans Malek-Adhal und bot ihm seine Schwester zur Frau an, Heinrich II., König von England, droht dem Papst, daß er Mohammedaner werden wird, und König Johann reißt über seine Exkommunikation die schönsten Witze.

Der Mensch des 12. Jahrhunderts mißachtet den Gott, er glaubt, daß Christus auch schon lange genug geherrscht hat, es wäre Zeit, daß endlich der Heilige Geist an die Reihe käme. Ein Messias nach dem andern tritt auf, zahllose Sekten beginnen sich zu bilden, der Mensch sucht nicht mehr nach Gott, er hat ihn in sich, Gott spricht durch seinen Mund.

In diese Zeit einer bis jetzt unerhörten Entfesselung des individuellen Strebens, die Zeit des Unglaubens und völligen Außer-Rand-und-Bands der Instinkte, fiel die furchtbare Depression nach den mißglückten Kreuzzügen. Gott schlief, während Mahomet seine Macht in immer neuen Siegen der Mohammedaner zeigte. Die Troubadoure sangen melancholische Lieder, worin sie Gott des Verrats bezichtigten, indem er die Muselmänner gegen die Christen protegiere, und selbst Ludwig der Heilige warnte Gott, daß er sein Volk in Ruhe nach der Heimat ziehen lasse, *qu'il ne soit contraint de renier ton saint nom.*

Die Warnung war in den Wind geschlagen. Anstatt endlich mit den furchtbaren Plagen aufzuhören, häufte er nur um so stärkere Qualen auf die verzweifelte Menschheit. Das Volk suchte nur eine passende Gelegenheit, um ganz und gar von ihm abzufallen. Und die Gelegenheit kam.

Der slavische Satan, der neben dem guten Gott als gleichberechtigtes Prinzip des Bösen die Welt beherrscht, der Czernebog oder Diabol rüstet sich auf die Wanderung, um an den Grundfesten der Kirche mit eisernen Fäusten zu rütteln.

Von Bulgarien her über Konstantinopel und Italien ziehen die Bogumilen und setzen sich, nachdem ihre Scharen unterwegs stark gelichtet wurden, im Süden von Frankreich fest.

Der Süden von Frankreich war von jeher das Gelobte Land aller Häresien. Er war der Lieblingssitz des Satans. Er war der klassische Boden des Zauber- und Hexenwesens, und von hier aus verbreitete sich erst spät die Hexenseuche über ganz Europa. Der ganze Süden war voll von Juden und Sarazenen. Die Rabbiner hatten hier überall öffentliche Schulen, und sie bildeten das Band zwischen den Christen und den Arabern. Durch ihre Vermittlung kamen von Salerno und besonders von Córdoba, dem Sitz der schwarzen Magie, die verschiedenen Künste, die so ausgiebig zu verbrecherischen Zwecken angewandt wurden: die Destillation, die Sirupe, die Salben, die ersten chirurgischen Instrumente, die arabischen Ziffern, die Arithmetik und die Algebra.

Gleichzeitig waren die kabbalistischen Lehren der Juden von einem ungeheuren Einfluß auf das durchaus nicht christlich gesinnte Volk. Schon in den Zauberbüchern von Aschmidai findet man ausgezeichnete Rezepte, um den S'maäl (vergleiche Samiel in den deutschen Märchen) zu beschwören und ihn zur Dienstbarkeit zu zwingen. Natürlich ließ er sich nur für das Böse dienstbar machen. Groß ist die Macht, die Gott ihm zugestanden hat, und seine Dienstboten, die Satanim, wohnen stets in dem Menschen und versuchen ihn.

Hier auf der Grenzscheide zwischen der europäischen und der bei weitem überlegenen mystischen Kultur des Orients setzte sich der alte Manichäismus in verjüngter Form fest, und von hier aus beginnt Satan den ungeheuren Triumphzug über ganz Europa.

Gegen die Lehre der Kirche, daß das Gute das allein wahrhaft Substantielle, das Böse dagegen nur durch Selbstverschuldung als Akzidenz hinzugekommen sei und in seinem Grunde nur eine Ausnahme und Unmaß bedeute, lehren die neuen Manichäer, die Katharer, das Böse sei mit dem Guten von gleicher Substantialität, beide, wenngleich entgegengesetzt, gleich wesenhaft, und dieser Gegensatz gehe bis auf die innerste Wurzel des Daseins zurück und erstrecke sich selbst auf die Gottheit.

Die Sünde ist daher keine Selbstverschuldung, keineswegs das Produkt des freien Willens, sie wiederholt sich auch jetzt nicht in freier Handlung, sondern sie ist das Werk des schwarzen Gottes. Es gibt also keine Sünde, weil die böse Handlung von einem Gotte gewollt ist, es gibt keine Strafe nach der Sünde, die ewige Verdammnis ist blödsinnige Erfindung, nichtig und lächerlich ist das Buß- und Altarsakrament, denn die Reue nach einer schlechten Handlung ist ebenso nutzlos, ›wie wenn ein Hund einen Stein bisse‹, würde Nietzsche sagen.

Nous voilà en plein satanisme!

Aber so wie sie den Gott in einen guten und schlechten teilen, so trennen sie streng im *Menschen* das Geistige und Körperliche. Mit dem Körper gehört der Mensch dem schwarzen Gott, mit dem Geist dem lichten.

Nun kam in die Sekte eine doppelte Spaltung: Die,

welche sich für den lichten Gott entschieden hatten, lebten in einer unglaublichen Sittenstrenge und einer abtötenden Askese, sie waren die Eiferer und die Verbreiter der Sekte, sie waren verehrt wie Heilige, und sie hatten die Kraft, den Menschen bei seinem Tode durch einfache Handauflegung völlig zu reinigen und ihn dem guten Gott zu übergeben.

Die anderen dagegen, die den schlechten Gott verehrten, stifteten geheime Verbindungen und feierten in Wäldern, Höhlen und auf Bergeshöhen ihre finsteren, fleischlichen Mysterien.

So wiederholt sich der Gegensatz zwischen Christentum und Heidentum innerhalb derselben Sekte, aber diesmal ist der Gegensatz notwendig und durch die Lehre geheiligt.

Im Besitz orientalischer Zaubermittel, verrichten die ›Vollendeten‹, die ›Perfekti‹, seltsame Wunder, und die Sekte verbreitet sich mit einer rapiden Schnelligkeit. Es bilden sich tausend kleinere Sekten, die alle unter dem Namen der Katharer den christlichen Glauben zersetzten und zerstörten; es bilden sich Geheimbünde, die nur ausschließlich obszöne Zwecke verfolgten, nach und nach verliert sich der ursprünglich philosophisch-spekulative Kern der manichäischen Lehre, aber der Grundzug bleibt, worin sich alle die verschiedenen Sekten begegnen, der wilde, fanatische, bis zum Wahnsinn durch die grausame Verfolgung gesteigerte Haß gegen die christliche Lehre.

Namentlich war der Gott des alten Testaments verachtet. Dieser Gott war ein infamer Bösewicht. Er wußte doch, daß Adam und Eva an dem Baum der Erkenntnis sterben würden, warum ließ er sie denn essen? Er log aber auch, denn die Ureltern waren ja nicht gestorben! Er war ein gemeiner Mörder. Schuldige und Unschuldige ließ er in Sodom und Gomorrha elend verkommen usw. usw.

Die Christen sagen, der gute Gott hätte auf der Erde den Tod am Kreuze erlitten. Das ist eine Profanation. Wie kann ein Gott leiden, wie kann er überhaupt auf die

Erde kommen, wenn die Erde bereits einem Gott zuerteilt ist? Wie kann ein Gott essen und trinken, was doch Christus getan hat? Und nun gar die Fabel von seinem Leib, den die Christen noch immer essen! Wäre sein Leib so groß wie die Alpen, wäre er schon längst aufgegessen worden. Und die Sünde! He, he, worin unterscheidet sich denn die Funktion der Geschlechtsdrüsen von der des Magens? Sündigen wir nicht durch Essen und Trinken, wie können wir durch das Zeugen sündigen? *Nemo potest peccare ab umbilico et inferius!*

Furchtbar war der Haß der Katharer gegen die Kirche. Rom sei eine Mörderspelunke, Rom war die apokalyptische Hure, von der in der Apokalypse geschrieben steht ... Nun, darin hatten sie nicht so ganz unrecht. – Sie beschimpften und töteten die Priester, wo sie sie nur auffangen konnten, benutzten die heiligen Geräte zu obszönsten Zwecken, und ein großer Teil ihres Ritus ist nur die Parodie des katholischen Kultus.

In ihren Zusammenkünften, ihren parodistischen Messen – ist bereits der Sabbat völlig, sogar in Einzelheiten, vorgeformt. Man findet in dem späteren Sabbat kaum eine neue Zutat, vielleicht nur noch eine gesteigerte Ekstase, die durch künstliche Mittel hervorgerufen wurde, und namentlich durch den Genuß von Stechäpfeln.

Bei der Aufnahme mußte jeder Novize allem katholischen Glauben abschwören, das Kreuz bespeien, der Taufe und der Ölung entsagen, darauf wurde er von der ganzen Versammlung geküßt, und man legte die Hände auf seinen Kopf.

Die Kirche war machtlos gegen die mit einer ungeheuren Schnelligkeit wachsende Sekte. Sie war prachtvoll organisiert, hatte einen mächtigen Papst in Toulouse und hielt ein Konzil in Lyon ab. Die Bewohner von Languedoc schlugen die Priester, ließen sie zum Hohn ihre Messen singen, rissen ihnen die Meßgewänder vom Leib und zogen sie ihren Frauen an. Das größte Vergnügen war aber, die Hostie in den Kot zu werfen, dem Christus die Beine zu brechen und ihn mit dem unglaublichsten Unrat zu beschmutzen. *Hugofaber iuxta altare purgavit ventrem et in contemptum Dei cum palla altaris tersit posteriora sua*, erzählt der Chronist von einem dieser Fanatiker.

Nun wurde der Kreuzzug gegen die Häretiker gepredigt. Der heilige Dominicus, der Schöpfer der heiligen Inquisition, wurde mit dem Zug beordert. Er, der unermüdliche Weiner, der bei seinen Gebeten Ströme von Tränen vergoß, wurde einer der grausamsten Henker, die die Weltgeschichte kennt. An der Spitze des Kreuzzuges stand der Graf Simon de Montfort, der christlichste unter all den Fürsten, die fast sämtlich Katharer waren.

Und nun begann ein entsetzliches Massacre.

Bei der Eroberung von Béziers wurden 60000 Menschen niedergemetzelt, Christ oder Katharer, es war gleichgültig, *caedite omnes, novit enim Deus, qui sunt eius!* schrie der Abt von Citeaux, als man die Christen schonen wollte. Er selbst entschuldigt sich beim Papst Innocenz III., daß er nur zwanzigtausend morden konnte. Nun flohen die Einwohner in die Wälder und Berge, es blieb nur Carcassonne übrig. Aber Carcassonne wagte niemand zu verteidigen. Hunderte wurden gehängt und fünfhundert verbrannt.

Die Albigenser zerstreuten sich und flohen auf die Festungen der Edlen. Aber eine nach der anderen wurde erobert, und die Kirche ließ ihre Erlösermilde im vollsten Glanz erstrahlen.

Bei der Eroberung der Festung Minerva versprach man denen, die sich bekehren würden, das Leben. Nichtsdestoweniger wurden sie verbrannt. *S'il ment il n'aura que ce qu'il mérite, s'il veut réellement se convertir, le feu expirera ses péches!* Das war die ständige Formel bei dieser allzu häufigen Prozedur.

Die Ritter des Heiligen Geistes mordeten, hängten, brannten, räderten nicht einzelne, aber Hunderte und Tausende. Bei Lavour ein paar hundert *avec une joie extrême*, bei Maurillac und bei Toulouse zwölftausend *avec une joie indicible.*

Der ganze Süden war zerstört, es blieb nicht ein Stein auf dem andern übrig. Alle Festungen waren geschleift, alle Grafen und Barone gehängt oder verbrannt und die edlen Damen aus Galanterie nur gesteinigt.

Die Kirche glaubte zu triumphieren. Aber nie fühlte sich Satan mächtiger als gerade jetzt. Man hat ihm nur *eine* Form der Kirche zerstört, aber was bedeutet für ihn die sichtbare Form, im Herzen blieb ihm das Volk treu, es verkroch sich in unterirdischen Katakomben, verbarg sich in Bergesschluchten, und nie zuvor hat es ihn so inbrünstig, so verbrecherisch verehrt als gerade jetzt nach dem Falle des antichristlichen Toulouse.

Kaum hatte der letzte Albigenser die geifernde Blasphemie gegen den bartlosen milden Jüngling auf dem Scheiterhaufen verröchelt, und schon erhebt stolz und gewaltig die neue Priesterin des Satans ihr furchtbares Haupt, die Hexe ...

Vorerst mußte aber der Boden gründlich bearbeitet werden, möglichst viele Giftkeime mußten emporschießen, damit die Seuche möglichst schnell um sich greifen konnte.

Eine alte Allegorie erzählt, der Satan habe sich einmal entschlossen, ein Weib zu nehmen, um sein Geschlecht zu vermehren. Er hat die Gottlosigkeit beschlafen und mit ihr sieben Töchter gezeugt. Als diese nun herangewachsen waren, hat er sie an Menschen vermählt. Die älteste, den Hochmut, gab er den Mächtigen dieser Erde, den Geiz den Goldreichen, die Untreue dem gemeinen Volke, die Heuchelei den Priestern, den Neid den Künstlern (damals kannte man noch keine Kritiker), die Eitelkeit den Frauen. Die siebente Tochter, die Hurerei, war allein zurückgeblieben. Satan hat seine liebste Tochter keinem gegeben, sondern sie für alle gemeinsam übrigbehalten.

Und es scheint, daß in keinem Zeitalter das Geschlecht so wahnwitzig exaltiert war, wie gerade gegen Ende des hysterischen 13. Jahrhunderts.

Die Hystero-Epilepsie war etwas so Gewöhnliches wie heutzutage die Schwindsucht; fast jeder Mensch war ein wenig leprös, und bekannt ist bei den Leprösen die außerordentliche Gier nach geschlechtlicher Befriedigung. Das Succubat und Incubat zerstörte die blutarme Menschheit, man sah überall Weiber, die sich plötzlich hinwarfen, die Röcke hochhoben und sich in geschlechtlichen Krämpfen wanden, und diese geschlechtliche Hysterie wurde nur noch genährt durch die albigensische Theorie, die inzwischen tief in das Volk eingedrungen war: *Nemo potest peccare ab umbilico et inferius.*

Namentlich waren es die Priester, die ewig unbefriedigten Gottesknechte, die von dieser Theorie einen mehr als ausgiebigen Gebrauch machten, dieselbe weiter ausbauten und die Klöster zu Pestspelunken machten.

Die Sünde durch die Sünde töten! Das war das große Prinzip der geschlechtlichen Orgien der Priester. Vernichtung der Person und der Tod des Willens! Diejenigen, die ihr Selbst opfern, sind dermaßen göttlich, daß sie keine Sünde begehen können. Die obere Partie des Körpers ist so vergöttlicht, daß sie nicht weiß, was die untere tut.

Die Priester gingen noch weiter. Sie lehrten, daß dem Heiligen jeder Akt heilig ist, der Priester heilige alle Weiber, die mit ihm sündigen. Diese Theorien waren so allgemein, daß das Volk in Spanien und Frankreich die Nonnen ›Consecrierte‹, das heißt Mätressen der Priester, nannte.

Unter dem Einfluß dieser Lehren geht die Kirche ihrem totalen Verfall entgegen. Der Franziskaner Eude Rigaud registriert in seinen Visitations-Tagebüchern Beweise einer entsetzlichen Korruption der Klöster, und die Berichte des heiligen Bertin sind übervoll von so haarsträubenden Erzählungen über das Klosterleben, daß dagegen die im Mittelalter übliche Sodomie als ein unschuldiges Spiel erscheint.

Die Kirche war grenzenlos verachtet, verspottet, verhöhnt, aber den Todesstoß gab ihr Philipp der Schöne. Er erst zerstörte bis auf den letzten Stumpf das bißchen Autorität, das die Kirche beim Volke noch hatte.

Mitten unter dem Volke, das vor Hunger verreckte, in

allen Monarchien, die sich vor Mangel an Geld auflösten, in einer Zeit, da jeder König zum Falschmünzer werden mußte, war es die Kirche allein, die unermeßliche Reichtümer besaß. In Deutschland war der Bischof ein Fürst, der Armeen liefern konnte, in England besaß die Kirche die Hälfte des ganzen Landes, und ebenso war es in Frankreich.

Die Kirche zu konfiszieren, das war der allgemeine Gedanke. Eduard I. hat die Soldaten gegen die Priester gehetzt und verbot den Richtern, ihre Klagen anzunehmen, und Philipp der Schöne verlangte gebieterisch Zehntel und Fünftel ihrer enormen Einkünfte.

Auf dem Thron des heiligen Petrus saß damals ein meineidiger Advokat, der sich durch sehr anrüchige Praktiken eine traurige Popularität erwarb, ein wilder Atheist, der durch seine schmutzigen Blasphemien die Kirche depravierte, *le père très fecond*, Papst Bonifaz VIII.

Die Kirche durfte man verhöhnen und verspotten, soviel man wollte, das tat der Papst selbst, aber Zehntel von ihr fordern, nein, das ging nicht. Der Papst erläßt eine Bulle nach der anderen gegen Philipp den Schönen. Darauf bekommt der Papst von Nogaret, Philipps Reichskanzler, eine Antwort, in der unter anderen schönen Dingen folgende Süßigkeit zu finden ist: *Sedet in cathedra beati Petri mendaciorum magister, faciens se, cum sit omnifario* maleficus, Bonifacium *nominari.*

Der Papst rast. Nogaret und Sciarra de Colonna reisen nach Rom, um ihm persönlich die Antwort zu übergeben. Der achtzigjährige Greis wird verhöhnt, mit den schimpflichsten Worten beleidigt, und als er wagte aufzubrausen, bekam Christi Stellvertreter eine Ohrfeige mit dem eisernen Handschuh Nogarets.

Das war aber dem Volke zuviel. Es befreit den Papst, der inzwischen wahnsinnig geworden ist. Der Papst gibt dem Volke Absolution für *alle* Sünden, nur nicht für Kirchenraub, und stirbt vom Teufel besessen. ›Du wirst den Thron besteigen wie ein Fuchs, du wirst regieren wie ein Löwe, du wirst sterben wie ein Hund‹, sagte von ihm sein Vorgänger Papst Celestin.

Die Kirche sinkt immer tiefer. Benedikt XI., der Nachfolger von Bonifaz, schleudert am 7. Juni eine wütende Exkommunikationsbulle, am 4. Juli ist er bereits tot. Er war durch Feigen vergiftet.

Sein Tod liefert die Kirche nun ganz und gar Philipp dem Schönen aus. Philipp macht den Erzbischof von Bordeaux, Bertrand de Goth, zum Papst, unter strikten Bedingungen, die er beschwören mußte.

Der neue Papst Clemens V. beginnt seine glorreiche Regierung mit einer Visitationsreise, bei der er stiehlt und raubt, wo er nur kann, und den ganzen französischen Klerus ruiniert. Seine Mätresse Brunissende Talleyrand de Périgord kostet ihn mehr als alle Kreuzzüge zusammen.

Aber die Zehntel von den Einkünften der Kirche, die Clemens Philipp zugestand, genügten dem König nicht. Der Papst gibt ihm die Juden preis. Die Operation war schnell bewerkstelligt. Unter dem Schutz des Papstes verminderte der König das Gewicht der Münze und erhöhte ihren Wert. Es entstand eine unerhörte Verwirrung, es kam zu einem Aufstand, bei dem der König so ein paar hundert der größten Schreier rings um Paris aufknüpfen ließ.

Das war aber nicht genug, was der Papst bewilligte. Der König wollte noch mehr haben: Papst Bonifacius sollte der Prozeß wegen Häresie gemacht werden. Das war eine fatale Sache. War Papst Bonifacius ein Häretiker, so waren es auch seine Kardinäle, und von ihnen wurde auch Clemens gewählt, folglich war seine eigene Wahl auch ungültig.

Clemens wand sich wie eine Schlange. Er suchte den König zu besänftigen durch die Wahl neuer Kardinäle, wodurch die Wahl jedes künftigen Papstes vom König abhängig wurde, er zog die Bullen Bonifaz' VIII. zurück, wodurch dem König jede Art Kirchenraub zugestanden war, er machte Philipps Sohn zum König von Navarra, seinen Bruder Charles de Valois zum Chef der Kreuzritter –

Immer noch nicht genug!

Der Prozeß gegen Bonifacius wurde aufgeschoben, aber der Papst mußte dem König den Tempelorden ausliefern.

Die Vernichtung dieses Ordens und der Prozeß, der nachträglich gegen Papst Bonifaz VIII. eröffnet wurde, die wüste Hurenwirtschaft der Päpste in Avignon setzten das Volk in eine furchtbare Erregung.

Satan, der anfangs nur seine Werke durch die Magier offenbarte, in ein paar geheimen Verbindungen lebte, ist jetzt der einzige Gott geworden. Die manichäischen Traditionen blühen üppig empor, seine Macht steigt ins Unermeßliche.

Alles, was man von Gott nicht erwarten darf, verlangte man vom Satan. Gott hat alle Gaben für das Jenseits vorenthalten, nichts außer Qualen schickte er über diese Welt.

Darin mußte Satan aushelfen. Er allein war es, der Macht den Schwachen, Ehre den Verachteten, Rache den Gekränkten, Gegenliebe den Liebenden geben konnte. Er allein war der Vater und der Gott der Armen, der Betrübten, der Verachteten.

Er ist überall, in jedem Hause, auf jedem Schritt begegnet er den Menschen, ja er wird sogar in verschlossenen Flaschen auf den Märkten verkauft, und er hat sich inzwischen ganz fabelhaft vermehrt. Nach Bodinus beträgt das ganze Inventar der Hölle: 72 Fürsten und 7405926 gemeine Teufel.

Es regnet Anklagen. Der Bischof von Troyes, Guichard, der die Gemahlin Philipps durch ein Wachsbild, das er mit Nägeln stach, verhext hat, wird verbrannt. Die Schwiegertochter Philipps, Marguerite, wird wegen Zauberei angeklagt und in ein unterirdisches Loch geworfen, seine zweite Schwiegertochter, Jeanne, wird erdrosselt, und die dritte, Blanche, wird im Kerker von einem Henkersknecht vergewaltigt und geschwängert.

Es folgt eine ungeheure Reihe von Verbrechen. Die Frau des Königs wird vergiftet, Philipp der Schöne bekommt Gift von seinen Ministern und der Graf von Flandern von seinem eigenen Sohn.

Und dasselbe von neuem unter Philipps Sohn, Louis X. Enguerrand de Marigny wird gehängt, weil seine Frau den König verhexen wollte. Pierre de Latilly, Bischof von Châlons, wird gerädert, weil er wahrscheinlich den Tod Philipps des Schönen durch Zaubermittel verursacht hat, dito Raoul de Presles, *advocatus praecipuus*, dem man jeden einzelnen Knochen auf der Tortur gebrochen hat.

Waren das herrliche Zeiten! Satan rieb sich die Hände über die unermeßliche Ernte.

Isabeau, Tochter Philipps des Schönen, reißt eigenhändig dem Liebhaber ihres Gemahls Eduard II. von England, Spencer, die Augen aus und sieht mit Vergnügen einer obszönen Operation, die an ihm vollzogen wird, zu. Als das nicht half und der König von der Päderastie nicht lassen konnte, bekommt sie vom Bischof Hereford auf ihre Anfrage, was sie mit dem König anfangen solle, folgende pythische Antwort: *Edwardum occidere nolite timere bonum est.* Da der Bischof kein Komma setzte, so setzte es die Königin hinter *occidere* statt hinter *nolite*, und der König wird von den Schergen seiner zarten Gemahlin hinterlistig ermordet.

Ich habe nur ein gelindes Beispiel gewählt.

›Gold‹, sagt Christoph Columbus in einem Brief an Ferdinand nach seiner vierten Reise, ›ist eine prachtvolle Sache. Mit Gold bildet man Schätze. Mit Gold macht man alles, was man in dieser Welt wünscht. Man läßt mit Gold selbst die Seelen ins Paradies gelangen.‹

Ja! Gold muß man haben, und Gold wurde um das Jahr 1300 der neue Gott. Die Kirche hat es in tote Materie verwandelt, in Kreuze, Reliquarien, Kelche. Die Großen haben das Gold zum Schmuck und zum Luxus verwandt. Es gab einfach kein Gold mehr. Schon Richard Löwenherz wollte durchaus London verkaufen, aber kein Mensch hatte Gold. Man warf sich mit rasendem Eifer auf die Suche nach Gold. Raymond Lulle, Nicolas Flamel scheint es gelungen zu sein, Gold herzustellen, aber es verflüchtigte sich immer von neuem.

Das Volk ganz besonders, das Volk mußte um jeden

Preis Gold haben. Der Fürst der Erde besaß es, er behütete es, und er gab es auch, aber dafür wollte er die Seele haben. Nun ja, das war eine fatale Sache.

Aber der Jude hatte Gold! Der Jude, dies unreine Tier, der mit dem Teufel in Verbindung stand, wußte, wo das Gold war. Und man warf sich auf den Juden, verbrannte ihn, beraubte ihn, aber sein Gold reichte nicht hin. Es half nichts, man mußte sich dem Teufel ergeben.

Und Gold wurde der wahre Antichrist, in Gold hatte sich Satan verwandelt, machte die Kirche zur käuflichen Hure, die Regierung zu einer Bande von Falschmünzern, die Richter zu Schurken, die Priester zu schamlosen Wucherern, das reinste Weib zur Dirne und die lauterste Gesinnung zur infamsten Depravation.

Die Templarier hatten Gold, und sie werden vernichtet, die Kirche hatte Gold, und sie wird unterjocht, der Jude hatte Gold, und er wird verbrannt.

Die Edlen, verzweifelt durch den schlechten Stand der Münze, werfen sich auf den Bauern, nehmen ihm alles, und hat er nichts mehr, so setzt man ihm brennende Kohlen unter die Füße. Natürlich hat der Bauer das Gold vergraben, er will es nur nicht herausgeben.

Und das Volk, wahnsinnig vor Verzweiflung, erhebt sich in entsetzlicher Bestialität, richtet unerhörte Greuel an und wird wieder zu Boden geschlagen.

Schon zu Zeiten Ludwigs des Heiligen ziehen Horden von Bauern plündernd und mordend durch ganz Frankreich. Sie massakrieren die Priester, beschmutzen die Sakramente – immer wieder dasselbe! – bis sie zerstreut und vernichtet wurden *quasi canes rabidi passim detruncati*, sagt Nangis mit grimmiger Genugtuung.

Nach einem Menschenalter wieder ein fürchterlicher Bauernaufstand. Wieder hat man ihn niedergeworfen und die Bauern nach entsetzlichen Martern gehängt: *illic viginti, illic triginta secundum plus et minus suspendens in patibulis et arboribus* …

Die schlimmsten und grausamsten Aufstände wiederholten sich in Languedoc. 1381 warfen sich die Bauern auf die Edlen und die Priester. Sie trieben viel schöne Kurzweil mit den Priestern. Prière de la Bruyère, der Chef der Bande, ließ ihnen die Finger abhacken, die Haut der Tonsur vom Kopfe reißen und sie dann *à petit feu* brennen. Und es war sehr schlimm: *L'on craignoit que toute la gentilesse ne perît*, sagt Froissart. Die Bauern zahlten für alle die Jahrhunderte von Qualen, für all die Prügel und den Hunger und das Blutsaugen der Edlen.

Wieder wurden sie mit der grausamsten Bestialität niedergeworfen, die Edlen waren doch ein wenig raffinierter in der Handhabe der Torturen als die Bauern.

Der Bauer mußte sich dem Teufel ergeben. Er allein hatte mit ihm Mitleid, er allein verhalf ihm zu ein paar Stunden Glück, denn nur er allein gab ihm die Mittel, daß er sich rächen könnte an dem Edlen, der ihn gar nicht als Menschen betrachtete.

Denn vielfältig waren die Qualen, mit denen der Edle dem Bauern verhalf, einen Teil seiner Sünden schon hier auf Erden abzubüßen.

Der berühmte Hugo von Guisay hat es in Mode gebracht, die Bauern mit Fußtritten zu traktieren und sie dann wie Hunde bellen zu lassen.

Ein anderes traditionelles Vergnügen war, den Bauer in eine Tonne, in der man sonst Teig bereitete, hineinzuwerfen, die Tonne umzustülpen, die Frau heranzuschleppen und sie auf der Tonne zu vergewaltigen. Und war noch ein Kind da, nun, dann erst war es ein Vergnügen. Man band das Kind mit einem kurzen Strick an ein Bein der Katze. Je mehr das Kind schrie, um so toller wurde die Katze.

Und nun ein Tableau:

Der Bauer kriecht aus der Tonne heraus, er ist ganz weiß vom Mehl, sieht aus wie der lächerlichste Clown der Welt; seine Frau weinend und zitternd an allen Gliedern, das Kind vom Blut überströmt, zerrissen von der tollen Katze.

Das *ius primae noctis* war auch eine schöne Erfindung, um die Langeweile des Edlen zu zerstreuen.

In puncto des Geschlechtsgenusses war der Edle allerdings ziemlich blasiert, aber das göttliche Schauspiel war, die Verzweiflung des Cocu zu sehen! Und wurde er gar widerspenstig, Gott, wie ulkig waren nicht seine Schreie, wenn er Prügel bekam. War er dann noch nicht ruhig, so wurde er gehängt.

Das sind die drei Kardinalvergnügungen des Edlen. Bei dem ersten lacht man, bei dem zweiten weint man vor Lachen, bei dem dritten – über die Grimassen des Gehängten – platzt man vor Freude.

Und da sollte das Volk gottesfürchtig sein!

Und nun kam die Zeit, da es schien, als sollte die ganze Menschheit wahnsinnig werden. An der Pest, die 1347 ausbricht und sechzehn Monate dauert, stirbt ein gutes Viertel von Europa aus. Nach der Pest folgt die Hungersnot, die Menschen essen Ungeziefer und Hunde, *chair et trippes.* Darauf wieder eine Epidemie und wieder Hungersnot. Alle Menschen irren umher, keiner arbeitet mehr, man erwartet nur in irrsinniger Verzweiflung seinen Tod. *Fuyons* – so schrien die Landleute (nach dem ›Journal du Bourgeois‹) – *aux bois avec les bêtes fauves. Adieu les femmes et les enfants. Faisons le pis que nous pourrons. Remettons nous en la main du Diable.*

Achthunderttausend wahnsinniger Flagellanten durchziehen Frankreich, das ganze Volk wird von der epileptischen Pest angesteckt und fängt zu tanzen an, und im Angesicht des sicheren Todes verfällt es in einen orgiastischen Taumel, der alle Schranken niederreißt.

Das wahnsinnige Volk wird von wahnsinnigen Königen regiert.

In Frankreich der arme Idiot Karl VI., der den Rest seines Verstandes in den wüsten Orgien auf dem päpstlichen Hof in Avignon eingebüßt hat. In Böhmen Kaiser Wenzeslaus, den nie ein Mensch nüchtern gesehen hat, ein wütender Delirant, vor dem niemand seines Lebens sicher war, in Portugal der finstere Maniak Dom Pedro, der vor Sehnsucht nach seinem toten Weibe wahnsinnig wurde. Papst Benedikt XIII. wird von seinem Amt suspendiert, und die Römer wüten gegen den Gegenpapst Bonifaz.

Man verzichtet auf alle Himmelsfreuden, und man vergißt nicht in den ekstatischsten Orgien das furchtbare Elend des Herzens. *Rien ne m'est plus, plus ne m'est rien!* Diese verzweifelten Worte der Witwe des ermordeten Herzogs von Orleans scheinen das Motto des ganzen Jahrhunderts gewesen zu sein.

Es gibt keinen König mehr und – was schlimmer noch – keinen Papst. Pierre aux Bœufs liest in Paris dem versammelten Volke die königlichen Briefe, daß man von nun an keinem Papste zu gehorchen habe, weder dem einen noch dem andern; die Sendboten des Papstes werden durch die Straße geschleppt in päpstlichen Tiaren, das Volk verhöhnt sie, und ein Mönch schreit zum größten Gaudium des Volkes: *quod anum sordidissimae omasariae osculari malet quam os Petri!*

Die Magie kommt zu unglaublichen Ehren, der Satan wird populär, und alle Zauberkünste erfreuen sich großer Beliebtheit. Vor dem Palast des Königs versammeln sich die Hexenmeister aller Länder und beschwören die Dämonen, von denen der König besessen ist; in kolossalen Pfannen werden die merkwürdigsten Kräuter, die die Zigeuner nach Europa gebracht haben, gebrannt; der arme König vergnügt sich mit dem Zauberbuch Smagorad; man mahlt Perlen und gibt den Magiern den kostbaren Staub, damit sie die Teufel beschwichtigen; das ganze Volk, ja selbst der Klerus nimmt lebhaften Anteil an diesen Beschwörungen. Nicolas Flamel baut riesige Laboratorien, um Gold zu gewinnen – mitten in Paris, dicht an der Kirche des heiligen Jakob, die Giftmischerin macht herrliche Geschäfte an den Höfen der Herzöge, und inzwischen führt das Volk auf allen Höhen obszöne Tänze zu Ehren des großen Fürsten der Finsternis auf.

Man fürchtet nicht mehr den Satan, man liebt ihn. Selbst in der Kleidung ahmt man ihn nach. Das Weib trägt Hörner auf dem Kopf, zeigt schamlos ihre nackten Brüste und treibt den Bauch wollüstig hervor.

Die Kleidung des Mannes wird eng wie Trikot und ist mit Zaubercharakteren bestickt. Die Stiefel laufen aus in eine spitze Kralle, und das Geschlechtsorgan wird in ein Säckchen eingepackt, damit es ja nur recht sichtbar werde.

Die Stühle der Dame waren kirchliche Stallen, ihr Bett hat die Form eines Beichtstuhls, und die Stoffe, mit denen sie sich kleidet, sind die kostbaren Stoffe der Priesterornate.

Nun war die Zeit gekommen. In einem Nu blüht die gewaltige Sekte der Satansanbeter mächtig empor, von Frankreich aus verbreitet sie sich über die ganze Welt, wächst und wächst unaufhörlich. Es gab nicht ein Dorf, das nicht eine treuergebene Gemeinde des Satans hatte, die zahllose Verbrechen beging und des Nachts obszöne Orgien zu Satans Ehren feierte. –

Im Vorstehenden versuchte ich, in großen Zügen die Zeit zu skizzieren, in der die Sekte wuchs, erstarkte und endgültig eine Form annahm, an der die späteren Jahrhunderte fast nichts mehr geändert haben. In den folgenden Veröffentlichungen werde ich ausführlich über den Kultus, die ganze Satanskirche und seine Kinder sprechen.

Der Kult der Satanskirche

I

In trauriger Resignation hat sich der Katharer damit abgefunden, daß die Materie das Böse ist, daß alles, was durch Entwicklung entsteht, was durch Zeugung und Fortpflanzung sein Dasein hat, dem Fürsten der Finsternis zuerteilt ist.

Das Volk teilte diese Auffassung vollkommen. Hat ja die Kirche selbst in ihrem Haß gegen Instinkt und Natur die Welt satanisiert, und das Volk verstand nichts von den Spitzfindigkeiten, mit denen die Kirche die sittliche Freiheit retten wollte. Dem Volke waren alle die Theoreme über das Böse als die bloße Negation, alle die Sophistereien über die Sünde und den Anlaß zu ihrer Entstehung vollkommen fremd, all das war eine interne Angelegenheit, über die sich ein paar Kirchenväter das Gehirn ausschwitzten. Für das Volk wie überhaupt für die ganze christliche *Praxis* bestand ein völlig ausgebildeter Dualismus zwischen dem Weltlichen und dem Himmlischen. Jenes war das Böse schlechthin, dies das Gute.

Und ob das Böse erst böse geworden war oder von Beginn an als ein zweites Unendliches bestand, daran kehrte sich niemand.

Das Mittelalter weiß von Gott fast nichts, erscheint er doch auf den Bildwerken erst Mitte des 13. Jahrhunderts bescheiden an der Seite seines Sohnes, den Sohn hat es den Theologen preisgegeben, das ganze Mittelalter kennt nur eine Religion, eine Angst und eine Hoffnung, den Satan.

Die bösen Dämonen umströmen von allen Seiten den Menschen, ›wie wenn jemand ins Meer eingetaucht, ringsum unten und oben von Wasser umgeben ist‹. Bisweilen umgeben sie ihn ›gleich einem dichten Gewölbe, so daß gar kein Luftloch zwischen ihnen Platz hat‹. – ›Die Menge der Teufel ist so groß wie die Atome der Sonne, in jeder Falte des Lebens steckt ein Dämon. Zu keiner Zeit und an keinem Orte ist der Mensch vor ihnen sicher.‹*

Er ist der einzig wahre und alleinige Beherrscher der Erde und des Menschen, er ist kein Diener, kein ›Affe‹ des Gottes, wie ihn Irenäus gehässig nennt, sondern von Uranfang an ein Gott, dessen Machtsphäre sogar weit in das Gebiet des weißen, indolenten Gottes hineinragt, denn Er ist es, der die Kinder des lichten Gottes gelehrt hat, sich in Ekstase zu versetzen, sich Stigmatisationen zu verschaffen, Er war es, der die Heiligen auf den Gedanken brachte, das böse Wunder durch einen *choc en retour* zu paralysieren, und Er allein ist der Vater des Lebens, der Fortpflanzung, der Entwicklung und der ewigen Wiederkunft.

Nicht das Böse sondern das Gute ist eine ›Negation‹. Das Gute ist die Negation der Leidenschaft, durch die alles entsteht, denn jede Leidenschaft hat ihr Daimonium, das Gute ist die Negation des Lebens, denn alles Leben ist böse.

Satan ist das Positive, das Ewige an sich. Er ist der Gott des Gehirnes, er beherrscht das unermeßliche Reich der Gedanken, die immer von neuem die Gesetze umstoßen und die Tafeln zertrümmern, er regt die Neugierde an, das Verborgene zu enträtseln, die Runen der Nacht zu deuten, er gibt den verbrecherischen Wagemut, das Glück von aber Tausenden zu vernichten, um Neues entstehen zu lassen, er stachelt die bösen Begierden an, die in dem Heißhunger nach neuen Daseinsbedingungen die Erde aufwühlen, die entlegensten Fernen naherücken, den Himmel auf die Erde herabzerren und die Reiche der Erde wie Würfel durcheinanderschütteln.

Verfolgt, vernichtet, wächst er immer aufs neue aus seiner eigenen Asche mächtiger und schöner als zuvor, und der ewig Besiegte ist der ewige Sieger geblieben. Tausendmal glaubte die Kirche ihn vernichtet zu haben, und dabei wurde sie selbst satanisiert und verfaulte, verdarb ›an Haupt und Gliedern‹.

---

* Richalmus.

Denn Satan ist das ewig Böse, und das ewig Böse ist das Leben.

Alles, was an Großem entstand, ist gegen das Gesetz entstanden, als eine wütende Negation der Negation. Böse war der Trotz des *e pur si muove*, böse war die Neugierde, die Columbus nach unbekannten Ländern trieb, böse war die Mutter der chemischen Wissenschaften, und dem Schauen in die Sterne wurden alle Unglücksfälle zugeschrieben, das schlagende Wetter, das große Sterben und die Hungersnot.

Das Gute, das war der Stolz eines Gregor des Großen, der seine schändliche Dummheit rühmte und schon das Studium der Grammatik den Geistlichen verbot. Das Gute, das war die entzückende Einfalt des heiligen Franziskus von Assisi, der das Schreien der Esel, die um die Krippe des Heilands standen, *ad maiorem Dei gloriam* tagelang nachahmte, das Gute war die Ertötung seines Willens in der geringsten selbständigen Regung und nur eine stupide bis zum Blödsinn gesteigerte Imitatio.

In Satans Namen hat Nietzsche die Umwertung aller Werte gelehrt, in seinem Namen träumt der Anarchist von der Umgestaltung der Welt der Gesetze, in seinem Namen schafft der Künstler, dessen Werke man im Verborgenen liest oder sieht, aber von Gottes Gnaden beherrscht die verächtlichste Dummheit die unermeßlichen Horden der ›Licht‹-Kinder, für die das einzige Gesetz des Daseins, die Entwicklung, Verstoß und Verbrechen ist, Entwicklung in der Religion teuflische Ketzerei bedeutet, Entwicklung in der Kunst ein Zeichen der Hirnerweichung ist, Entwicklung in der Politik als Staatsverrat und Entwicklung im Leben als strafwürdige Perversität gilt.

Das ist der Satan in der Geschichte der menschlichen Entwicklung, *ipse philosophus, daemon, heros et omnia*, der Vater der Wissenschaften, die Fackel, die den Menschen in die geheimsten Gründe des Lebens hinableuchtet, der verzweifelte Grübler, der ewig von neuem seine durch die Dummheit zerstörten Zirkel zeichnen muß, der Gesetzlose und der Widersacher.

Dieser Satan ist Samyasa, der Vater, der ›Mathematiker‹, wie alle diejenigen, die sich mit ›verborgenen‹ Wissenschaften beschäftigt haben, genannt wurden. Er war nur wenigen zugänglich, er war ein finsterer Aristokrat, der nur wenigen seine Rätsel offenbarte, einem Agrippa, Paracelsus, Dee, van Helmont. Nur durch die Mächtigsten ließ er sich beschwören, während er die Horde seiner verlogenen Diener auf die Erde schickte, daß sie die Leidenschaften entfachen, Haß und Verbrechen säen, Hochmut und Stolz die Menschen lehren, ihr Geschlecht in Raserei versetzen, daß das Blut die Vorsicht und die Überlegung wegschwemmt, die Bestie wecken, die, um ihr Gelüste zu befriedigen, vor keinem Verbrechen zurückschreckt.

Im Reiche des Satanischen gilt nur ein Grundsatz: ›à rebours‹, die Umkehrung aller Werte, die durch das Gesetz geheiligt sind.

Und die Diener des Satan-Samyasa kamen auf die Erde, während Er, der Luzifer, der Lichtbringer, der Paraklet der Menschheit, in verschlossenen Laboratorien mit den Magiern zusammen die ›schwarzen‹ Künste trieb.

Die Diener des Satans bemächtigten sich alsbald der Erde.

Es war nicht schwer. Das Volk war im Herzen vollkommen heidnisch geblieben. Das Volk war aber auch verzweifelt, bis zum Wahnsinn verzweifelt. Es haßte das Christentum, und es haßte den Gekreuzigten, ›den Lügner, der das Heil versprochen und nur die Qual bereitet‹.* Aber über alles haßte das Volk die Kirche, die treulose, verräterische, zuchtlose und heimtückische Kirche, die in unersättlicher Habgier durch Bann, Interdikt, Verfluchung dem Bauern den letzten Groschen und dem Edlen das letzte Stück Erde erpreßte.

Es verachtete die Bischöfe, die sich in ihren Zänke-

* Worte aus dem Ritus der albingensischen Kirche entnommen.

reien ›Ehebrüche, Hurereien und Meineide‹, vorwarfen.* Die Synoden zu Tours, zu Agde versuchten vergebens, gegen die maßlose Trunksucht der Geistlichen zu steuern, sie wenigstens so weit einzuschränken, daß die Priester beim Hochamte nicht betrunken umfallen, und seit dem 10. Jahrhundert mußte man den Bischof vor seiner Weihe schwören lassen, daß er von folgenden, außerordentlich verbreiteten Vergnügungen sich ferngehalten habe: *pro arsenochita, qu. e. cum masculo; pro ancilla Deo sacrata, quae a Francis Nonnata dicitur; pro quatuor pedes et pro muliere* – (aber nur) *muliere viro alio coniuncta, aut si coniugem habuit ex alio viro quod Graecis dicitur deuterogamia* (Baluz. cap. II, append. p. 1372). Und wie weit es mit der christlichen Liebe, Milde und Erbarmen gekommen ist, beweist eine überaus charakteristische, gar nicht vereinzelt stehende Bannbulle, die Clemens VI. gegen Ludwig V. am 13. April 1346 erlassen hat, worin die göttliche Macht beschworen wird, daß sie ihn (Ludwig) mit der Kraft der rechten Hand schlagen, ihn verfolgen, in ein unbekanntes Netz fallen lassen sollte. ›Er sei verflucht, wenn er eingehe, er sei verflucht, wenn er ausgehe. Gott sende über ihn den Geist des Schwindels, der Narrheit und des Irrtums. Er werde durch Feuer vom Himmel verzehrt.‹ Nachdem noch die Erde angerufen wird, daß sie sich auftue und ihn verschlinge, heißt es weiter: ›Möchten doch *seine Kinder* von ihren Herrschaften verjagt werden und vor den Augen ihres eigenen Vaters in die Hände ihrer Feinde fallen.‹

Und in dieser Zeit der ewigen Verbote gegen die Priester, die Schenke zu besuchen, berauscht am Altar zu erscheinen, widernatürliche Unzucht zu treiben; in der Zeit, da – wie es in der Vorrede zu einem Konzil heißt – ›unsre Frevel bis über den Kopf angehäuft, unsre Verbrechen bis zum Himmel angewachsen, Hurerei und Ehebruch, Gottlosigkeit und Mord übergeströmt sind und Blut das Blut tötet‹ – in dieser Zeit war es den Teufelsdienern nicht allzu schwer, das Göttliche und

* Gregor von Tours VIII, 7.

Heilige zu verleugnen, es zu beschmutzen und in den ekelhaftesten Orgien über seine Ohnmacht zu höhnen. Man kann leicht begreifen, daß das Volk nicht fähig war, die Person von der Sache zu trennen, bei jeder Gelegenheit sich auf die Sakramente stürzte und die Kirchen mit Kot und Unzucht entweihte.

Das Volk haßte das Christentum. Es war nur durch die Vorstellung der Hölle und der Höllenstrafen im Zaum gehalten. *Pix, nix, nox, vermis, flagra, vincula, pus, pudor, horror*, die jeden Menschen, der nicht Christ ist, am Strafort erwarten, einem tiefen, schrecklichen, schwefelstinkenden Tal, wo die Teufel mit den Seelen Fangball spielen, auch Daumenschraube, spanische Stiefel, das Rad und die Wippe fleißig benutzen, die ganze wüste und unsagbar schmutzige Vorstellung von der Hölle, das war das einzige Mittel, womit die Kirche den Menschen des Mittelalters knebelte.

Die Predigten drehten sich fast ausschließlich um den Teufel und die Höllenstrafen, die Priester bestätigten ihre wüsten und unsauberen Phantasien mit Hilfe des alten und neuen Testamentes, die nächtlichen Zusammenkünfte der Häretiker und ihre finsteren Messen gaben den Predigten realen Untergrund, die Juden und die Araber popularisierten ihre Zauberkünste, lehrten die Bereitung der Salben und der Filtren, die Zigeuner säten durch ganz Europa die giftigen Solanaceen, woran sich das Volk berauschte, die epidemisch auftretenden geistigen Erkrankungen, die unter den seltsamsten Erscheinungen verliefen, alles das brachte das schwache Gehirn des Bauern aus dem Gleichgewicht, und seine hysterische Phantasie bekam eine überreiche Nahrung. Die kleinste Tatsache wuchs ins Ungeheuerliche, das leiseste Geräusch wurde zu einem unerhörten Spektakel, und ein Irrlicht ergoß sich zu einer Riesensonne. Aber selbst nach Weglassung der Zutaten und der ungeheuerlichen Übertreibungen bleiben *Tatsachen* genug, um das Interesse des Psychologen und des Künstlers – denn nur für diese zeichne ich die aus zahllosem Quellenmaterial gewonnenen Eindrücke – intens zu fesseln.

Satan liebt das Böse, weil er das Leben liebt, er haßt das Gute, weil er den Stillstand, die Beharrung haßt, und er liebt das Weib, das ewige Prinzip des Bösen, die Stifterin des Verbrechens, den Sauerteig des Lebens.

Von Anfang an war das Weib die Geliebte des Satans, und mit Vorliebe hat er sich ihrer zur Popularisierung und Befestigung seines Kultus bedient.

Schon den Babyloniern und Chaldäern erscheint die Nachtseite des Lebens, das Verborgene, das verderbenbrütende Geheimnis des Allseins als ein Weib, Mylitta, die Göttin der verderblichen Wollust und geschlechtlicher Ausschweifung. Durch sie wurden die Menschen zum Tanz und Gesang, zu Lust, Grausamkeit und Mord verleitet.

Bei den syrischen Stämmen ist die feindliche, boshafte und zerstörerische Gottheit ebenfalls ein Weib, Astarte. Sie ist die Göttin mit dem Stierkopf und den Stierhörnern, die Göttin des vernichtenden Krieges und die Stifterin alles Unheils.

Die Tempel der kleinasiatischen Kybele waren Stätten der seltsamsten Unzucht und des geschlechtlichen Orgiasmus, die assyrische Semiramis tötet ihre Liebhaber mit ihrer unmenschlichen Sinnenlust, die Maya der Inder ist Göttin der Täuschung und der Lüge, die das einzig Seiende dem Menschenauge unzugänglich macht, und den iranischen Völkern repräsentieren die bösen Davas alle weiblichen Tugenden: Lüge, Verleumdung, Verunreinigung der rein geschaffenen Mannesseele.

Bei den Griechen gehen aus dem Schoß der Gäa die finsteren Dämonen des Todes hervor, und der furchtbaren Hekate eignet man alles Unheimliche und Grausige zu. Sie fährt nachts in der Gesellschaft der Lamien durch die Luft, verursacht schreckliche Träume und das Alpdrücken. Sie ist die grauenvolle Mutter der Scylla und die Tochter der Nacht. Mit der Fackel und dem Schwert in der Hand, von großen schwarzen Hunden umgeben, jagt sie den Menschen in den Wahnsinn hinein.* Und die Dämonen, die der Römer am meisten fürchtete, das waren die Strigen. ›Unter garstiger Gestalt, mit großem Kopf, mit dem Schnabel eines Raubvogels und scharfen Krallen, kommen sie des Nachts, um den Kindern das Blut auszusaugen, das Mark zu verzehren, die Eingeweide anzufressen, um dann durch die Luft zu rauschen.‹ Alles das hat man bekanntlich auch den mittelalterlichen Hexen vorgeworfen.

Der furchtbarste Dämon des Altertums ist immer das Weib. Es ist der Dämon des Todes, des Wahnsinns, der Unzucht, der Besessenheit, des Verbrechens, des nächtlichen Grauens und des gespenstischen Schreckens. Sie ist als Lilith der Succub, der die Männer in den zerstörendsten Wollustrasereien vernichtet, und als Frau Holda ist sie die Anführerin des wütenden Heeres, die finstere Fürstin, in deren Gefolge die Hexen zu ihrer nächtlichen Teufelsmesse hinausfahren. Sie ist die Wirtin in dem Hörselberge und hält dort mit ihren Druten, den behenden Spinnerinnen, die das Garn des Unheils von der Spindel ziehen, den bösen Sabbat ab.

Neben dieser Nachtseite im Weibe verehrte das Altertum allerdings auch die Fruchtbarkeit, das Lebenspendende im Weibe, aber immer war es der Mann, der das Leben vor den Ränken und der Zerstörungssucht des Weibes beschützen mußte, der Mann galt als die eigentliche Mutter des Lebens.

Das Mittelalter kennt nur das böse Weib,** und es hat

* Sie wurde später mit der Mondgöttin verwechselt, daher erscheint bei den ersten Diabologen die Hexe in Begleitung der Diana.

** Die Verehrung der Jungfrau Maria, auf die sich mancher Blaustrumpf beruft, hat ganz andere Gründe. Das Dogma der unbefleckten Empfängnis hatte mit großen Schwierigkeiten zu kämpfen, und der ganze Kultus hatte sehr trockene dogmatische Erwägungen als Untergrund. Man brauchte das Dogma, um die Propheten nicht Lügen zu strafen; übrigens beginnt die Verehrung der Jungfrau erst im 12. und 13. Jahrhundert, zur Zeit der Gründung von Liebeshöfen, und scheint aus sehr verdächtigen Gründen herzustammen. Die Kavaliere der Jungfrau es in seinem Satan personifiziert. Aber selbst hierin zeigt sich der Haß des Mittelalters gegen das Weib. Es durfte nicht einmal das Böse an sich sein. Von der ursprünglichen Weibnatur sind dem Satan nur die Brüste geblieben, die wie zwei Mehlsäcke bis auf den Magen herunterhängen. Nach und nach wurde Satan ganz männlich, und das Weib würdigte man zu einer verruchten Teufelssklavin herab, einer infamen Kupplerin, die dem Satan die Seelen zuführt, einer schmutzigen Konkubine, die sich willenlos den sterilen Lüsten des Incubus fügen muß.

Während der Magier dem Fürsten der Finsternis befehlen und ihn dazu zwingen konnte, die geheimsten Kräfte der Natur ihm zu offenbaren, blieb die Hexe immer nur ein gehorsamer Handlanger, die nur die Kunst, Verderben zu stiften, in Erfahrung brachte und sonst nichts von ihrem Bündnis hatte.

Das Heer der Hexen war prachtvoll diszipliniert, in unterwürfigstem Gehorsam gehalten, sie wurden oft von den Teufeln geprügelt, wenn sie nicht genug Böses verrichteten, und manch eine hatte schwer zu stöhnen unter der maßlosen Geilheit ihres Gebieters.

In seinem unsterblichen Hexenhammer bleibt Sprenger bei der Frage stehen, warum bei dem weiblichen Geschlecht die Hexerei in unverhältnismäßig höherem Grade vorkomme als bei dem männlichen, so daß auf zehntausend Hexen kaum ein Mann abgeurteilt werde.

---

schwelgen in ekstatischen Sinnlichkeitsorgien. So erzählt Pietro d'Amiani, daß die Jungfrau so schön wäre, daß selbst Gott in Liebe zu ihr entbrannte, und er preist sie sehr geschmackvoll: O venter diffusior coelis, terris amplior, capacior elementis. [O Mutterleib, weitläufiger als ein Palast, weiter als die Erde, umfassender als die Elemente.] In dem Psalterium minus beatae Mariae virginis [dem kleinen Psalter für die gesegnete Jungfrau Maria], das man dem heiligen Bonaventura zuschreibt, beginnt der erste Psalm: Universas enim foeminas vincis pulchritudine carnis. [Du übertriffst alle Frauen durch die Schönheit deines leiblichen Daseins.] Man sehe übrigens die Darstellungen, die oft an das Unzüchtige streifen.

Dafür führt er mancherlei Gründe an. Es sei bekannt, daß es drei Dinge gebe, die kein Maß weder im Guten noch im Schlechten zu halten wissen: die Zunge, der Priester – seiner Natur nach ein Mittelding zwischen Weib und Mann – und das Weib. Ferner seien die Weiber leichtgläubig, und weil der Teufel vornehmlich den Glauben verdirbt, so greife er sie am liebsten an. Sie sind auch wegen der ›Fluxibilitas‹ ihrer Komplexion für Eingebungen empfänglicher, vornehmlich haben sie aber eine schlüpfrige Zunge und müssen den anderen Weibern mitteilen, was sie *mala arte* wissen. Am tiefsten aber steckt der Grund in der geringen Gläubigkeit des Weibes, was schon durch die Etymologie bewiesen werde: *dicitur enim foemina a* fe *et* minus, *quia semper minorem habet et servat fidem.** Sprenger verbreitet sich weit und breit über die Laster und Sünden des Weibes, über ihre Eifersucht und Ungeduld, ihren Ehrgeiz, Wollust und Unglauben, ihre Unbeständigkeit und ihre Rachsucht. Alle Reiche seien durch die Weiber zugrunde gegangen, und mit melancholischer Resignation träumt der betrübte Diabologe von der Erde, die ohne Weiber ein Verkehr der Götter wäre.

Er erzählt zur Bekräftigung seiner Ansicht über die Weiber die Geschichte eines Mannes, dessen Frau ertrunken war. Er suchte sie stromaufwärts, weil das Weib im Leben immer widersprach und aller Vernunft so entgegenhandelte, daß sie natürlich auch im Tode stromaufwärts schwimmen mußte.

Im übrigen beruft er sich auf Sirach, auf den heiligen Chrysostomos, der die Ehe eine beständige Marter nennt, und auf Seneca, der in einer seiner Tragödien sagt: Die Frau liebt oder haßt, es gibt bei ihr nichts Drittes. Das Weinen des Weibes ist Lüge, sie hat zweierlei

---

* Sprenger ist überhaupt ein fabelhafter Etymologe: Diabolus kommt von dia, quod est duo et bolus, quod est morsellus: quia duo occidit, scilicet corpus et animam [... dia, was zwei heißt, und von bolus, was Vorteil ist: weil er zwei Dinge zugrunde richtet, nämlich Körper und Seele].

Tränen: entweder des wahren Schmerzes oder des Betrugs und der Hinterlist. Wenn die Frau allein denkt, so denkt sie schlecht.

Zum Schluß sagt der gelehrte Inquisitor:

›Aus allem ist nun zu entnehmen, daß ganz besonders die Frauen dem Laster der Zauberketzerei unterworfen sind, und man muß dem Höchsten Dank sagen, daß er die Männer vor solchen Lastern bewahrt hat.‹

Sprenger hat sich die Sache leicht gemacht. Aber so einfach, trotzdem seine Ansichten über das Weib von großer Sachkenntnis zeugen, ist die Sache nicht.

Vielmehr haben wir den Grund in der physischen Beschaffenheit des damaligen Weibes zu suchen. Ohne weiteres wirft man sein Augenmerk auf die eigentümliche Erkrankung, die man damals Besessenheit nannte und deren Keime fast jeder Mensch des Mittelalters in sich hatte.

Die Besessenheit, Dämonomanie, scheint nur eine Abart jener im Mittelalter häufig auftretenden geistigen Erkrankung zu sein, von ausgesprochen epileptischem Charakter, verbunden mit Hellsehen, Schlafwachen; sie wird durch Visionen eingeleitet und kann sich zu fürchterlichen Paroxysmen steigern, die für den modernen Menschen als ungeheuerliche Übertreibungen erscheinen würden, wenn sie nicht so gut beglaubigt wären.

Auf der untersten Stufe, wo nur eine Disposition dazu vorhanden ist, scheinen die Symptome durch den Gebrauch von Narkotika und Salben künstlich und willkürlich hervorgerufen zu werden und bilden wahrscheinlich den Untergrund für alle dämonischen Erscheinungen der Hexen.

Die Hexe wird somit als Hexe geboren. Von vornherein sind alle Grundverhältnisse bei ihr umgekehrt. Das Oberste kehrte sich zuunterst, das Rechte zum Linken, das Vorn zum Hinten. Schon diese gänzliche Umkehr der Beziehungen stellt den damit behafteten Menschen in gänzlichen Widerspruch mit der Natur der Dinge. Das sind die ersten Symptome der Besessenheit, sie sind bei der Hexe nicht quälend und äußern sich nur dort, wo der Mensch sich nicht freiwillig dem Teufel überlassen will. In den Paroxysmen der Besessenheit tritt dies Verkehrte aller Richtungen deutlich zu Tage. Der Körper des Besessenen wird wie ein Ball oder ein ›Baßknaul‹ zusammengewickelt, so stellt er sich auf die Zehe und stürzt sich überrücks auf den Kopf und das Angesicht, so daß der Rücken in Form eines Bogens hohl bleibt. In einem Nu verkehrt sich das Verhältnis: der Besessene liegt auf dem Rücken, so daß Arme und Beine ›wie zusammengeflochtene Wiete‹ in die Höhe gehalten werden. Die Haare sträuben sich, wie wenn sie auseinanderfliegen möchten. Er geht stets rückwärts oder wird in einem Kreise von rechts nach links mit auswärts gewandtem Gesicht rastlos umhergetrieben.

Eine unerhörte Schmiegsamkeit und Biegungsfähigkeit ist der Hexe in den Momenten der Ekstase zu eigen. Ihre Glieder können sich wie fügsame Ruten ineinander winden, ihre ganze Gestalt kann sich ins Übermenschliche recken und wieder zusammenschrumpfen. Das spezifische Gewicht verändert sich in der Ekstase, der Körper geht nicht im Wasser unter, sehr oft wird er leichter als Luft, wird hochgehoben und kann einige Minuten in der Luft schweben. Man habe oft Besessene im schnellsten Laufe über die Dächer der Klöster laufen sehen, sie klettern die Wände hinauf und schaukeln sich spielend auf dem zartesten Zweig des Baumes, der schon unter einem Vogel zusammenbrechen würde.

Die Oberfläche des Körpers einer solchen vom Satan besessenen Person ist schon nach außen hin durch ein Malzeichen gekennzeichnet. Es sind kleine, nie mehr als erbsengroße Stellen in der Haut, unempfindlich, ohne Blut und Leben. Sie bilden manchmal rote oder schwarze Flecke, aber nur selten, auch selten sind sie durch eine Vertiefung des Fleisches zu erkennen. Im allgemeinen sind sie nach außen hin unkenntlich, finden sich aber meistenteils an den Genitalien. Bohrt man eine Nadel hinein, so tritt kein Blut heraus, es erfolgt kein Schmerzgefühl, das sich sofort einstellt, wenn man jede beliebige andere Partie des Körpers sticht. De Lancre, einer der geistreichsten Diabologen, dem 1609 die Aufgabe zufiel, eine ganze Provinz – das Baskenland – von Hexen zu säubern, hat gegen dreitausend also bezeichnete Personen gefunden.

Sehr oft findet man mehrere solcher Male auf den Augenlidern, dem Rücken, an der Brust, und manchmal – aber selten – wechselt das Mal seine Stelle.

Es ist aber nicht das Hexen- oder Trutenmal allein, das die Hexe kennzeichnet. Durch die magische Seelentätigkeit, die ihr ganzes Sein beherrscht, ist ihre körperliche Empfindung ungemein herabgesetzt, ja bisweilen aufgehoben. Sie ist gegen die fürchterlichsten Folterqualen völlig unempfindlich, und die Beispiele der völligen Katalepsie und Empfindungslosigkeit sind in der dämonischen Literatur außerordentlich häufig, selbst auf der Wippe oder Streckleiter, von der die Henkersformel galt: Du sollst so dünn gefoltert werden, daß die Sonne durch dich siebt, gestand sie nichts, sie lachte oder schlief.

Dieses *Maleficium taciturnitatis*, das der Teufel, nach dem Hexenhammer, seinen Auserwählten zugestand und das man auch sonst einem Zauberamulett zuschrieb, weshalb man die Hexe vor der Folter nackt auszog und sie am ganzen Körper glattrasierte, war verbunden mit einer seltsamen Heilkraft des Organismus, so daß die schwersten Verwundungen leicht und schnell heilten,* Verwundungen, die in natürlichen Fällen unbedingt den Tod zur Folge hatten. Es sind ungemein viele Hexenprozesse vorhanden, in denen die Hexe vier- bis fünfmal hintereinander gefoltert wurde, aber immer wieder hat sie ›auff der Leiter geschloffen, die Augen dehrmassen zugethan, daß die Nachrichter dehrmassen zu thuen gehabt, ehe sie ihr eins auffmachen können‹.

---

* Siehe Fälle einer solchen gesteigerten Heilkraft in der neueren Zeit bei Lombroso: Der Verbrecher.

In diesen ekstatisch-mediumistischen Zuständen werden alle Gesetze, die sonst für den Organismus gelten, verrückt oder ganz aufgehoben. Die Widerstandsfähigkeit der Hexe gegen das Feuer war so bekannt und so allgemein, daß Sprenger die Feuerprobe völlig verwirft. Del Rio, ein, was die Fälle anbetrifft, durchaus zuverlässiger Gewährsmann, berichtet von einer Hexe, die selbst bei der entsetzlichen Tortur des Pechstiefels unverletzt blieb.

Man hat um so weniger Anlaß, an der Richtigkeit dieser Angaben zu zweifeln, als ja in neuester Zeit viele ähnliche Fälle veröffentlicht wurden, worunter wohl der bekannteste bei Wallace (Verteidigung des Spiritualismus) verzeichnet ist, wo Mr. Home seinen Kopf ins Feuer gesteckt hat, ohne sich auch nur die Haare zu versengen.

Auch die mit ekstatischen Zuständen verbundene Veränderung der spezifischen Schwere entspricht vollkommen der Wirklichkeit, obwohl sie ebenso wie die oben besprochenen Eigenschaften unerklärlich ist.

Es ist selbstverständlich, daß einer solch völligen Umkehrung der physiologischen Gesetze in dem physischen Organismus ein wüstes *à rebours* in der Psyche entsprach.

Die Empfindungslosigkeit gegen Schmerzen hat in der Hexe jedes Mitgefühl ertötet, sie ist grausam bis zur Bestialität, sie kennt kein Mitleid, aber sie kennt eine ekstatische Wollust, Schmerzen zu verursachen. Sie liebt die Wollust der Grausamkeit, und ihre sexuelle Wollust ist immer mit Grausamkeit gemischt. Sadismus und Masochismus beherrschen ihre geschlechtliche Lust, aber es genügt ihr nicht, zu prügeln und geprügelt zu werden, erst, wenn sie mit gierigen flackernden Händen in den Eingeweiden des gemordeten Kindes wühlt, wenn sie mit ihren Zähnen in seine Brust einhackt und das zukkende, noch warme Herz herauszerrt, wenn sie sich mit ihrem nackten Hintern in der geöffneten Bauchhöhle mit schreiender Wollust wälzen kann, dann mag sie wohl eine kleine Befriedigung empfinden.

Dieselbe schrankenlose Wollust in ihrem Haß. Sie haßt alles, was Gesetz heißt, sie wütet gegen alles, was die Entfesselung ihrer dämonischen Triebe hemmen könnte, und vor allem haßt sie die Kirche und ihre Einrichtungen. Sie kennt keine größere Lust, als den Gottesleib in ihre schmutzigen Salben hineinzukneten, sie in das Geschlechtsorgan hineinzustopfen und das verfaulte Aas der geschändeten Leichen mit ihm zu würzen.

Epidemisch war der Hexenwahnsinn an Orten, wo die Katharer noch immer ihre kranke Rache gegen die christliche Kirche in den abstrusesten Formen ausbrüteten.

Die Kirche wurde eigentlich nie mit den Manichäern fertig.* Mit unerhörter Grausamkeit hat sie die Kirche jahrzehntelang verfolgt, Tausende und aber Tausende gebrannt und gerädert, aber immer wieder kommen sie zum Vorschein, bilden Geheimbünde, leben kräftig im Verborgenen auf, und selbst da, wo sie gänzlich ausgerottet waren, erhielt sich die Tradition ihrer unheimlichen Messen, die sie bei Nacht einstens in den Wäldern und auf Anhöhen feierten, und das Volk, das längst schon durch Wippe, Rad, Schwert und Scheiterhaufen zu der alleinseligmachenden Kirche bekehrt zu sein schien, hat durchaus nicht aufgehört, die nächtlichen Zusammenkünfte zu besuchen, in denen sich die nach Delirien lechzende Seele des verzweifelten Menschen austoben könnte.

Und immer wieder ist es auch bei diesen, wie es scheint, tatsächlichen und wirklichen Sabbatorgien das Weib, das den Mann in diesen unmenschlichen Instinktüberschwang hineinpeitscht.

Das Weib des Mittelalters war blutarm bis zum äußersten, sie starrte vor Schmutz, weil das ganze Mittelalter Wasser und Luft krankhaft verabscheute, ge-

* Ein Beweis für die Zähigkeit dieser Sekten sind die Adamiten, die noch 1848 religiöse Gleichberechtigung in Österreich verlangten.

knechtet von dem Mann, ausgestoßen durch die Kirche, selbst von Gott verachtet, der sie aus der *krummen* Rippe Adams geformt, war das Weib noch vollkommen Tier. Ihre bösen Instinkte wucherten üppig wie Tang auf dem Meeresboden. Ihr Gehirn gebar die wüstesten Rachepläne gegen eine Nachbarin, die ihr einen bösen Blick zugeworfen hat, gegen den Mann, der sie mit Fußtritten traktierte, gegen die Gutsherrin, die sie ab und zu, um die Langeweile zu zerstreuen, auspeitschen ließ.

Blutarmut, verschiedene durch Schmerz erzeugte Hautkrankheiten reizten beständig ihre Wollust, sie unterlag jedem Mann, das heißt, sie ließ sich willenlos von ihm vergewaltigen, aber sie war nie befriedigt.

Nur ein immer sich steigernder Heißhunger nach Genuß, nach Befriedigung, nach einer lang andauernden geschlechtlichen Orgie quälte unausgesetzt das Tier-Weib.

Sie befand sich in ewiger Irritation. In dem teuflischen, ›melancholischen‹ Temperament, ›dem Bad des Teufels‹, wird jeder Gedanke, jedes Gefühl zu Gift. Die Frage, wann dies Weib zur Hexe wird, ist eine Frage, wann all die ›Besessenheits‹-Keime, die sie in sich trägt, offen zum Durchbruch kommen.

Und eines Tages kommt es.

Nie war sie so unruhig. Sie wird geplagt durch eine kranke Gier zu morden, die Menschen in Stücke zu reißen, zu toben, zu schreien, und plötzlich, wie von einer fremden Kraft hinausgetrieben, rast sie sinnlos in den Wald, sie läuft nicht, sie scheint zu fliegen, sie fühlt, daß sie durch die Luft getragen wird, bis sie plötzlich hinstürzt.

Und da dicht neben ihr erscheint der Incubus. Er ist sehr rot in der Tracht eines Jägers, er hinkt ein wenig, er verbirgt den Schwanz, so gut es geht, auch seine Hörner sind nicht zu sehen, aber sie weiß ganz genau, daß es der Teufel ist. Sie hat Angst, aber sie ist so entsetzlich neugierig. Sie kennt seine Macht, sie weiß, daß er ihr alles geben kann, was sie sich nur wünscht, im Augenblick denkt sie nicht daran, daß sein Geld sich später als Sand oder Dreck entpuppt, sie hat furchtbare Angst, aber noch größere Neugierde.

Inzwischen nähert sich ihr der Teufel mit freundlichen, aber sehr unzweideutigen Gebärden. Er kenne die Not ihres Herzens, er wisse, was ihr fehle, er wolle auch ihre Wünsche erfüllen, wenn sie sich ihm hingebe und – *conditio sine qua non* – es nicht bereue. Er wird immer zudringlicher. Sie wehrt sich noch, aber schon fühlt sie ihn wie eine schwere Masse auf sich ruhen, sie ist gelähmt und läßt das Furchtbare über sich ergehen.

Es ist keine Wollust. Ja es ist Schmerz, und es ist sehr kalt, oh – sehr kalt.*

Als sie zu sich kommt, merkt sie, daß sie wohl zwei Meilen von ihrem Dorf weg ist. Sie zittert wie im Schüttelfrost, sie ist am ganzen Körper wie gebrochen, mit größter Mühe schleppt sie sich zurück, und nur die bange Hoffnung, ihre Wünsche werden in Erfüllung gehen, hält sie noch aufrecht.

Aber nichts von ihren Wünschen geht in Erfüllung, nur eine furchtbare Qual, Reue und Angst vor der Hölle, ja Angst, daß sie lebendigen Leibes in die Hölle geholt werde, bringt sie dem Wahnsinn nahe. Sie verlebt an der Seite ihres schnarchenden Mannes eine entsetzliche Nacht. Die Hölle mit den fürchterlichsten Torturen tut sich vor ihren Augen auf, mit schreiender Verzweiflung starrt sie hinein, sie versucht zu beten, aber sie wird gewaltsam zurückgerissen, ein höllisches Gelächter dröhnt in der Stube, kleine grüne Lichterchen fliegen hin und her, dann hört sie Klopfen in den Wänden, das sich zum entsetzlichen Gepolter steigert, ihr Bett dreht sich, die Lumpen, mit denen sie sich zugedeckt, fangen an zu tanzen, sie will den Mann wecken, aber sie ist wie erstarrt

* Alle Hexenaussagen stimmen darin überein: Semen, quod daemon infundit, sagae fatentur esse frigidum et nullum adferre voluptatem, potius horrorem. Del Rio [Den Samen, den der Dämon einfließen läßt, empfinden die Hexen als etwas Kaltes und ohne Befriedigung, eher unter Schauder.].

und kann sich nicht rühren, und plötzlich sieht sie *Ihn* wieder.

Und wieder erduldet sie die Tortur des eiskalten Geschlechtsaktes, aber diesmal hat sie schon weniger Angst, sie richtet sogar Fragen an ihren teuflischen Liebhaber. Im Grunde genommen ist er ein freundlicher Herr. Er rät ihr, sie solle zu der Hexe gehen, die im Walde einsam wohne, solle sich ihr vertrauen, dann werde sie von ihr Kräuter bekommen, die eine Wundermacht haben.

Als der Teufel sie verläßt, fällt sie in einen schweren harten Schlaf.

Am nächsten Morgen, als sie aufwacht, ist ihr erster Gedanke die alte Hexe. Ihr Mann wurde von dem Gutsherrn weggeschickt, und Kinder hat sie nicht. Sie wartet mit Ungeduld auf den Abend.

Mit bangem Herzen und jagender Angst kommt sie endlich an dem ewig verschlossenen Haus der Hexe an.

Kein Mensch kann sich erinnern, wann die gräßliche Alte in das Dorf gekommen ist. Man fürchtet sie, und eine entsetzliche Panik entsteht, wenn sie durch die Dorfstraße geht. Die Mütter laufen mit den Kindern weg, ist es nicht mehr möglich, so bekreuzigt man sich oder spricht den Namen Jesu aus, mit größter Sorgfalt vermeidet man ihre Berührung und versucht sich nicht ansehen zu lassen.

Aber die Hexe scheint sich um nichts zu kümmern, sie murmelt nur etwas vor sich hin, und hin und wieder wirft sie auf dieses oder jenes Haus einen kurzen, scharfen Blick.

Man hätte sie schon längst gesteinigt, denn zahllos sind ihre Verbrechen, aber man hat Angst vor der Gutsherrin, die sie zu beschützen scheint, weil sie von der Hexe zu geheimen Zwecken Gift bekommt.

Zwischen dem Weib und der Hexe, die sie übrigens zu erwarten schien, entspinnt sich eine lange Unterhaltung. Als sie nach Hause geht, ist sie entschlossen und mutig, und krampfhaft hält sie in der Hand ein Töpfchen Salbe und einen Stab, den sie an einer Stelle verbergen soll, wo ihn niemand findet, außer einer ›von derselben Sekte‹.*

Endlich ist der ersehnte Augenblick gekommen. Das Zeichen wird gegeben, daß an diesem und diesem Tage der Besuch der ›Synagoge‹ stattfinden soll.

Um Mitternacht zieht sie sich nackt aus und reibt sich mit der Salbe, die sie von der Hexe bekommen hat, den ganzen Körper ein, vorzugsweise die Achselhöhlen, Herzgrube, Scheitel und die Genitalien.

Sie verfällt alsbald in einen ›steinharten‹ Schlaf, der aber nur kurze Zeit dauert, manchmal nur einen Augenblick.

Sie ›wacht‹ auf und begibt sich zur Synagoge.

Wie sie dort hinkommt, weiß sie nicht. Sie kennt alle Umstände ihres Ganges, sie weiß ganz genau, daß sie zu Fuß gegangen ist, sie erinnert sich, daß man sie unterwegs angesprochen hat, aber das ist auch alles.**

Ist sie eine lange oder kurze Zeit gegangen, sie weiß es nicht. Die Stelle, an der sie endlich anlangt, ist ihr nicht ganz unbekannt. Es ist ein verrufener schauerlicher Ort auf einem Berge, von dem sie schon früher hat flüstern gehört, eine wüste Heide ohne einen Weg und eine Wohnung in der Nähe.

Sie findet bereits eine große Versammlung von Männern (deren nur sehr wenige), Frauen und Kindern. Einige darunter glaubt sie zu erkennen, aber nicht genau, denn es ist sehr dunkel, und das unruhig flackernde Licht der Fackeln verzerrt die Gestalten zu scheußlichen Gespenstern.

Sie sieht die Weiber, halbnackt, mit aufgerissenen Kleidern und aufgelösten Haaren hin und her in wilden Sprüngen laufen, leicht und behende, als hätten sie kein Gewicht, von Zeit zu Zeit erhebt sich ein brüllendes Ge-

---

* Dieser Stab, der sehr oft in den Hexenprozessen vorkommt, weist besser als alles andere darauf hin, daß wir es tatsächlich mit einer Sekte, die den Manichäismus fortsetzt, zu tun haben.

** Die Hexen bei Remigius und De Lancre ›gehen‹ meistenteils zum Sabbat.

heul: Har! Har! Sabat! Sabat!*, und plötzlich wie auf ein gegebenes Zeichen ordnen sich alle Anwesenden in einen Kreis mit auf den Rücken gelegten Händen, Mann (er ist meistens der Buhlteufel) und Weib mit dem Rükken gegeneinander gekehrt, und nun beginnt ein rasender Taumel des Tanzes. Der Kopf wird in immer schnellerem Tempo nach rückwärts geworfen, obszöne Gesänge werden gebrüllt, fortwährend unterbrochen von dem keuchenden, heiseren: Har! Har! Teufel! Teufel! Spring hier! Spring da!

Die Orgie gelangt unter den wildesten Sprüngen in einem taumelnden Wirrwarr auf die Spitze. Die Bestie hat sich losgelöst, brünstige Gier vermählt sich mit Blutdurst, Wahnsinn der Wollust entzündet sich an den Delirien des Schmerzes, die der Taumel verursacht.

Der Tanz löst sich, die Menschen stürzen aufeinander, Männer und Frauen ohne Unterschied, der Vater auf die Tochter, der Bruder auf die Schwester, Mann auf Mann, die ganze Versammlung wälzt sich in der unflätigsten, widernatürlichen Unzucht, wie Hunde liegen sie erstarrt in konvulsivischen Zuckungen aufeinander, und in das gräßliche Stöhnen der unmenschlichen, schmerzhaften Kopulation mischt sich das heisere Gebrüll: Har! Har!

Das Weib ist es, welches diese Versammlung beherrscht und exaltiert. Um auch nur den Anschein der Scham zu verleugnen, krampft sie die Hände auf dem Rücken zusammen, sie wirft sich rückwärts zu Boden, spreizt die Beine in der Höhe auseinander und bietet sich mit heiserem Schreien dem Phallus hin, die alte Kybelepriesterin erwacht in ihr mit doppelter Macht, die nymphomanische Furie mit dem übermenschlichen Sinnenüberschwang, dem Schmutz und Ekel zur Wollust wird. Die Wollustempfindung verreckt im Blutdurst; sie wühlt mit den Nägeln im eigenen Fleisch, rauft sich dicke Strähnen ihres Haares aus dem Kopf, zerkratzt sich die Brust, aber das genügt nicht, um die Bestie zu

* Wahrscheinlich das ›Sabaë, evohe‹ der orphischen Gesänge.

stillen. Sie wirft sich auf das Kind, das Satan zum Opfer gebracht wurde, zerschneidet ihm die Brust mit den Zähnen, zerrt das Herz heraus, frißt es bluttriefend, oder sie zerreißt ihm die Adern am Hals und trinkt das herausspritzende Blut, oder sie quetscht ihm das weiche Haupt zwischen ihren Schenkeln und preßt es gewaltsam in ihre Genitalien hinein mit den Worten: Gehe hinein, woher Du gekommen bist! Zahllos sind die Modifikationen dieses Lustmordes, und immer ist es das Kind, das furchtbare Opfer des blutdürstigen Satans im Weibe.

Nach dieser vorbereitenden Orgie, mit welcher der *wirkliche, reale* Sabbat, der Sabbat der Babylonier, der Griechen und Römer, der vormanichäische Sabbat abschloß, beginnt erst recht der Sabbat der post-manichäischen Zeit.

Das Faktische verschwindet, die Sinne erlöschen, das unermeßliche Reich der Nacht schließt sich auf.

Satan erscheint.

Am liebsten kleidet er sich in die Gestalt des Bockes, aber oft sieht man ihn in menschenähnlicher Form. Er scheint auf einem Sessel zu sitzen, er hat etwas, was einem Menschenantlitz ähnlich ist, aber alles undeutlich, wie vom Nebel verschleiert.

Nur äußerst selten kann man ihn deutlich sehen. Es ist furchtbar! Alle seine Formen sind ins Ungeheure und Riesenhafte ausgewachsen. Er hat auf dem Haupt eine Krone von schwarzen Hörnern, darunter eins, das so stark glüht, daß der ganze Sabbat von seinem Lichte besser als vom Vollmond beleuchtet wird. Seine Augen sind groß, weitgeöffnet und kreisrund. Halb Mensch, halb Bock, hat er doch menschlich geformte Extremitäten, weibliche, schlaff herabhängende Brüste, was aber besonders auffällt, ist sein riesiger gekrümmter Phallus, gerade wie ein mächtiger Hundeschwanz, glühend rot und in ein weibliches Geschlechtsorgan auslaufend.

Seine Stimme ist furchtbar, aber ohne Klang, heiser und schwer verständlich. ›Er behauptet immer eine große Hoffart, verbunden mit der Haltung eines melancholischen Prinzen, der sich *langweilt.*‹*

Unter dem Nabel hat er noch ein zweites Gesicht, fast noch fürchterlicher als das obere, das Gesicht der Exkremente mit weitklaffendem Maul und ausgestreckter Zunge.

Sobald er erscheint, beginnt die Messe. Sie wird durch eine allgemeine Beichte eingeleitet, und man beichtete alles, was man Gutes getan hat. Man beichtete die scheußliche Sünde der Keuschheit, die Todsünde der Demut, Geduld, Mäßigkeit und Nächstenliebe. Man beichtete die abscheulichen und widerwärtigen Sünden, die die zehn Gebote des Moses enthalten, und man bereute bitter, ein Verbrechen unterlassen zu haben.

Der Bock hörte geduldig, aber er erteilte furchtbare Schläge, denn er liebt nicht die Halben. Jeder, der in seine Kirche eintritt, muß seine Gebote ganz erfüllen.

Nach der Beichte folgt die Vorstellung derjenigen, die neu in seine Kirche eintreten wollen. Zitternd und bebend treten sie vor den Thron des großen Fürsten.

– Was verlangst Du? Willst Du einer der Meinigen werden? brüllt er den Ankömmling an.

– Ja!

– So wolle und tue, was ich will.

Nun spricht der Neueintretende folgende Formel:

– Ich verleugne Gott zuerst, dann Jesus Christus, den Heiligen Geist, die Jungfrau, die Heiligen, das heilige Kreuz usw. – übergebe mich in allen Stücken Deiner Gewalt und in Deine Hände, erkenne auch keinen anderen Gott, so daß Du mein Gott bist und ich Dein Knecht.**

Hierauf küßt der Neophyt den Satan auf das Gesicht unter dem Nabel und verlobt sich damit ewiger Knechtschaft und der absoluten Herrschaft des Bösen.

---

* Aussagen bei De Lancre.

** Diese Abschwörungsformel ist absolut historisch, sie kommt schon vor bei Petri monachi cenobii vallium cernaii, Historia Albingensium cap. II.

Der Teufel kratzt ihm mit der Kralle auf der Stirn die Taufe ab, in einem schmutzigen Taufbecken wird der Aufgenommene neu getauft, wobei er feierlich gelobt, nie das Sakrament zu empfangen außer zu unzüchtigen Zwecken, die heiligen Reliquien zu bespeien und zu beschmutzen, das Geheimnis des Sabbat zu bewahren, neue Anhänger für die Satanskirche zu werben und alle seine Kräfte dem Satan zu weihen.

Die Zeremonie erreicht ihren Gipfelpunkt in dem grandiosen schauerlichen Gesuch des Täuflings an den Satan, er solle ihn aus dem Buch des Lebens auswischen und in das Buch des Todes hineinschreiben. Der Teufel stigmatisiert nun die Neophyten auf den Augenlidern, auf der Schulter, den Lippen, die Frauen dagegen auf der Brustwarze, am häufigsten auf den Labien der Vagina.

Der Pakt mit dem Teufel ist geschlossen, der Mensch ist unwiderruflich dem Teufel verfallen. Seit diesem Augenblick wird seine Natur völlig verändert, in seiner Seele wird das Oberste zuunterst gekehrt, das Gesetz, das die Bestie bis jetzt noch zügelte, wird kraftlos, alle die Tugenden, die durch das Gesetz aufgedrungen waren, werden mit Hohn und Verachtung abgestreift, und vorzugsweise das Weib kehrt zu ihrer ureigenen Natur, die man so mühsam zu dämmen suchte, zurück. Alle ihre Tugenden entfesseln sich zügellos. Die Weiber werden *fallaces, proditiosae, loquaces, garrulosae, tenaces, glutinosae, ardentes et luxuriosae, leves, rebelles et ligitiosae, nocivae et periculosae, comparantur Ursis, Vento, Scorpioni, Leoni, Draconi et laqueo (Guaccio, compendium maleficarum)*.*

* Anm. Ich versuchte das typische Bild des Sabbat zu geben, wie ich ihn aus zahllosen Prozessen zusammengestellt habe. Das Bild, das die Hexen entwerfen, schwankt oft und ist unklar, aber die wesentlichen Linien bleiben dieselben, wenn sie auch oft ihre Richtung wechseln. Absichtlich unterließ ich die Erwähnung der furchtbaren Abgeschmacktheiten, wie die Sabbatherden der Kröten, die abstrusen Mahlzeiten, die für den Teufelspakt völlig belanglos sind und nicht einmal kulturhistorischen Wert haben.

II

Die ganze finstere, verzweifelte Geschichte des Mittelalters spiegelt sich in dem Grauen des Sabbat wieder.

Der Sabbat, das ist der Orgiasmus der entfesselten Instinkte, eine allmächtige Revolte des unterjochten Fleisches, ein finsterer Hallelujaschrei des ans Kreuz genagelten Heidentums.

Und in der Tat ist der Sabbat eine fratzenhaft verzerrte Synthese aller orgiastischen Kulte des Altertums. Der Dienst der Kybele, wo die hysterische Lustgier in eine Raserei der raffiniertesten Grausamkeit ausläuft, die seltsamen, längst schon vergessenen Künste der Unzucht bei dem Dienst der Astarte, die Verbrechen und Beschwörungen, mit welchen die griechischen Hexen die Hekate zur Preisgabe von Toten zwangen, alles das finden wir im Sabbat wieder vereint. Umgeformt, dem neuen religiösen Anschauungskreis angepaßt, aber doch leicht erkennbar. Der mittelalterliche Sabbat hat kaum etwas Eigenes, er ist eine Erscheinung, die sich zu allen Zeiten und bei allen Völkern vorfindet, eine universalhistorische Tatsache.

Aber während die Mysterien des Altertums einen absolut positiven Charakter hatten, während sie darauf hinausgingen, alles in den Bereich des Göttlichen zu ziehen, alle Instinkte zu heiligen, ja durch ihre intensesten Ekstasen das Göttliche zu ehren, hat der Sabbat des Mittelalters eine rein und nur negative Bedeutung.

Einerseits wurzelt er in dem furchtbaren Haß der Manichäer gegen die katholische Kirche, und zweifellos ist er im Schoße des Manichäismus entstanden oder hat sich vielmehr unter seinem Schutz fortgeerbt. Die Doktrinen der Manichäer waren fast nur polemischen Inhaltes und bildeten die zersetzendste Kritik des Katholizismus. Was in der Lehre der Katharer an Glaubensgrundsätzen ursprünglich vorhanden war, ging in dem Haß gegen den Nazarener unter, einem Haß, der sich von Generation zu Generation durch die fanatischen Verfolgungen nur steigerte.

Auf diesem willkommenen Haßuntergrund schichtete sich naturgemäß alles riesenhoch auf, was die Kirche verfolgte, alles, was an heidnischen Überresten im Bewußtsein des Volkes lebte, alle Meinungen und Gebräuche, die von anderen Ländern herkamen, die das Volk aus irgendeinem Grund begierig aufnahm und wogegen die Kirche mit ihren grausamsten Waffen vorging.

Andererseits gründet sich der Sabbat auf dem krankhaften Haß der Besessenen gegen alles Kirchliche. Die Kirche hat gesagt, daß in den Besessenen die Dämonen wüten, sie suchte die Kranken mit Weihwasser und Gebeten zu heilen. Nun wohl! Dic Kranken glaubten daran, sie wußten, daß sie vom Teufel besessen sind, sie trugen den Teufel in sich und ließen ihn im Sinne der Kirche seine entsetzlichen Blasphemien brüllen. Und auf der untersten Stufe dieser Erkrankung, um die es sich bei der Hexe handelt, ließen sie es gerne zu, sie überließen sich willig und nach Überwindung der ersten Schwierigkeiten mit steigender Lust dem Teufel, der ihnen zum Entgelt die übermenschlichen Freuden des Sabbat gab.

Und so verquickte sich der ursprüngliche Manichäismus mit der seltsamen Lust des mittelalterlichen Menschen an Gottesraub.

Der ursprüngliche Gott der Katharer, Gott *quand même*, die positive ›Materie‹, wurde in der Wut des Kampfes, in den polemischen Rasereien der verröchelnden Albingenser und der besessenen Hexe zum Gott *à rebours*, dem Anti-Christ, der Materie *à rebours*, nämlich der Materie des Schmutzes, des Ekels, des Giftes und des Gestanks.

Für den Katharer war der Grundsatz: *nemo potest peccare ab umbilico et inferius* ein ebenso heiliger Grundsatz wie das Opfer des Hymen für die Priesterin der Aschtaroth. Aber für die Hexe wurde der Glaubenssatz zu einem Mittel, das Heilige zu entwürdigen, den Gott der Christen noch einmal zu kreuzigen.

Der überzeugte Katharer schwur dem katholischen Glauben mit dem heiligen Ernst des Neubekehrten ab, für die Hexe wurde die Abschwörungsformel zu einem höhnischen Vergleich, den sie mit dem Teufel schloß.

Und so holte sich die Hexe aus den Glaubenssätzen der Katharer gerade das heraus, womit sie den Gott der Christen am blutigsten kränken, ihn zum rächendsten Zorn herausfordern könnte.

Das zur christlichen Gnade mit bestialischer Grausamkeit bekehrte Volk trat das finstere Erbe seiner gemordeten Väter an. Der Glaube war nicht mehr da, aber das verzweifelte, geknechtete und gefolterte Volk ließ nicht ab von den Festen seiner Väter, dem Fest der Instinkte, der Sünde, die durch Sünde getötet werden sollte, des *Phallus en éveil* und des *furor matricis.* Und hat man einmal die Kirche der Eingeweihten, der *braves hommes* besucht, dann war man rettungslos dem Satan verfallen.

Der historische Sabbat, der Kultus der Albingenser, womit sie den bösen ›Gott‹ feierten, zerfließt in den wüsten Phantasmen der Besessenen, die ursprünglich natürlichen Formen verzerren sich zu ungeheuerlichen Visionen, und man ist nicht mehr imstande anzugeben, wo die Wirklichkeit aufhört, und wo sie anfängt. Ein wüstes Gemenge tausendfältiger Kulturrudimente aller Völker und aller Zeiten, ein Fieberwirrwarr von Glaubenssätzen aller Religionen, ein vulkanischer Ausbruch entgegengesetzter Instinkte in wildem Chaos und erbittertem Kampf.

Der Besuch des Sabbat wirkt wie die Gewohnheit des Opiumessens. Er wird schon nach einmaligem Gebrauch zu einer Leidenschaft, die man nie brechen kann. Alle Aussagen der Hexen stimmen darin überein, daß ›der Sabbat ein wahres Paradies sei und es dort mehr Freuden gebe, als sich aussprechen lasse‹.*

Wurde das Zeichen gegeben, so war es eine Freude, ›wie wenn man zur Hochzeit gerufen würde. Der Geist binde also das Herz und den Willen, daß für kein anderes Verlangen Platz vorhanden sei‹.**

---

* De Lancre, Aussagen der Johanna Dibasson.

** Aussagen der Maria de la Ralde.

Verwundert fragen die Richter, wie denn der Sabbat solche Anziehung ausüben könne, da er doch nur der Ort von Greueln und Unflat sei? Darauf bekamen sie zur Antwort, daß man diese Greuel mit einer ›verwunderlichen Lust und rasendem Verlangen‹ genieße, so daß die Zeit ›im Genusse so vieler Ergötzlichkeiten wie toll dahinfliege, daß man mit Bedauern von ihm scheide und in unausstehlicher Sehnsucht sich zurückverlange‹.

›Das seien Freuden wahrlich übermenschlicher Wesen und nicht irdischer Abkunft.‹

Auf diese Weise verlor sich bei der Hexe nach und nach der Zweck, die Kirche zu schänden, der Sabbat wurde ihre Religion, das Verbrechen ihre Tugend, die Umkehrung der Instinkte vollzog sich fast unmerklich, sie wurde mit einem Mal ein neues Wesen. Die schändliche Orgie wurde zum Selbstzweck, sie dachte gar nicht mehr an die Beziehung, in welcher ihr Kultus zu dem der christlichen Kirche stand, sie stürzte sich kopfüber in die Abgründe der Instinktrasereien, ohne daran zu denken, daß sie damit Gottesraub begehe. Und so feierte man die Orgie ohne Bezug auf irgend etwas in den einmal vorgeschriebenen Bahnen, mit all den traditionellen Gebräuchen, deren Zweck ursprünglich ein blasphemischer war. Man feierte die Orgie um der Orgie willen, man tobte sich aus in den qualvollsten Wollustkrämpfen, man wurde wieder ein Wolf, ein Vampir, ein Bock, ein Schwein, man raste in dem Bewußtsein ewiger Verdammnis, aber was bedeuteten alle Himmelsfreuden gegen die übermenschlichen Lüste des Sabbat!

Und so wurde der Sabbat, dem man das erste Mal mit Angst beiwohnte, mit dem grauenhaften Bewußtsein, das Seelenheil unrettbar verloren zu haben, nach und nach zu dem einzigen Kultus ohne Gegensatz, ohne Beziehung und ohne eine andere Bedeutung als die, die Wollust ins Unermeßliche gesteigert zu empfinden. Und Satan, der ursprüngliche Anti von allem Katholischen, wurde der einzige Gott, der gütige Vater, der das maßlose Glück bereitete. Wollte man ursprünglich von ihm irdische Güter haben, verschrieb man sich ihm, um Gold und Macht zu erhalten, so hat man jetzt all das vergessen, man verlangte nichts mehr von ihm, man pries ihn und küßte ihm dankbar den Hintern. Denn er gab alles, das vulkanische Erdbeben des Fleisches, in dessen Spasmen alles Gold als nichtiger Staub und alle Macht als eine dumme Eitelkeit erscheint.

Das Stadium der Negation, der bewußten Blasphemie, womit die Hexe sich in den geschlossenen Zirkel der Satansanbeter einführte, dauerte sehr kurz, in den rasenden Stürmen des Geschlechtes war bald der Christengott vergessen, es gab bald keinen andern Gott außer Ihm, dem ragenden Phallus, und hebt der Bock die schwarze Hostie und ›bellt‹ er die unartikulierten Worte: Das ist mein Leib!, dann fällt die ganze Gemeinde auf die Knie, und mit derselben Inbrunst, mit der sie noch kurz vorher das heilige Sakrament anbetete, stöhnt sie aus tiefstem Herzen: *Aquerra goity! Aquerra boyty!* (Bock oben! Bock unten!) *

Die Hexen, die De Lancre im Baskenlande richtete, entschuldigten sich damit, daß sie durchaus nicht wußten, daß sie Sünde begehen, sie seien sich keines Unrechtes bewußt, im Gegenteil, sie glaubten, es sei die einzige Religion, und mit unendlichem Behagen schilderten sie die unglaublichsten Details ihres Dienstes. ›Die Mädchen und Frauen von Labourt, statt über die verdammliche Sache zu erröten und ihr Vergehen zu beweinen, haben vor Gericht alle Umstände und das schmutzigste Detail mit solcher Unverschämtheit und Lust erzählt, daß man gesehen, wie sie eine Ehre darein gesetzt und ein besonderes Vergnügen an der Auseinandersetzung gefunden, weil sie die schmutzigsten Liebkosungen des Dämons allem anderen vorzogen. Sie erröteten nicht im geringsten, welche schlüpfrigen und unsauberen Fragen man immer an sie richtete, so daß unser Dolmetscher im Baskischen, der ein Priester war, mehr Scham hatte, unsere Fragen ihnen zu übersetzen.‹**

---

* De Lancre p. 400.

** De Lancre.

Ita pestis haec velut contagio proserpsi, sagt Wier in seinem prächtigen Buch ›De praestigiis daemonum‹, und der Rat Heinrichs IV., Florimond zu Bordeaux, schreibt entsetzt: *Et le diable est si bon maître, que nous ne pouvons envoyer si grand nombre* (sc. der Hexen) *au feu que de leur cendres il n'en renaisse de nouveau d'autres.*

Der Sabbat ist zweifellos das größte kulturhistorische Rätsel, das die Weltgeschichte kennt. Die Aufklärungsperiode hat sich die Aufgabe außerordentlich erleichtert. Es wurde alles in Bausch und Bogen als Blödsinn und mittelalterlicher Aberglaube erklärt, man benutzte die Hexenprozesse als einen dummen tendenziösen Vorwand, um die Kirche anzugreifen, der sogenannte Kulturhistoriker überflog hastig die allzugut beglaubigten Tatsachen, weil sie ihm unbequem waren und er nicht wußte, was er damit anzufangen hatte; erst in neuester Zeit, nachdem man die seltsamen Erscheinungen des okkulten Phänomenalismus nicht mehr leugnen konnte, nachdem zahlreiche Gelehrte, denen Crookes die Bahn frei gemacht, sich ernsthaft und vorurteilslos an die Tatsachen des Mediumismus prüfend heranwagten, begann sich das Dunkel zu lichten. – Eins hat man nur übersehen, daß es nämlich einen wirklichen Sabbat gegeben hat, ebenso reell und tatsächlich, wie es eine Schwarze Messe unter Ludwig XIV. war, zu dem die Hexe nicht flog, ihn auch nicht mit ihrem Astralleib beschickte, sondern zu ihm auf ihren Beinen oft meilenweit wanderte.

Zu dieser Annahme berechtigt uns nicht nur alles, was wir über die Sekten und ihre geheimen Zusammenkünfte wissen, sondern es gibt auch nicht den geringsten Anlaß, die Tatsache zu bezweifeln, daß diese Zusammenkünfte von nicht Eingeweihten überrascht wurden, wobei die Teilnehmer sich mit Windeseile zerstreuten, in einem Falle wurden die Störenfriede mit solch energischen Prügeln bedacht, daß sie unmittelbar darauf an den Folgen zugrunde gingen.*

---

* Spina, Quaestio de Strigibus cap. 20.

Natürlich versetzte sich der Teilnehmer durch den rasenden Tanz, durch das gleichmäßige Hin- und Zurückwerfen des Kopfes, ganz so wie die heutigen Fakire, in einen Orgiasmus, der das Wirkliche von dem Visionären nicht unterscheiden ließ. Durch Anwendung der furchtbaren narkotischen Gifte, von deren Beschreibung alle dämonologischen Bücher strotzen, wurde der Zustand gesteigert und endigte bei der hysteroepileptischen Veranlagung des mittelalterlichen Menschen in vollkommenem Schlafwachen. Da nun alle Anwesenden in gegenseitigem Rapport standen, so erklärt sich dadurch die Gleichartigkeit der Visionen, die übrigens durch den satanischen Kodex von vornherein festgesetzt waren, so daß der Teilnehmer an einem solchen satanischen Zirkel, ohne es zu wissen, naturgemäß in visionäre ›Seelenvereinigung‹ mit den anderen kommen mußte.

Auf die Folgen der hypnogenen Narkotika weisen die unbestimmten Aussagen, welche alle Erscheinungen als verschleiert und wie in Nebel getaucht schildern. Das Bild des Satans wird sehr selten deutlich gesehen, einmal erscheint er nur als eine ungeheure Nebelmasse, das andere Mal wird er in der Gestalt eines Baumstumpfes gesehen, ›mit etwas, was einem Menschenantlitz gleicht, aber wie mit Dunkel bedeckt‹,* ein anderes Mal wieder erscheint eine ›scheinbar‹ menschliche Gestalt, rot und flammend wie ein Feuer, das aus dem Ofen schlägt, und dessen Formen nur zur Hälfte und selbst dann verschwommen sichtbar sind.

Es weisen weiter darauf hin die epileptischen somatischen Vorgänge, die Erstarrung der Glieder, das eisige Kältegefühl, das den Körper bei dem Koitus mit dem Incubus oder bei Darreichung der schwarzen Hostie durchschauert, die abnorme Muskeltätigkeit beim Tanze, das Gefühl des Fliegens, die völlige Umkehrung der natürlichen Richtungssphäre, die furchtbaren Krämpfe, von denen viele befallen werden und die alsdann von der Hexe als Schläge ausgelegt werden, die sie

* Maria de la Ralde bei de Lancre.

vom Teufel bekommen haben will. Überaus charakteristisch für diesen Zustand sind die Licht- und Feuererscheinungen, die man heute auch in Gegenwart eines guten Mediums beobachten kann.

Dieser historische, tatsächliche Sabbat verschwindet nach und nach, die Zusammenkünfte werden vielleicht nur auf die Mitsommernacht beschränkt oder fallen überhaupt ganz weg, denn die Hexe hat ein Mittel gefunden, welches sie in den Stand setzt, alle Freuden des Sabbat zu genießen, ohne persönlich anwesend zu sein, was begreiflicherweise von vornherein ein Todesgang war.

Schon Alphons de Spina in seinem Fortalitium fidei contra Judaeos etc. spricht von einer Xurginae oder Bruxae genannten Zaubersekte, die aus Männern und Weibern bestehe. Sie vermischen sich freiwillig mit dem Teufel, der ihre Seelen davonführt und durch sein Blendwerk macht, daß sie Räume von zweihundert Meilen in vier bis fünf Stunden zu durchfliegen glauben.

›Was dann auf dem Sabbat vorgeht, ist Schattenwerk; der Körper bleibt im Bett zurück.‹

Er erzählt dann, wie eine Hexe in Gegenwart des Inquisitors und des fürstlichen Hofes sich rühmte, daß sie von dem sichtbar oder unsichtbar erscheinenden Teufel durch die Luft auf die Fahrt getragen werde. Man solle ihr nur den Gebrauch der Salbe erlauben. Um sich zu überzeugen, habe man ihr das erlaubt, worauf sie sich gründlichst einsalbte. Aber – ›sie blieb unbeweglich liegen, ohne daß sich etwas Ungewöhnliches ereignete, wovon noch Augenzeugen leben. Daraus erhellt, daß die Annahme von der körperlichen Hexenfahrt falsch und es ein Betrug des Teufels ist, wenn sie fortgetragen zu werden glauben‹.

Außerordentlich interessant nach dieser Richtung ist das 12. Kapitel der ›Daemonomania‹ von Bodinus. Eine Hexe war geständig und versicherte, sie werde auf den Sabbat fahren, wenn man ihr gestatte, sich zu salben.

Man willigte ein, worauf sie sich mit einer stinkenden Salbe einrieb, sich hinlegte und sofort einschlief. Man band sie in ihrem Bette fest, schlug, stach und brannte sie, ohne daß sie ein Lebenszeichen von sich gab. Am nächsten Tage erzählte sie ihre Sabbatfahrt, aber in der ganzen Erzählung konnte man deutlich unterscheiden, wie sich die ihr angetanen Schmerzen in ihre Visionen vermengt hatten.

Und tatsächlich gibt es in der ganzen Dämonologie nicht ein einziges einigermaßen beglaubigtes Beispiel einer solch vollkommenen ›Levitation‹, daß die betreffende Person ›durch die Lüfte‹ auf weite Entfernungen hin getragen würde.

In allen Fällen sah man die Hexe sich in der Weise zu ihrer Ausfahrt vorbereiten, daß sie sich nackt auszog, sich gewisse Stellen des Körpers mit der Salbe einrieb, worauf sie in Starrkrampf verfiel.

Diese Salbe, welche die Hauptrolle bei allen Hexenprozessen spielt, ist wieder durchaus nichts speziell Mittelalterliches; sie kommt bei allen Völkern und zu allen Zeiten vor.

Der Somatrank der Brahmanen zur Erzeugung von Hellsehen und Vollendung des Joga, das Nepenthes des Homer, das Potomantes, Thalassegle, Gelatophyllis bei Plinius sind alles ähnliche Mittel, um die Seele vom Körper zu trennen und sie in den Zustand der Freude und des Glückes zu versetzen.

Besonders berühmt war Heliocabus, auch Helicacabon und Moly genannt, diese Pflanze kommt schon bei den Ägyptern vor und ist wahrscheinlich mit Antropa Mandragora oder A. Belladona identisch.*

Die Hexensalben des Mittelalters sind oft beschrieben worden, und Paracelsus, der es wissen mußte, nennt eine Salbe, die aus Kinderfett, Mohn, Nachtschatten (Solanum furiosum), Zichorie und Schierling besteht.

Wier nennt noch Fünffingerkraut, Fledermausblut und ein Ölabsud der Samen von Taumellolch, Bilsen-

* Kiesewetter, die Geheimwissenschaften, Bd. II 578.

kraut, Schierling, Mohn, Giftlattig, Wolfsmilch und Tollkirschenbeeren.

In unseren Tagen hat Karl Kiesewetter vielfache Versuche mit den Hexensalben an sich selbst gemacht und erzielte erstaunliche Resultate. So bewirkte die Einreibung der Herzgrube mit einer Lösung von selbsthergestelltem Hyoscyanin Träume von einem lebhaften Fliegen in einer Spirale, als wäre er von einem Wirbelsturm herumgerissen.

In vorgerückten Stadien kann die Hexe, um auf den Sabbat zu kommen, jedes künstliche Mittel entbehren, wenn sie nur vorher ein wenig geschlafen hat.

Alle Hexen, die De Lancre gerichtet hat, und es waren an die tausend, sind sich darin einig, daß man vorher geschlafen haben müsse. Aber mag der Schlaf noch so tief sein, man ›erwacht‹ immer. Zuzeiten genügte es schon, ein Auge zuzudrücken, und im nächsten Augenblick wurde man ›wach‹ und davongetragen. ›Es bedürfe nur des Zeitraums eines Augennickens, und wie entfernt auch der Ort immer sei, und läge er in der Terra Nuova oder am Ende der Welt, so finde man sich dahin versetzt.‹

Und immer wieder betonen die Hexen, daß nach einem kurzen Schlaf die Entrückung in einem vollkommen wachen Zustande erfolge. ›Das alles vollziehe sich so reell, daß kein Schlaf, keine Träume und keine Illusion auch nicht den geringsten Zweifel an der Realität des Geschehenen aufkommen lassen.‹ *

Hier erscheint also der Somnambulismus völlig von dem natürlichen Schlaf getrennt, und es ist kein Wunder, daß das rohe Volk den Unterschied nicht merken konnte, daß er ihm überhaupt nicht zu Bewußtsein kam, nur einmal finde ich ein Beispiel, wo der Hexe der Verdacht an der Realität des Sabbat aufsteigt. Johanna Michaelis erklärt bei Remigius (Daemonolatriae Lib. III, 114) ausdrücklich, daß man auf dem Sabbat durchaus nicht

* De Lancre 101.

das natürliche Gesicht habe. Alles erscheine dort durcheinandergewirrt, so daß man nichts Sicheres und Gewisses ersehen könne. Es sei ganz so, wie wenn man durch Trunkenheit oder Schlaf oder aus irgendeinem anderen Grunde übel sehe oder sich durch Gaukelei verblendet finde.

Doch diese Fälle eines unvollkommenen Schlafwachens sind äußerst selten, wir finden im Gegenteil den Somnambulismus sehr häufig so hochgradig entwickelt, daß der Durchgang durch den körperlichen Schlaf auf ein transzendentales Zeitmaß zusammenschrumpft. So erzählt Katharina von Landal (De Lancre 101), daß sie des Schlafes überhaupt nicht bedürfe, sondern, wenn sie des Abends am Feuer sitze, bekomme sie ein so furchtbares Verlangen nach dem Sabbat, daß sie es mit keiner Begierde vergleichen könne, und sofort werde sie dahin versetzt.

III

Zahllos sind die Verbrechen, welche die Hexen begingen.

Mit größter Peinlichkeit in systematischer Reihenfolge zählt Johann Nider in seinem ›Formicarius‹ alle diese Verbrechen auf. Als solche nennt er die Verleugnung und Verlästerung der christlichen Kirche, den Pakt mit dem Teufel und den obszönen Huldigungsakt, bei denen der Teufel in menschlicher Gestalt erscheint, die Lustfahrten, die Verzauberung von Getreide und Vieh, die Erregung von Haß und Wollust, die Verhinderung des Beischlafs und der Empfängnis bei Menschen und Tieren, die Verwandlung der Hexen und Zauberer in Tiere (Lycantrophie), die Tötung der Frucht im Mutterleib durch Zauberei, die Verwendung der Leichenteile gemordeter Kinder zu Salben und endlich die Buhlschaft mit dem Incubus und Succubus.

Freilich hat man sich daran gewöhnt, der Hexe die unglaublichsten Verbrechen anzudichten, aber die, die sie tatsächlich begangen hat, genügen, um auch den grausamsten Inquisitor in Schutz zu nehmen.

Die Umkehrung ihrer ganzen physischen Natur, die totale Entwertung der Gesetze, die für den normalen Körper Geltung haben, hat bewirkt, daß sie Verbrecherin wurde. Nicht mit bewußter Absicht, nicht mit klarem Willen, sondern mit derselben Notwendigkeit, mit der jeder andere das Gute tut oder sich bei einer bösen Handlung des Bösen bewußt wird.

Die ewige Frage jeder religiösen Doktrin: *Ποϑεν το χαχον* erklärt sich bei der Hexe von selbst durch ihre organische Veranlagung.

Alle bürgerlichen und göttlichen Gesetze kehren sich von selbst in ihrem Gehirne um, und von selbst entsteht der fürchterliche satanische Kodex: Den Satan sollst Du lieben, ihn als Gott verehren, und keinen außer ihm. Den Namen Jesu sollst Du verachten und beschmutzen. Die heiligen Tage der Synagoge sollst Du in Ehren halten, den Vater und die Mutter hassen. Du sollst töten Männer, Frauen und vor allen Dingen die Kinder, denn damit kränkst Du am tiefsten jenen, der da gesagt hat: Lasset die Kindlein zu mir kommen. Du sollst die Ehe brechen, Unzucht jeder Art betreiben, am liebsten wider die Natur, Du sollst rauben, morden und vernichten, Du sollst falsch schwören und falsches Zeugnis abgeben.

Die magischen Fähigkeiten, die sie besitzt, geben ihr eine furchtbare Macht über die Menschen. Schon ihr Blick genügte, um ihren Feind zu lähmen, und war so gefürchtet, daß die Hexe mit dem Rücken zu ihnen gewandt vor die Richter geführt wurde. Eine ihrer Handbewegungen genügt schon, um einen Menschen in Hypnose zu versetzen, auf sein Gehirn so einzuwirken, daß Stigmatisationen auf seinem Körper entstehen, und ihr Wille ist so stark, daß sie ihn auf große Entfernung überträgt und sich mit Menschen, die weitab wohnen, in Rapport versetzt.

Aber sie verschmähte durchaus nicht die natürlichen Mittel, um diese verderblichen Wirkungen zu erreichen. Sie ist eine enragierte Giftmischerin. Es gibt keine Giftpflanze, die sie nicht erforscht und in ihren Wirkungen ganz genau gekannt hätte. Aber um die natürliche Wirkung zu erhöhen, um Krankheiten ›anzaubern‹ zu können, dazu braucht sie Leichenteile, das Fett frisch gemordeter Kinder.

Und sie raubt Kinder, wo sie nur kann, am liebsten ungetaufte, um gleichzeitig dem verhaßten Philipp* eine Seele zu rauben, sie mordet es unter den entsetzlichsten Martern, um ihren Gebieter zu erfreuen, kocht das Fleisch, vermengt es mit den schmutzigsten Ingredienzien, mit den Abkochungen von den verschiedensten Giftpflanzen, und stellt so das furchtbare ›Anthropotoxin‹ her.

Die Jagd auf Kinder war ein außerordentlich verbreiteter und beliebter Sport im Mittelalter. Die Zahl der armen Opfer ist unglaublich. Der berühmte Gilles de Rais (Retz) mordet allein gegen tausend Kinder zu satanischen Zwecken, denn ›er war unter einem solchen Stern geboren, daß nie ein Mensch ähnliche Verbrechen begehen könnte wie er‹. Dies sind seine eigenen stolzen Worte. Auf jedem Sabbat wurde mindestens ein Kind ›geopfert‹, Juden und Christen wetteiferten im Kindermord, und der berüchtigte Bischof Guibourg hat bei jeder seiner zahllosen Schwarzen Messen ein Kind hingeschlachtet und sein Blut, vermischt mit dem Menstruationsblut, in Christi Blut verwandelt.

Zuzeiten hat man auch Erwachsene dazu verwendet. So ist ein Fall bekannt, daß ein italienischer Kardinal seine ›rothaarige‹ Konkubine, die eben geboren hatte, bis an die Brust in die Erde grub, an die Brüste zwei Schlangen setzte und den ausfließenden sowie den in den Tierleibern gefundenen Saft zu Giftmischerei verwendete.

So hat man Gifte hergestellt, deren berüchtigtstes das bekannte Aqua Toffana ist. Seine Wirkung ist furchtbar. Kein Gegengift hilft, keine Vorsicht hilft vor demselben, da es klar ist und keinen Geschmack hat. Man kann es monatelang in sich tragen, ohne bettlägerig zu sein, man spürt nur ein großes Mißbehagen, das allmählich zu-

* So nannten die Hexen den Christus.

nimmt, bis der Körper endlich hinfällt. Es greift die edelsten Teile des Körpers an, verursacht keine Zuckungen, keine besonderen Schmerzen, sondern nur ein allmähliches Auslöschen, Hinschmachten, Hinsinken. Erst nach dem Tode wird die Wirkung sichtbar: Die Glieder lösen sich, und bei dem Leichenbegängnisse des Kardinals Ganganelli, der im offenen Sarge getragen wurde, fiel ein Bein aus dem Sarg heraus.

Durch solche Sudelköchereien entstanden gewiß ganze Epidemien, alle die seltsamen nervösen Erkrankungen sind wohl zum Teil darauf zurückzuführen, und endlos ist die Reihe der Prozesse wegen Zubereitung dieses ›giftigen Sauwerks‹. Diese Prozesse waren sehr berechtigt und wohlbegründet, und in den meisten Fällen lag auf dem Richtertisch das ›giftige Sauwerk‹ als Corpus delicti, das bei der Haussuchung vorgefunden war. Im Jahre 1605 wurden in Böhmen, Schlesien und der Lausitz gegen zweitausend Giftmischer hingerichtet. Und da die menschliche Gerechtigkeit besonders wirksam werden sollte, so hat man sie mit glühenden Zangen gekniffen, gerädert und dann ›geschmäucht‹, das heißt durch ein im Kreise herum angezündetes Feuer langsam gebraten; ›und es war davon ein großer Gestank‹.

Sehr interessant ist Carrichters Darstellung, wie solche Zaubertränke bereitet werden.*

›Wundere dich nicht, wenn dieser Mensch große Schmerzen hat, die Hexe hat genommen die Kräuter (es folgen die Namen der Pflanzen, verteilt nach der astrologischen Botanik), hat auch etliche Zauberworte dazu gesprochen, die ihr der böse Geist gelehret hat: denn die Unholdinnen verstehen das nicht, was sie reden, sondern sie habens am bösen Geiste, und thun nichts dazu, als die Imagination des falschen Glaubens, drücken alsdann den Saft aus den Kräutern, waschen die Hände dreimal damit, lassens allemal von sich selbsten

* Sein Buch, das vielfach bei den älteren Schriftstellern zitiert wurde, ist nirgends aufzufinden. Kiesewetter allein hat eine Abschrift davon gehabt.

trocknen, behalten die Kräuter in der Hand, bis die Hände trocken sind, darnach waschen sie die Hände nicht mehr, bis sie den *angerührt* haben, den sie beschädigen wollen; sobalde sie zu demselbigen kommen, reichen sie ihm die Hand; so derselbe sich nicht Gott befohlen, so fährt der falsche Kräutergeist in ihn und verstopft augenscheinlich die drei natürlichen Geister des Blutes: dann kömmt im Augenblick unter dem Griff ein toller Schmerz, wie ein Grimmen im Leibe, kommt von Stunde zu Stunde weiter in Leib', wird contract und schreit Ach und Weh.‹

Freilich hängt die Wirkung aller solcher Mittel von der Telenergie, der Empfänglichkeit und Suggestibilität des Betreffenden, ab, aber der Mensch des Mittelalters war außerordentlich empfänglich, und in den meisten Fällen werden ähnliche Praktiken von Erfolg gewesen sein.

Ich muß mich natürlich nur auf dies wenige, was ich über das Malefizium gesagt habe, beschränken, aber es genügt, um hierin den berechtigten Grund der Hexenprozesse zu suchen.

Das Mittelalter befand sich in der Notwehr. Es mußte die verbrecherische Sekte ausrotten, ähnlich wie es die Engländer in unserer Zeit versuchen, mit den ›Tuggs‹ in Indien fertig zu werden. Die Verbrechen steigern sich von Jahr zu Jahr, und hat man hin und wieder versucht, die Hexenprozesse einzustellen, mußte man immer von neuem das Verfahren eröffnen. Und zweifellos war es die höllische Angst vor der Wippe, der Zange, dem Rad, dem Pechstiefel, die viele mediumistisch veranlagte Personen davon abhielt, sich dem Satan zu übergeben und ihm zu Ehren die Produkte der Sudelköchereien im ›Dienste der leidenden Menschheit‹ anzuwenden.

Freilich wurde manch einer unschuldig ›geschmäuchet‹,* aber auf die acht Millionen Hexen, die nach ober-

* Es ist seltsam, wofür man gebraten werden konnte. Einmal hat man eine Dame ›geschmäucht‹, die sich in den Nächten einsamen Freuden zu überlassen pflegte. Sie wurde gefragt, ›was sie in ihrer Kammer, wie

flächlicher Schätzung gebrannt wurden, entfällt sicher ein verschwindender Bruchteil von Unschuldigen.

Es ist bekannt, wie außerordentlich schwer es ist, ein einigermaßen gutes Medium zu bekommen. Das haben wir von Sprenger, Bodinus, Remigius, De Lancre, all den zahllosen Richtern, die mit der Zaubersekte nicht gerade milde aufgeräumt haben und alle mediumistisch veranlagten Personen ausrotteten. Nach einer Seite hin, wenn man auf das Wohlergehen – he, he – des menschlichen Geschlechtes Bedacht nimmt, war es gut. Denn abgesehen davon, daß fast alle diese Menschen mit einer ausgesprochenen *moral insanity* behaftet sind, einer *moral insanity*, die sich in dem erbärmlichen Jahrhundert der Elektrizität im unschuldigen Betrug an den Professoren äußert, hat das Mittelalter die Anlage zu Hystero-Epilepsie, alle die Keime, aus denen die entsetzlichen nervösen Epidemien aufblühten, zerstört.

Der freisinnige Bürger, der mit solcher Empörung über diese Prozesse spricht, sollte sich bei Remigius bedanken, daß er nicht auf dem Markte rasende Tänze aufführt, nicht seinen Doppelgänger sieht, daß er in den Nächten nicht durch unsichtbaren Höllenlärm geplagt wird und dergleichen Divertissements.

Gegen Ende des 16. Jahrhunderts fängt sich Satan unter dem infamen Gelichter der Hexen zu langweilen an. Die *ecclesia militans* ist *triumphans* geworden. Er braucht keine Agitation, keine Propaganda. In zahllosen Scharen strömen ihm die Weiber zu, und mit nachlässiger Indifferenz sieht er sie um sich herumrasen, sich im

---

sie bei Joachim Liecht gedienet, alle Zeit gemachet; warum sie des Nachts im Bette so gepampert, wann das kleine Mädchen Katharina bei ihr geschlaffen, und was das Pampern sei‹. Hätte sie auch den Grund des ›Pamperns‹ angegeben, es hätte ihr nicht viel genützt, denn die Hexe galt als Onanistin. Ja, Paracelsus stellt als ein Kennzeichen der Hexe auf, daß sie ›der Bulerey Veneris vergessen – die Manne verlieren – wöllen actum venerem nicht halten – verborgen, allein seyn – wol liegen, sich versperren‹.

Schmutze wälzen und wildes Geheul herausstoßen. Er ist grausam geworden, in der Gier nach neuen Lüsten erfindet er die entsetzlichsten Raffinements. Und war die Kopulation früher nur eine unangenehme Kälteempfindung, so ist sie jetzt zu einer fürchterlichen Tortur geworden. Das Weib, das er sich auserkoren hat, schreit wie in Wehen, sie trieft von Blut *aussi bien devant que derrière, selon le lieu ou il est allé heurter.**

Das sind Aussagen von Mädchen von dreizehn bis sechzehn Jahren, die in ihrem Leben völlig rein und jungfräulich waren und die sogar, wie Paracelsus sagt, *actum venerem* nicht wollen!

Nein, er mag das nicht mehr, seine Phantasie kann keine Abwechslung mehr in die Orgien hineinbringen. Er mag auch nicht mehr sich auf abgelegenen, unzugänglichen Orten verbergen. Jetzt ist er mächtig genug, um in die Kirche seines Widersachers hineinzudringen, ihn vom Altar zu stürzen, sich selbst darauf hinzusetzen und die Priester zu seinen untertänigsten Dienern zu machen.

Und es war ihm nicht schwer bei dem enormen Vorstoß, den er Ende des 16. Jahrhunderts gemacht hat, in einer Zeit, da, wie Remigius behauptet, unter drei Menschen, die man aufs Geratewohl auf der Straße aufgreift, sicherlich zwei der Zauberei schuldig sind.** Es fanden

---

* De Lancre. Er führt aus Schamgefühl nur die anständigsten Aussagen an: l'organe du démon était énorme et couvert de squames dures comme le fer qui blessaient es se rebroussant. Johannès d'Aguerre dit que le diable en forme de bouc avait son membre au derrière et connaissait les femmes en agitant et poussant avec iceluy contre leur devant. Or bien encore il besognait à la fois dans les deux vases, car sa mentule était farouche. [Das Glied des Teufels war riesig, mit Schuppen bedeckt, die hart wie Eisen waren, und es verletzte beim Zurückziehen. Johannès d'Aguerre sagt, daß dem Teufel in Bocksgestalt das Glied am Hintern wuchs und er es beim Akt bewegte und damit gegen ihre Vorderseite stieß. Oder er bearbeitete sie auch gleichzeitig in beiden Öffnungen, denn sein Sexualtrieb schien erschreckend.]

** Um dies praktisch zu beweisen, hat er sich selbst denunziert und wurde auch pflichtschuldigst verbrannt.

sich Priester im Überfluß, welche den Sabbat nunmehr in die Kirche verschleppten und im Kreise der Eingeweihten die schändlichen Schwarzen Messen abhielten. Schon De Lancre hatte drei Priester gebrannt, weswegen er sich mit allen nur erdenklichen Gründen entschuldigt, nicht viele Jahre später wird die Schwarze Messe ganz allgemein, sie wird namentlich in Nonnenklöstern abgehalten, in diesen Brutstätten der dämonomanischen Anlagen, die von den Beichtvätern entwickelt, zur Befriedigung der fleischlichen Gelüste und zu anderen Zwecken ausgenutzt werden.

Berühmt wurde der Prozeß der Madeleine Bavent, die uns in ihren Memoiren einen sehr guten Aufschluß über diesen obszönen Kultus gibt.*

Der Ort ist eine Kapelle des Klosters zu Louviers. Keine Sitze waren da, aber es war hell wegen der Lichter, die wie Fackeln auf dem Altar standen, und die wahrscheinlich, wie es allgemeiner Brauch war, aus dem Fett der Gehängten zubereitet waren. Anwesend sind einige Priester, darunter Picard, sein Vikar Boullé, noch ein paar andere, die Mad. Bavent nicht kennt, und ein paar Nonnen, fünf bis sechs.

›Die Hostie war der unserigen gleich, doch ohne Bild. Man machte auch die Elevation und hörte dabei furchtbare Blasphemien. Die Messe wurde mit dem Papiere der Blasphemien abgehalten, das die furchtbarsten Verwünschungen der Dreifaltigkeit, des Altarsakraments, der anderen Sakramente und der Zeremonien der Kirche enthielt ... Alle Handlungen sind ehrlos, und es ist unmöglich, daß ich anders als mit Schauder ihrer gedenke ... Soviel ist gewiß: die Heiligen Gottes tun große Dinge, die Unheiligen des Teufels aber geben ihnen darin auf der anderen Seite nichts nach. Die Bosheit der Priester treibt sie bisweilen, über großen Hostien Messe zu lesen, sie dann in der Mitte auszuschneiden, auf ein in gleicher Weise zugerichtetes Pergament

* Histoire de Madeleine Bavent, religieuse du monastère de saint Louis de Louviers etc., Paris chez Jacques le gentil 1652.

aufzukleben und dann sie in schändlicher Weise zu ihren Lüsten zu gebrauchen!‹ …

Maria von Sains erzählt, die Anwesenden werden mit Christi Blut besprengt unter dem Ausruf: *Sanguis eius supra nos et super filios nostros!* Die Messe selbst wird begleitet von den unwürdigsten obszönsten Bewegungen und Ausrufen. Einige strecken die Zungen aus, andere werfen völlig die Kleider ab, andere entblößen den Hintern, den sie gegen den Altar kehren, andere wieder masturbieren in der schamlosesten Weise, und all dies steigert sich bei der Elevation zu einer höllischen Raserei, die dann schließlich in der Tobsucht einer entfesselten Geschlechtsorgie ausartet.

Gegen die Mitte des 17. Jahrhunderts wird die Schwarze Messe populär. Sie ist nun fast öffentlich geworden, und es war kein Geheimnis mehr, daß sie unter großem Zulauf von hysterischen Weibern in der Kirche des Heiligen Geistes in Paris, in der Abtei von Montmartre usw. gefeiert wurde.

Der Prozeß, den man unter der glorreichen Regierung des Roi-Soleil dem Abbé Guibourg machte, kompromitierte die höchste Aristokratie und die Mätressen des Königs so schwer, daß man ihn schleunigst unterdrükken mußte. Aber es wurden genug Tatsachen bekannt, um uns ein genaues Bild einer solchen Messe, die auch für die folgenden und für unsere Zeit typisch ist, zu machen.

In einer Kapelle, die ganz schwarz ausgeschlagen war, stand der Altar mit einem Kranz, umgeben von schwarzen Kerzen.

Hier erwartete Guibourg* seine Klienten.

---

* La Reynier schildert ihn wie folgt: Cet homme qui ne peut être comparé à aucun autre sur les nombres des empoisonnements, sur le commerce du poison, sur les sacrilèges et les impiétés, connaissant et étant connu de tout ce qu'il y a des scélérats, convaincu d'un grand nombre de crimes horribles, cet homme qui a égorgé et sacrifié plusieurs enfants, qui outre les sacrilèges dont il est convaincu, confesse des abominations qu'on ne peut concevoir. [Dieser Mann kann mit keinem ande-

Und sie kamen in Scharen herangelaufen. Der große Débaucheur und Giftmischer, der Hofdichter Racine, die d'Argenson, die de Saint-Pont, la Boullion, Luxembourg, vielleicht auch Lord Buckingham, aber heute – es ist der letzte Januar 1678 – ist es die berühmte Marquise *Montespan.*

Sie ist besessen von dem Verlangen, Königin zu werden, sie will alles opfern, alles tun, um dies zu erreichen, aber nie ist sie so weit entfernt, ihren Ehrgeiz zu befriedigen, wie grade jetzt, da Ludwig XIV., der an Satyriasis litt, bedenklich zu erkalten begann.

Aber Guibourg, der berüchtigte Guibourg, der die ganze Aristokratie mit Giften versorgten, sie mit Liebesfiltren verpestete, Guibourg allein konnte helfen.

Kaum war sie in die Kapelle hineingekommen, als sie sich schon ihrer Kleider entledigte und sich nackt auf dem Altar hinlegte.

Nun begann die infame Zeremonie.

Über ihrem Bauch breitet der Priester ein Tuch und stellt darauf den Kelch, auf ihre Brust legt er das Kreuz. Darauf spricht er die Messe nach dem katholischen Ritus, nur daß er überall da, wo der Priester den Altar küßt, ihren nackten Körper küßt. *Quotiescumque altare osculandum erat, Presbyter osculabatur corpus, hostiamque consecrabat super pudenda, quibus hostiae portiunculam inserebat.*

Der Augenblick der Konsekration nähert sich. Die Tochter der berühmten La Voisin, die aus dem Prozeß der Giftmischerin Brinvilliers nur allzu bekannt ist, läutet dreimal. Die Tür öffnet sich, die furchtbare Hexe Des Œillets erscheint mit einem zwei- bis dreijährigen

---

ren verglichen werden, was die Zahl der Giftmorde betrifft, den Handel mit Gift, den Heiligtumsfrevel und die Unfrömmigkeit, und er war bei allen Verbrechern bekannt, und nachweislich hatte er eine große Anzahl schrecklicher Verbrechen begangen; dieser Mann, der mehreren Kindern den Hals aufgeschnitten und sie geopfert hat, gibt außer diesen Heiligtumsfreveln, die nachgewiesen sind, weitere Scheußlichkeiten zu, die man sich gar nicht vorstellen kann.]

Kinde unter dem Arm. Man hat es von seiner Mutter für einen Taler gekauft, die Kinder waren eine sehr billige Ware, jetzt soll er die Worte des Christus erfüllen, denn Guibourg murmelt: Christus hat gesagt, lasset die Kindlein zu mir kommen. Ich will, daß Du zu ihm gehst und mit ihm eins werdest.

Nun hebt Guibourg das Kind hoch, hält es über dem Kelch und schreit: *Astaroth, Asmodée, princes de l'amitié, je vous conjure d'accepter le sacrifice que je vous présente de cet enfant pour les choses que je vous demande.* Er legt das Kind auf den Bauch der Montespan und schneidet ihm die Kehle durch. Ein furchtbarer Schrei, und das Opfer ist vollbracht. Das Köpfchen des Kindes fällt zurück. Das Blut fließt in den Kelch hinein, bespritzt die Meßkleider des Priesters und die nackten Glieder des lebendigen Altars. Die Des Œillets nimmt den gemordeten Körper, reißt ihm die Eingeweide heraus, die tote ›Mumie‹, die zu so vielen Zwecken noch dienen soll.

Guibourg rührt das Blut und den Wein um, eine gebrochene Hostie, in der die Asche von gebrannten Kinderknochen enthalten ist (Kinder, die ohne Taufe sterben), steckt er hinein, hebt den Kelch hoch:

Das ist mein Fleisch! Das ist mein Blut!

Er trinkt und gibt den Kelch der Montespan zu trinken. Nach der Konsekration beschwört der Priester die finsteren Mächte, alle Wünsche der Montespan zu erfüllen, daß der König Tisch und Bett mit ihr teile, daß die Königin verstoßen und unfruchtbar werde, daß sie selbst zur Königin von Frankreich ernannt werde.

Nun folgt etwas Empörendes: *Missa tandem peracta, Presbyter mulierem inibat, et manibus suis in calice mersis, pudenda sua et muliebra lavabat.* Die Erbin eines der berühmtesten und vornehmsten Namen in Frankreich gibt sich der schmutzigen Lust eines Greises hin in Gegenwart der La Voisin und der Des Œillets!

Zum Schluß bereitet der Priester aus den Resten der Hostie, dem Blut und den Eingeweiden des Kindes ein Sachet, das er der Montespan übergibt. Die Messe war ein Erfolg, denn tags darauf hat die Montespan den König zurückgewonnen und ihn mächtiger als je zuvor an sich gekettet.*

Für unsere Zeit sind die Zeugnisse naturgemäß sehr selten und von geringer Zuverlässigkeit. Das wenige, was wir darüber wissen, gelangte nur unter unsäglichen Schwierigkeiten zur Kenntnis derjenigen Okkultisten, die sich damit beschäftigen, vor allen Dingen ist es Huysmans, der in seinem unsterblichen ›Là-bas‹ und in der Vorrede zu dem sonst sehr mittelmäßigen Buche von Jules Blois ›Le satanisme et la magie noire‹ uns einige Aufschlüsse gibt.

Das liberale Bürgertum triumphierte unlängst, als Leo Taxil seine Späße mit den Klerikalen in Paris trieb, nichtsdestoweniger ist als sicher anzunehmen, daß die Sekte der Satansanbeter sich gegenwärtig gespalten hat.

Der eine Zweig, die Palladisten – in welchem Verhältnis sie zu der italienischen Freimaurerei stehen, bleibt dahingestellt** – haben den Katholizismus einfach umgedreht. Es ist eine Art neognostischer Sekte, für die der Luzifer als der Adonai gilt. Er ist Gott des Lichtes, das Prinzip des Guten, während Jehova-Adonai der böse Gott, der Gott der Finsternis, ist. Man sieht, daß der alte Manichäismus eine unglaubliche Zähigkeit und Lebenskraft hat.

Die Sataniker dagegen wissen sehr gut, daß Satan der gefallene Engel ist, der große Widersacher und die ewige Schlange der Versuchung. Er ist das, was er für die mittelalterlichen Sataniker war, der große Fürst der Finsternis, mit dessen Hilfe man in Besitz der seltensten Fähigkeiten gelangen und unter dessen Schutz man alle

---

* Ich folge der Darstellung des Dr. Legué in seinem Werke Médecins et Empoisonneurs, der die Manuskripte des Prozesses ausgezogen hat.

** Der Adriano Lemmi, der Großmeister der italienischen Loge und Chef der Sekte, scheint nicht der reine Engel, wofür ihn die liberalen Blätter ausgeben, zu sein. Huysmans nennt ihn: un filou condamné pour vols en France [einen Taugenichts, der in Frankreich wegen Diebstahls verurteilt wurde].

Verbrechen straflos begehen kann, um so mehr, als die Künste der schwarzen Magie im heutigen Gesetzbuch nicht vorgesehen sind. An ihrer Spitze steht gewöhnlich ein Priester, der die gottesschänderischen Messen liest und der gleichzeitig, wie der berühmte Kanonikus Docre, mit seltenen magischen Fähigkeiten und Kenntnissen begabt ist.

Eine solche Messe beschreibt Huysmans mit einer erstaunlichen Kraft und Wucht in seinem Roman ›Là-bas‹, der, abgesehen von rein künstlerischen Zutaten, ein Dokument ersten Ranges ist.

Es ist ja immer und ewig dieselbe Sache, die blasphemische Messe, die Schändung des Altarsakramentes, die schließliche Geschlechtsorgie, ins Unmenschliche durch die Inhalation von narkotischen Giften gesteigert. Und immer wieder dasselbe. Ein Priester, der an Satyriasis leidet, und hysterische Weiber mit somnambulen Anlagen. Eine psychologische Erklärung für diese ungeheuerlichen Praktiken ist ebensowenig möglich wie für jede andere Religion. Denn das ist der Satanismus ebensogut wie jede andere, aber es ist die Religion *à rebours*, die Religion des Hasses, der Rache und der Unzucht. In den Abgründen des Geschlechts ist alles möglich, dort werden alle Verbrechen ausgebrütet, dort rast die fürchterliche Begierde nach Delirien, die nur durch das Unmenschliche, durch Vernichtung aller Gesetze, die sonst für die menschliche Psyche bindend sind, gestillt werden können.

Die Schwarze Messe kann ein normaler Mensch ebensowenig begreifen, wie er die Sodomie oder den Bestialismus begreifen kann, und doch fällt es niemandem ein, das letztere zu leugnen, was man doch bekanntlich mit einer seltsamen Wut hinsichtlich der Schwarzen Messe tut. Und so wächst die Sekte unter dem Schutz des atheistischen liberalen Bürgertums und der liberalen Kirche, die sich mit Darwinismus und dem Materialismus auseinandersetzt und ihren Bestand auf den Errungenschaften der materialistischen Lehren basiert, rüstig fort, sie erstarkt und wird mächtig.

Die Kirche, die bekanntlich immer der größte Feind jeglicher Mystik war, die grobe materielle Kirche, die ihren Ursprung verleugnet, will nichts davon wissen, obwohl sie alle Ursache hätte, sich ein wenig mit der Sekte zu beschäftigen, selbst auf das Risiko hin, irgendeinem der Berliner Blätter zu einem dummen und billigen Witz zu verhelfen.

Zum Schluß noch einige Worte über eine Sekte, die vom Vintras gestiftet war, *Karmel*, in dessen Schoß neben dem Gottesraub die schändlichste Unzucht getrieben wird. Den Pariser Rosenkreuzern ist es unter unsäglichen Schwierigkeiten gelungen, vollkommenen Aufschluß über die esoterischen Lehren dieser Sekte zu erlangen. Stanislas de Guaita hat sie in seinem höchst lesenswerten Buche ›Le serpent de la gènese‹, Band I, publiziert.

Die Sekte ist gegründet auf der aufsteigenden Redemptio der Wesen von der niedrigsten bis zu der glorreichsten Stufe.

Jeder muß an seiner eigenen Vervollkommnung arbeiten und an der allgemeinen teilnehmen. Wodurch soll man diese Erlösung erlangen? Darauf als Antwort das große Geheimnis des Karmel: Durch einen Akt der sündigen Liebe (Eva, die mit der Schlange buhlte) haben wir das Paradies verloren; durch den Akt einer religiösen Liebe kann man es wiedererlangen.

Die geschlechtliche Union kann sich also auf eine höllische Weise, wie in dem Paradies, oder auf eine himmlische Weise, wie im Karmel, vollziehen.

Nun vollziehen die Karmelisten den Akt der ›himmlischen‹ Liebe untereinander, um sich zu vervollkommnen, und mit niederen elementaren Geistern (im Succubat eventuell Incubat), um sie ›célestifier‹.

Hors des unions, point de salut! Alle Männer der Sekte besitzen alle Frauen und umgekehrt. Dieser geschlechtliche Kommunismus bildet die Essenz aller dieser Lehren. Der Altar ist das Bett, der Kuß ist eine priesterliche Handlung, und das widernatürliche Laster des Onan dient dazu, um niedere Wesen aufsteigen zu lassen, die öffentliche Kopulation, wobei nicht einmal, wie bei den Gnostikern, das Licht ausgelöscht wird, die schamloseste Prostitution wird zur größten Tugend, zu einem Akt der inneren Heiligung.

Die Rosenkreuzer, welche die Geheimnisse der Sekte mit der größten Sorgfalt aufgrund eines kolossalen Materials und der eigenhändigen Briefe des Chefs der Sekte – des Propheten Johann Baptista* – geprüft haben, sprachen über ihn das Verdammungsurteil, das die Feme vollführen wird, sobald er nicht innerhalb weniger Jahre seine unsagbaren Schweinereien einstellt.

Hier ein paar Beispiele, wie der Prophet, der Vater, seine Anhänger heiligt.

La famille G. ... ne disposant que de deux lits, les Unions avaient lieu dans l'un, ou le Père couchait evec les deux filles à la fois.

En mars 1883 le Carmel était dans toute son action – es handelt sich um eine Schwarze Messe, wobei es zu schändlichen Eifersuchtsszenen kam. Eine Dame *ne trouvait pas une compensation suffisante à la perte de son mari, qui était violemment épris de Mlle C. G. ...* Sie drohte, das Geheimnis der Sekte zu verraten. Nun folgt das Unglaubliche, das durch reuige Augenzeugen deponiert wurde. Die Dame hat ihren Mann zurückbekommen, während das Fräulein *dut demander pardon à genoux à Madame tandis que cette dame, couchée avec son mari, accomplissait une union céleste.*

Umgeben von Medien und Somnambulen, durch die er die Geheimnisse der schwarzen Magie erfahren will, nachdem er sie in den schlafwachen Zustand versetzt hat, Chef einer großen Sekte, deren Anhängerschaft naturgemäß im rapiden Aufsteigen sich befindet, bildet der Prophet eine Gefahr, welche das liberale Bürgertum schon aus rein sozialen Ursachen nicht übersehen sollte.

Creatum est os ad edendum, creata sunt genitalia ad coeundum, das ist das oberste ewig neue und ewig alte Prinzip des unsterblichen Gnostizismus. Auch der nachfolgende Satz bekräftigt nur das, was wir bereits vom Sabbat her

---

* Pseudonym, sein eigentlicher Name wird seiner Zeit veröffentlicht.

wissen: *doctum esse testor, nullo sanguinis vinculo prohiberi, quin et fideles coeant invicem: nec patrem cum filia, neque cum filio matrem, neque cum fratre sororem unquam rite misceri fuisse nefas.*

Dieser geschlechtliche Mystizismus, der die widernatürlichste Unzucht heiligt, ist ja nichts Neues. Neu daran ist nur das, was an der ursprünglichen Lehre der Katharer neu war: der positive Charakter der Sekte, wodurch sie natürlich tausendmal gefährlicher ist als der eigentliche Satanismus, weil dieser in der Negation wurzelt, einer Negation voll von Höllenangst und schlechtem Gewissen.

Das Geschlecht allein ist die Grundachse aller dieser Erscheinungen. Die ewig sich steigernden Forderungen des Geschlechts zu stillen, seine Rache zu befriedigen, die verborgenen Kräfte kennenzulernen, die geschlechtliches Glück geben können, ist der Grund, warum man sich dem Satan überläßt.

Aber es ist kein Glück. Nun wohl! Aber im Gebiet der Nacht, in dem Abgrund und dem Schmerz, findet man Rausch und Delirium. Man stürzt sich in die Hölle, aber man empfängt das Delirium, in dessen Rasereien man vergessen – vergessen kann.

Wisch mich weg von den Tafeln des Lebens, schreib mich ein in das Buch des Todes! Diese grandiose Formel ist der Schlüssel zu all diesen Sekten.

Der Tag, das ist die schwere schmutzige Last des Lebens, die furchtbare Qual des Lebenmüssens, die Nacht, das ist der Rausch, das Delirium, das Vergessen.

Für all die Tatsachen gibt es keinen moralischen Maßstab, den mag der fette Bürger anwenden, der seinen Kretinismus mit dem erwucherten Gelde kompensiert, diese Tatsachen müssen verstanden, in ihrem trostlosen, qualvoll schmerzlichen Abgrund verstanden werden.

Die verzweifelte Menschheit hatte nur einen Ausweg: sich zu berauschen. Und sie berauschte sich. Sie berauschte sich an Gift, berauschte sich an Schmutz, und all der Rausch gipfelte in der geschlechtlichen Ekstase, daß die Nerven rissen, daß der Mensch sich spaltete, daß er die entsetzlichsten, grausamsten Torturen erlitt, aber er vergaß wenigstens das Fürchterlichste, das, was über den Schmutz und Ekel seiner widerlichen Salben, seiner Herden von Kröten, seiner abscheulichen Sakramente, aus Urin und Menstruationsblut gemischt, noch hinausgeht – *er vergaß das Leben.*

Daß er sich in aufsteigender Linie dem Verbrechen hingab, daß er mordete und tötete, daß er in seiner Rache keine Grenzen kannte und lieber sich selbst aufgab, als daß er sich vom Verbrechen abschrecken ließ, war nur sein großes Recht, das Recht dessen, der sich in das Buch des Todes einschreiben ließ – er *verneinte* das verhaßte Leben.

Daß er alle Gesetze brach, sie umkehrte, sie verhöhnte, beschmutzte, schändete, daß er das Herrschende, sei es Religion, sei es bürgerliche Institution, mit tiefster Verachtung behandelte, daß er lieber den Tod erdulden als seine ›Irrtümer‹ berichten wollte, das war wieder sein Recht, das Recht des Verzweifelten, das Recht dessen, der keinen Ausweg, keine Ruhe, keine schmerzlose Stunde findet: – er untergräbt die Bedingungen des Lebens.

Es war Größe darin, wenn eine Hexe, die der Henker befreien wollte, wenn sie sich ihm hingeben würde, ihm entrüstet zuruft: Ich, die ich dem Satan den Hintern geküßt habe, sollte mich dir, dem Vollstrecker der Gesetze, hingeben?!

Und gibt es nichts Positives?

Die Katharer haben es versucht, der Prophet des Karmel tut es auch: das Delirium, die Nymphomanie, die Satyriasis zu heiligen.

Traurige und erbärmliche Hypokrisie!

Satan-Paraklet in dem Sinne, wie es der Heilige Geist ist, das ist Blödsinn; Satan, der das Leben schafft und es immer von neuem zerstört, der Entwicklung erzeugt und sie immer von neuem vernichtet, Satan kann kein Erlöser sein.

Aber er wird zum Paraklet des Bösen, er verkündet

das große Gesetz, die Sünde in einer noch weit größeren untertauchen zu lassen, er lehrt, das böse Leben durch eine Negation zu vergessen, durch die Ekstase der Instinkte – das Delirium.

Das ist der einzige Satan-Paraklet: *ennivrez-vous!*

Totenmesse

[…] Am Anfang war das Geschlecht. Nichts außer ihm – alles in ihm. Das Geschlecht war das ziel- und uferlose Apeiron des alten Anaximander, als er Mir den Uranfang träumte, der Geist der Bibel, der über den Gewässern schwebte, als noch nichts war außer Mir.

Das Geschlecht ist die Grundsubstanz des Lebens, der Inhalt der Entwicklung, das innerste Wesen der Individualität.

Das Geschlecht ist das ewig Schaffende, das Umgestaltend-Zerstörende.

Es war die Kraft, mit der Ich die Atome aufeinander warf – die blinde Brunst, die ihnen eingab, sich zu kopulieren, die sie Elemente und Welten schaffen ließ.

Es war die Kraft, die den Äther in namenlose Sehnsucht brachte, seine Teile Welle in Welle zu kuppeln, sie in heiße Vibrationen stürzte und zu Licht werden ließ.

Es war die Kraft, die den elektrischen Strom in sich zurücklaufen, Dampfmoleküle aneinander prallen ließ – und so ist das Geschlecht Leben, Licht, Bewegung.

Und das Geschlecht wurde maßlos geil. Es schuf sich Fangarme, Trichter, Röhren, Gefäße, um die ganze Welt in sich hineinzuschlürfen; es schuf sich einen Protoplasmaleib, um mit unendlicher Fläche zu genießen; es sog alle Lebensfunktionen in seinen gierigen Schlund hinein, um sich zu befriedigen.

Und es wälzte sich dahin in endloser Evolution und konnte nicht ruhen; und es streckte sich aus in zahllosen Formen und konnte sich nicht befriedigen. Es raste nach Glück im Trochiten, es wieherte nach Genuß in der ersten Metazoë, als es das Urwesen in zwei Teile zerriß und sich selbst in zwei Geschlechter spaltete, grausam, brutal, zur gegenseitigen Zerstörung, nur um ein neues, raffinierteres Wesen zu schaffen, das eine kompliziertere Befriedigungsorgie für die ewig hungrigen Dämonen seiner Wollust erfinden könnte.

Und so schuf sich das Geschlecht endlich das Gehirn.

Das war das große Meisterwerk seiner Wollust. Es fing an ihm zu kosten und zu winden an und drehte an ihm und stülpte es aus in Sinnesorgane, zerteilte Das, was ganz war, in tausend Modifikationen, differenzierte Gemeingefühle zu distinkten Sinneseindrücken, zerschnitt ihre Verbindungen untereinander, daß ein und derselbe Eindruck in verschiedenen Sensationen kostbar würde, daß die einheitliche Welt als fünf- und zehnfache Welt erschiene, und wo früher eine Kraft sich sättigte, wühlten nunmehr Tausende.

Das war die Geburt der Seele.

Das Geschlecht liebte die Seele. An seiner hermaphroditischen Brust ließ es die Gehirnseele erstarken; es war für sie die Aorta, die vom Herzen des Allseins ihr das Lebensblut zuführte; es war für sie die Nabelschnur, die sie mit der Allgebärmutter verband; es war der Linsenfocus, durch den die Seele sah, die Skala, in der sich die Welt als Ton, der Umfang, in welchem sie die höchste Lust, den höchsten Schmerz perzipierte.

Oh – das arme, dumme Geschlecht! und die undankbare Seele!

Das Geschlecht, das sich durch Mich in Allsein objektivierte, das zum Lichte wurde, das sich die Seele schuf, ging an dieser Seele zugrunde.

Was Mittel sein, was dienen sollte, wurde Selbstzweck, wurde Herrschaft. – Die Sinneseindrücke, die eine neue Zuchtwahl einleiten, neue Gattungen bilden sollten, fingen an, autonom zu werden.

Die distinkten Sinne fingen sich zu mischen an, das Oberste wurde zum Untersten, Ton zur Farbe, Geruchserregung zur Muskelempfindung, die Ordnung wurde zur Anarchie, und ein wütender Kampf zwischen Mutter und Kind begann.

Sie wollte es bemeistern, unterjochen; sie spannte um ihr Kind die Mutterkrallen, sie riß an ihm, band es an sich fest mit tausend Lüsten, tausend geilen Fäden, sie warf es auf das Genital- und Zeugungstier – das Weib; sie überflutete seine Augen mit Blut und stumpfte sein Gehör ab, und dämpfte seine Stimme zum heißen keuchenden Liebeszischen, und brachte seine Muskeln in Krämpfe, und ließ Wollustschauer wie bebende Schlangen über seinen Körper kriechen – aber nichts, nichts konnte helfen.

Die kleine Bakterie fraß den Leukozyten auf.

Vergebens ließ er alle seine Lebenssäfte auf den Punkt zusammenströmen, wo die Bakterie saß und um sich fraß, vergebens warf er seinen Kern in seine satanische Braut, sie mit seiner Lebensachse zu zerstören; der Kern zerbirst, reißt auseinander, er zerfällt in seine Granula, und die höchste Lebensfunktion, die Allmutter alles Seienden, die Erschafferin der Lebewesen, der Vatersame jeglicher Entwicklung, ist tot.

Der Leukozyt stirbt.

Huh! Das war die Brautnacht, die blutschänderische Brautnacht des Geschlechts mit der Seele, das Hohe Lied von der siegenden Bakterie.

Und die Seele wurde krank und welk und siech.

Eigenhändig hat sie sich von der Gebärmutter losgerissen, die Aorta unterbunden, die Kraftquelle versiegen lassen.

Sie lebt – ja, sie lebt noch, weil sie sich satt gefressen hat am Geschlechte; sie zehrte noch an dem Inhalt, den das Geschlecht ihr gab. Sie produziert Formen und Töne, die sonst nur der Fortpflanzung dienten; sie kann sich noch Halluzinationen schaffen, die sonst nur die Sexualsphäre reizten; sie kann sich in eine Ekstase versteigen, die dem Größenwahnsinn des Geschlechtes gleicht, wenn es wähnt, ein fremdes Wesen in sich aufgehen lassen zu können. Aber alles, was sie so auf eigene Faust erzeugt, ist nur Luxusfunktion, wie die Kunst nur Luxusfunktion des Geschlechtes ist, und ist steril, was die Kunst nicht ist, weil in ihr der mächtige Pulsstrom des lebendigen Geschlechtes, der fieberheiße Samengolf des Lichtes, des Willens nach persönlicher Unsterblichkeit erzittert.

Und so muß die Seele untergehen; so muß die siegende Bakterie an dem resorbierten Leukozyten sterben.

Aber ich liebe die heilige, große Funktion, in die sich

mein Geschlecht verflüchtigte und sublimierte: meine große, sterbende Seele, die mir mein Geschlecht geraubt hat und es auffraß, um daran zu sterben.

Und so muß ich untergehen an meinem zerfallenden, in tausend übergeschlechtliche Sensationen zerbröckelnden Geschlecht.

Ich muß untergehen, weil die Lichtquelle in mir ausgetrocknet ist, weil ich das Schlußglied bin in der endlosen Kette der Entwicklungstransformationen meines Geschlechtes, weil die Wogen dieser Geschlechterrevolution nicht über mich hinauskönnen, weil ich der weiße, sturmgepeitschte Schaum bin auf dem Kamme ihrer letzten brandenden Woge, die sich bald am Strande zerschlagen wird.

Ich muß untergehen, weil meine Seele zu groß wurde und zu schwanger mit meinem Geschlechte, als daß sie einen neuen leuchtenden, morgenbrünstigen, zukunftsfrohen Tag gebären könnte.

Und so muß ich an der sterilen Schwangerschaft meiner Seele zugrunde gehn.

Aber ich liebe auch mein totes Geschlecht, dessen Reste meine Seele aufzehrt; ich liebe diese letzten Blutstropfen meiner Individualität, in denen sich das Ursein widerspiegelt in seiner ganzen Majestät, in seiner Untiefe und Abgründigkeit, blaß und schwach; ich liebe das Geschlecht, das meine Gehörseindrücke mit den wunderbarsten Farben färbt, Geschmackshalluzinationen auf die Sehnerven leitet, epidermale Eindrücke zu visionären Ekstasen werden läßt, und ich liebe meine Krankheit, meinen Wahnsinn, in dem soviel von doktrinärem, raffiniertem, höhnendem, mit ernster, heiliger Miene höhnendem System sich offenbart.

De profundis

Ein paar Gedankenbrocken gingen langsam durch seine Seele, zögernd, zerrissen, wie Wolkenlappen nach einem Gewitter. In seinen Augen flackerte ein winziges Lichtchen, wie ein Irrlicht über einem grünen Sumpf. Er verfolgte es, wie es sich in zackigen, steilen Linien emporwarf und wieder herunterfiel, schwer und jäh wie ein gefallener Stern. Er sah es über dem Sumpf blitzschnell dahinschießen und dann wieder in irren Kreisen tanzen, schneller und schneller, bis es schließlich wie eine glühende Lichtmasse fahl den Sumpf umlohte. Und die grüne, fahle Sonne wuchs, schwoll, goß sich kochend über, leckte an dem Dunkel mit gierigen Zungen und zerfraß es zu blutigen Fetzen. Und da schossen die Zungen in schmetternden Sturmfanfaren jäh hinauf – höher noch: mit wüster Macht warfen sich die Sonnenbrände steil empor, bis sie am Himmel zerschellten. Noch sah er sie drängend emporzüngeln, dann brachen sie langsam an der Spitze, krochen zögernd ineinander und verschlangen sich in einem brünstigen Geflecht.

Und aus dem kochenden Orkan des Lichtes wuchs ihm ein entsetzlicher Gesang hervor.

Eine Verzweiflung wie vor tausend offenen Gräbern. Als hätte sich der Himmel geöffnet und der Menschensohn stiege hernieder, um das Gericht über die Guten und die Bösen zu halten. Millionen Hände fühlte er sich in verblutendem Todeserethismus emporrecken mit Fingern, die um Mitleid und Gnade schrieen. Er hörte ein tierisches Gebrüll, das wie ein Meer von dampfendem Blut in kochendem Gischt zum Himmel spritzte, und immer fühlte er die knochigen Finger sich krallen und spreizen und im brechenden Schmerzenskrampfe schreien:

Ad te clamamus exules filii Hevae, ad te supiramus gementes et flentes in hac lacrimarum valle …

Und er sah einen Zug von Tausenden von Menschen vorbeirasen, gepeitscht von einer brutalen Ekstase des

Unterganges, unter einem Himmel, der das Feuer und die Pest auf sie herabspie. Er sah die Seele dieser Kreaturen in dem ekelhaften Veitstanz des Daseins sich wälzen und zucken, er sah den zerfleischten Rücken einer ganzen Menschheit und die Verzückung des Wahnsinns in dem vertierten Auge.

Und langsam hörte er den Zug sich entfernen, die dumpfen, qualtrunkenen Töne klangen wie das Röcheln der letzten Agonie, und die kupferrote Flammensonne warf grüne, schillernde Lichtstreifen über die Sümpfe von Blut.

Ad te clamamus exules filii Hevae! hörte er plötzlich in sein Ohr kichern: ein Weib glitt in sein Bett. Ihre Glieder wanden sich langsam um seinen Körper, zwei schmale Arme umklammerten ihn fest, schmerzhaft fest, und er fühlte die Spitzen zweier Mädchenbrüste sich in seinen Körper hineinglühen.

Er erstickte. Sein Herz schlug nicht mehr, nur ein geller Sturm der Wollust zerwühlte sein Hirn. Ihr heißer Atem versengte sein Gesicht, und ihre Lippen saugten sich ächzend an seinem Munde fest. Wie weißes Eisen glühte ihr Leib.

Da fühlte er wieder den Zug herannahen, sich wie ein Knäuel von verstrickten Leibern dumpf und schwer heranwälzen; ein Knäuel von Leibern, die sich bissen, mit rasenden Fäusten aufeinander losschlugen, sich zerstampften und in Höllenqualen auseinanderrissen, aber sich nicht zu trennen vermochten. Der Gesang wurde zu einem Geheul von wilden Bestien, die Verzweiflung kreischte grell in einem Triumph der Tollwut, und die Finger brachen in dem verblutenden Hallelujah des Vergehens.

[...]

Confiteor

Wenn wir darangehen, unsere Auffassungen von der Kunst zu entwickeln, halten wir es für überflüssig, aus den Sätzen der Ästhetiker zu schöpfen, und für entbehrlich, die unterschiedlichen Urteile und ästhetischen Sprüche zusammenzupressen, und nehmen auch nicht an, daß wir etwas völlig Neues aussprechen, da wir jetzt aber den Kopf einer Zeitschrift bilden, der man einen eigenen Charakter verleihen muß, gilt es die prinzipielle Richtung abzustecken, in der die Zeitschrift geführt werden soll.

Kunst in unserem Verständnis ist weder ›das Schöne‹ noch ›ein Teil der Erkenntnis‹, wie Schopenhauer sie nennt, wir erkennen auch keine einzige der zahllosen Formeln an, die die Ästhetiker aufstellten, angefangen bei Platon bis zu den senilen Ungereimtheiten Tolstois. –

Kunst ist die Nachbildung dessen, was ewig, frei von allen Veränderungen oder Zufälligkeiten, unabhängig von der Zeit und auch vom Raum ist, also:

die Nachbildung des Wesenhaften, das heißt der Seele. Und zwar der Seele, offenbare sie sich nun im Weltall, in der Menschheit oder im einzelnen Individuum.

Kunst ist demzufolge die Nachbildung des Lebens der Seele in *allen* ihren Äußerungen, unabhängig davon, ob sie gut oder böse, häßlich oder schön sind.

Eben dies ist der Kernpunkt unserer Ästhetik.

Die Kunst von gestern stand in den Diensten der sogenannten Moral. Selbst die gewaltigsten Künstler waren mit unwesentlichen Ausnahmen nicht in der Lage, die Erscheinungen der Seele losgelöst von so veränderlichen Größen wie moralischen oder gesellschaftlichen Begriffen zu erforschen, immer bedurften sie eines moralischen und nationalen Mäntelchens für ihre Schöpfungen. Die Kunst in unserem Verständnis kennt keine zufällige Klassifizierung der Seelenphänomene nach guten oder bösen, sie kennt keine Grundsätze, seien sie moralischer oder gesellschaftlicher Art: für den Künstler in unserem Verständnis sind alle Äußerungen der Seele *gleich*, er schätzt nicht ihren zufälligen Wert ein, rechnet nicht mit ihrer zufälligen bösen oder guten Rückwirkung, ob nun auf den Menschen oder die Gesellschaft, er wägt sie allein nach der *Kraft*, mit der sie sich kundtut.

Das Substrat unserer Kunst besteht für uns also ausschließlich in Form seiner Energie, vollkommen unabhängig davon, ob es das Gute oder das Böse, das Schöne oder das Häßliche, Reinheit oder Harmonie, Zügellosigkeit, Verbrechen oder Tugend ist.

Der Künstler gibt deshalb das Leben der Seele in allen Erscheinungen wieder; ihn berühren weder die gesellschaftlichen, sozialen noch ethischen Gesetze, er kennt keine zufälligen Abgrenzungen, Namen und Formeln, keinen einzigen der Rinnsteine, Wasserzweige und Flußbetten, in welche die Gesellschaft den ungeheuren Strom der Seele gezwängt, worin sie ihn lahmgelegt hat. Der Künstler – ich wiederhole es – kennt nur die Kraft, mit der die Seele nach außen drängt.

Kunst ist die Offenbarung der Seele in allen ihren Zuständen, sie verfolgt die Seele auf allen Wegen, sie stürzt ihr in die Ewigkeit und den Allraum nach, vertieft sich mit ihr in die Urlehme des Seins und greift nach den regenbogenfarbenen Gipfeln.

Die Kunst hat keinerlei Ziel, sie ist das Ziel an sich, das Absolute, denn sie ist der Widerschein des Absoluten – der Seele.

Und da sie das Absolute ist, kann sie nicht gebändigt sein, kann sie nicht in Diensten irgendeiner Idee stehen, ist sie die Herrin, die Urquelle, aus der alles Leben hervorgetreten ist.

Die Kunst steht über dem Leben, sie dringt in das Wesen des Alldings ein, liest dem gewöhnlichen Menschen die verborgenen Runen, sie erfaßt das Allding von einer Ewigkeit zur andern, kennt weder Grenzen noch Gesetze, kennt allein die eine ewige Dauer und Macht des Seins der Seele, sie verbindet die Seele des Menschen mit der Seele der Allnatur, und als eine Erscheinung jener faßt sie die Seele des Einzelwesens auf.

Die Tendenzkunst, die Unterhaltungskunst, die belehrende, die patriotische Kunst, Kunst, die ein moralisches oder gesellschaftliches Ziel hat, hört auf Kunst zu sein, sie wird Biblia pauperum für Menschen, die nicht fähig sind zu denken oder zu wenig gebildet sind, um die zuständigen Handbücher lesen zu können – solche Menschen brauchen aber Wanderlehrer und nicht die Kunst.

Belehrend oder moralisch Einfluß auf die Gesellschaft auszuüben, in ihr mit Hilfe der Kunst patriotische Gefühle oder soziale Instinkte zu wecken heißt die Kunst demütigen, sie von den Höhen des Absoluten in die armselige Zufälligkeit des Lebens hinunterstoßen, und der Künstler, der das tut, ist des Namens Künstler nicht wert.

Die demokratische Kunst, die Kunst fürs Volk steht noch tiefer. Die Kunst fürs Volk ist die ekelhafte und flache Banalisierung der Mittel, derer sich der Künstler bedient, das plebejische Faßlichmachen dessen, was seiner Natur nach schwer faßlich ist.

Das Volk braucht Brot, nicht Kunst, und wenn es Brot haben wird, dann findet es auch selbst den Weg.

Die Kunst von ihrem Piedestal zu stoßen, sie auf allen Märkten und Straßen herumzuführen ist ein Sakrileg.

Die so verstandene Kunst wird höchste Religion, und ihr Priester ist der Künstler. Persönlich ist der Künstler nur in der inneren Kraft, mit der er die Zustände der Seele nachbildet, darüber hinaus ist er eine kosmische, metaphysische Gewalt, durch die sich das Absolute, die Ewigkeit, offenbart.

Er war der erste Seher, der jede Zukunft entschleierte und die Runen einer schimmelüberzogenen Vergangenheit deutete, er war der Magier, der die tiefsten Geheimnisse ergründete, die geheimen Verbindungen des Universums erfaßte, ihr wechselseitiges Aufeinanderwirken ahnte und entdeckte und sich aus diesem Wissen eine Macht schuf, die den Lauf der Sterne am Himmel zum Stehen brachte, er war der große Weise, der die geheimsten Ursachen kannte und neue, nie geahnte Synthesen schuf: dieser Künstler, *ipse philosophus, daemon, Deus et omnia.*

Der Künstler ist weder Diener noch Führer, er gehört weder einem Volk an noch der Welt, er dient keiner Idee und keiner Gesellschaft.

Der Künstler steht über dem Leben, über der Welt, er ist der Herr der Herren, kein Gesetz zügelt ihn, keine menschliche Macht engt ihn ein.

Er ist ebenso heilig wie rein, ob er nun die größten Missetaten nachbildet, die ekligsten Unrate enthüllt, wenn er die Blicke an den Himmel heftet und Gottes Licht erkennt.

Denn er weiß nichts von Gesetzen noch Einschränkungen, die die Erscheinungen der menschlichen Seele in den oder jenen Rinnstein hineinstoßen, er kennt allein die Kraft dieser Phänomene, die in der Tugend ebenso stark ist wie im Verbrechen, in der Ausschweifung wie in der Sammlung des Gebets.

Der Künstler, der die ›Armen im Geist‹ belehren, ihr Führer sein will, möge lieber Aufklärer bleiben oder die riesigen Phalanstères anlegen, von denen Fourier träumte, denn das Königreich der Armen im Geist – ist das Brot, nicht die Kunst.

Der Künstler, der sich den Ansprüchen einer einzelnen Gesellschaft fügt, sucht ihr zu gefallen, reicht ihr ein gut zerkautes und leicht verdauliches Futter (ich vergaß, daß ich vom Künstler redete, ich habe von einem ergebenen Zugochsen zu sprechen begonnen).

Der Künstler, der Beifall ersehnt und sich über die geringe Anerkennung der Menge beklagt, steht noch im Vorhof der Kunst, fühlt sich noch nicht als der Herr, der nicht um Gunst bettelt, sondern sie mit freigebiger Hand in die Menge wirft und keinen Dank begehrt – diesen begehrt nur der Plebejer im Geist, ihn begehren nur Emporkömmlinge.

Der Künstler, der sich beklagt, daß er, wenn er die Schätze seines Geistes ausstreut, seine Seele bei der Berührung mit der Menge befleckt, hat die heilige Schwelle überschritten, aber er täuscht sich. Der Mensch, der keine Gesetze anerkennt, der über der Menge, über der Welt steht, kann sich nicht beflecken.

Das Volk ist ein Teil der Ewigkeit, in ihm ruhen die Wurzeln des Künstlers, aus ihm, aus der Heimaterde zieht der Künstler seine lebensfähigste Kraft. Im Volk ist der Künstler verwurzelt, nicht aber in seiner Politik, nicht in seinen äußeren Wechselfällen, allein in dem, was im Volk ewig ist: seinen Eigenarten unter allen anderen Völkern; eine unwandelbare und ewige Tatsache ist seine ethnische Herkunft.

Deshalb ist es törichter Unsinn, dem Künstler in unserem Verständnis eine nichtnationale Haltung vorzuwerfen, denn in ihm drückt sich der ›wesenhafte‹, innere Geist der Nation am stärksten aus, er ist dieser mystische König Geist, Ruhm und Christi Himmelfahrt des Volkes.

Es ist unsinnig, dem Künstler das ›verschwommene Mystische‹ vorzuwerfen. Kunst in unserem Verständnis ist metaphysisch, schafft neue Synthesen, gelangt zum Kern des Alldings, dringt in alle Geheimnisse und Tiefen – und da gibt es noch Menschen, für die das Mystik ist (etwas wie Spiritismus – ha … ha …!).

Auf alle nur möglichen Vorhaltungen, die uns begegnen können, wiederhole ich nochmals:

Wir kennen keinerlei Gesetze, weder moralische noch gesellschaftliche, wir kennen keine Meinungen, jede Äußerung der Seele ist für uns rein, heilig, ist Tiefe und Geheimnis, so sie kraftvoll ist.

Ferne komm ich her ..., Erinnerungen an Berlin und Krakau, XXIII

[...] Die Frucht meiner seinerzeit noch sehr oberflächlichen dämonologischen Studien war die umfängliche Broschüre ›Die Synagoge des Satans‹, und seither hängt mir der Beiname ›Satanist‹ an!

Dieser Satanismus machte meinen Namen überall berühmt oder brachte ihn vielmehr durch unglaubliche Klatschgeschichten in Verruf. Einmal machte man mich zum Hierophanten einer satanischen oder palladistischen Sekte, ich stand ja angeblich in engen Beziehungen zu Miss Diana Vaughan und Leo Taxil und war natürlich auch Teilnehmer von ›schwarzen Messen‹ und gar Baphomets Vertrauter, und in Deutschland fand sich sogar ein, übrigens viel gelesener, Schriftsteller namens Landau, der mich in einem Roman als Anführer der Luziferianer verewigte.

Wie haarsträubend ist das alles in seiner ungeheuerlichen Dummheit! Vielleicht war es aber auch nur ein System der Kritiker zur Verdummung ihrer Leser, ein brutales *Te Deum* der Heuchelei, Lüge und Verleumdung seitens derer, die es so unbändig danach verlangte, mir den Garaus zu machen.

Denn was war denn im Grunde mein Satanskult, der sich vielleicht am stärksten in meinem – zur gleichen Zeit wie ›De profundis‹, ›Auf den Wegen der Seele‹, ›Die Synagoge des Satans‹ und der letzte Band von ›Homo sapiens‹, ›Im Malstrom‹, geschriebenen – Jugendroman ›Satans Kinder‹ offenbarte?

Worin bestand mein Satanskult?

Den Geist der Auflehnung, den Prometheischen Geist, den Schirmherrn und das Wappen aller freien Geister, die sich nicht ins Joch all dessen spannen lassen, was der Gesellschaft nützt und die einzige rechtsgültige Norm darstellt, jenen Geist, der sich nicht von einem engen, rachitischen Dogmatismus an die Kette legen läßt, sondern nach immer größerer Vervollkommnung – natürlich auf Kosten der amtlichen Ethik – strebt und den Geist der Menschheit in den Sonnentag der Freiheit geleiten möchte, nennen die amtlichen Kirchen Satan, Luzifer, Baphomet (lies es verkehrt herum, und du erhältst: tem. o. h. p. ab., das heißt *Templum omnium hominum pacis abbas*; templum ist der Templerorden). Nun, und dieser Symbole bedienen sich die Künstler, wenn sie Dogmen stürzen oder wenn sie zumindest in die Räume, in die ungeheuer weiten Räume der menschlichen Seele vordringen, über die der Dogmatismus strengste Anathemen und Interdikte verhängt hat.

Mein ›Satanismus‹ ist nicht allein das Huysmanssche ›Gegen den Strich‹, sondern das durch und durch einheimische, polnische *liberum veto*, doch nicht das Veto würdeloser Aufwiegelei, sondern das hehre, wie ein heißer Geysir sprudelnde Veto Mickiewicz':

Ein blutiger Ringen
Biete ich dir, als Satan gekannt!
Er rang Verstand wider Verstand,
Herz gegen Herz werde ich ringen!

Sag mir, o Gott, was Größres dir gelang?
In eherner Rüstung kam ich daher,
Gewappnet mit jenes Gedankens Wehr,
Der deinem Himmel den Blitz entrang,
Der nachging deiner Sphären Gang,
Der deines Meeres Geheimnis erzwang,
Ich habe noch mehr:
Was Menschen nicht geben – ich habe Kraft
Verhaltner Herzensleidenschaft,
Die sich verhüllt – nur wie ein Vulkan
Zuweilen raucht durch Worte hinan!

Mein Satanismus – das ist Słowackis Glaube, daß nicht Gott, sondern allein der menschliche Geist Wunder vollbringen kann.

›Da Gott mit Noah den Bund schloß und den Regenbogen über die Wasser hängte, gelobte er, keine Wunder mehr zu tun; die der Materie vom Geist gegebenen Gesetze niemals anzutasten, dem Geist aber als Fundament die Freiheit zu schenken und das Brechen der Gesetze der eigenen Kraft des Weltgeistes zu überlassen.‹

Mein Satanismus stellt sich in Mickiewicz' Abwandlung von Böhmes Lehre folgendermaßen dar:

›Einer der Funken, die vom finsteren Zentrum der Gottheit ausgingen, erhob sich zur Flamme, die Flamme aber zeugte eine starke, engel- oder erzengelgleiche Individualität und so weiter. Eine dieser Individualitäten, die ein integraler Bestandteil der Gottheit war, mithin einen freien Willen besaß, vollzog, nachdem sie das Apogeum ihrer Kraft erreicht hatte, einen Akt wider die All-Einheit der Schöpfung (die ‚All-Einheit' bei Mickiewicz entspricht der ‚Fülle des Vaterschoßes' bei Słowacki; der ‚Welt der Ideen' bei Plato; dem ‚Pleroma' der Gnostiker), wollte an Gottes Statt selbst zum Zentrum der Schöpfung werden. Dieser Geist, wie Prometheus überzeugt von der eigenen Kraft, wollte sie nicht abgeben an die All-Einheit und wurde so ihr Feind – Satan. Satan ist der Schöpfer der sichtbaren Welt, und diese Welt ist die Frucht der Auflehnung, Entstehungsquelle dieser Welt ist der freie Wille der Geister, die aus Hochmut aus der Einheit mit Gott ausbrachen – der freie Wille, den diese Geister besitzen als integrale Bestandteile, als Emanationen des Göttlichen Geistes. Die Ideen begingen, da sie zum Absolutum werden wollten, die Ursünde. Das materielle Sein ist mithin die Frucht der Ursünde, das Leben aber muß diese Sünde sühnen.‹

Die Auflehnung war der Ursprung der Materie!

Urheber der Auflehnung aber war *Satan!*

Deshalb gilt den Gnostikern der Gott des Alten Testaments weniger als der Äon, als Demiurg oder eben Satan.

Und zu diesem Satan, dem Schöpfer der materiellen Welt, dem Prometheus von Hellas, den Byron als erster in ›Kain‹ aus der dogmatischen Enge hervorzerrte, beten

Baudelaire und Verlaine, und in ein Triumphgeschrei an diesen Wohltäter der Menschheit und Schirmherrn jeglicher Befreiung bricht Carduccis großartiger Hymnus aus:

Salute, o Satana!
O ribellione,
O forza vindice
Della ragione!

Sacri a te salgono
Gl'incensi e i voti!
Hai vinto il Geova
De' sacerdoti.

[Heil dir, o Satan, o Empörung, o rächende Kraft der Vernunft, Hymnen steigen zu dir auf, Weihrauch und Gelübde, denn du hast besiegt den Jehova der Priester.]

Mein Satanskult ist der tiefe, blutige, überaus wehe Schmerz des Seins, der die Unsterblichkeit erahnt und die Unsterblichkeit schafft und den Gott der ›All-Einheit‹ verhöhnt:

Ich leide, rase! – Aber du
In thronender Weisheit, unseliger Ruh,
Du herrschest immer,
Du richtest immer –
Und man sagt: Du fehlest nimmer ...

Mein Satanismus ist die tiefe Verzweiflung:

Schmerz ist das Wissen. Der, der am meisten weiß,
Der fühlt am tiefsten die schreckliche Wahrheit,
Daß der Baum der Erkenntnis nicht ist
Der Baum des Lebens ...

Dieser Satanismus ist, so ihr wollt, der ›ewige Revolutionär, der Geist, der unter der Folter der Leiber liegt‹, der glaubt, ›daß die Gesetze der Natur nicht ewig sind, sondern durch die Kraft des Geistes gebrochen werden können, und die Geister sind unsterblich‹.

… woran sie nur glauben,
Und sei's, daß sie Welten in der Sonne entzünden.
Und sei's, daß sie den Leib aus dem Grabe bewegen.
Alles werden sie haben, woran sie glauben.

Und Satanismus sind die spöttischen Worte des Übersetzers vom ›Wort an Helion‹:

›Menschen, die niemandem von Nutzen sind, die einige Seelen durch ein Almosen befleckt haben, einige Vormittage in der Kirche verkniet, sich in ihren eigenen Leib eingeschlossen haben wie die Schnecken, haben der Welt die Kraft entzogen, die sie besaßen, das Licht, mit welchem Gott sie vielleicht auf die Erde schickte … Und nach Millionen und aber Millionen Jahren hoffst du, diese irgendwo für die Ewigkeit aufbewahrten Karikaturen der Menschheit zu finden, die dem Engel des Gerichts, der sie nach ihrem Glauben befragt, antworten, darüber wüßten sie nichts zu sagen, aber es sei wohl der Glaube, den ihr Beichtvater in seinem gelehrten theologischen Kopf gehabt habe.

Nun? Wirst du nicht in ein herzliches Gelächter ausbrechen über die Gutmütigkeit dieser Bewohner der ewigen Ewigkeiten?‹

Diesem armen, klein- und gutmütigen Seelchen schleuderte ich mein leidenschaftliches: Spießbürger! ins Gesicht.

Jedoch der Satanismus, so verstanden, scheint eine hermetische Wissenschaft zu sein, ein Buch mit sieben Siegeln, natürlich vor allem für die Pressekritiker und Literaturhistoriker.

Für sie ist Satanskult – mehr begreifen sie nicht – der unerhört dumme und dreiste Schwindel eines Leo Taxil und seiner illusorischen, wahrscheinlich gar nicht existenten Helferin Miss Diana Vaughan; ein ungeheuerlicher Schwindel, auf den sogar der Vatikan hereinfiel. An die Existenz des Teufels und der mannigfaltigsten Sekten, die sich heute, in unserer Zeit, zu ihm bekennen, glaubte auf Grund von Taxils Werk ›Der Teufel im 19. Jahrhundert‹ ein ganzes Gremium von Kardinälen, und es mußte die tiefe und schmerzliche Schmach ertragen, daß Taxil sie wenige Jahre später auf unbarmherzige Weise verspottete, als er sein Werk damit rechtfertigte, daß es die ›genialste Irreführung‹ der Kirche gewesen sei, zu der sich je ein menschliches Gehirn aufgeschwungen habe. [...]

Boy-Żeleński: Der traurige Satan

›Wen die Götter lieben, den holen sie früh zu sich ...‹

Wie in allen Sprichwörtern des Volkes, ist auch in diesem neben vielem Wahren viel Falsches. Byron beispielsweise starb im rechten Alter, um eine gute Legende zu hinterlassen. Słowacki hätte sicherlich nur verloren, wenn er unsere Zeit erlebt hätte und als hundertjähriger verkalkter Greis Präsident der Gesellschaft ›Auf der Wacht der Polnischen Literatur‹ geworden wäre. Andererseits wären Molière, Rabelais, Montaigne, Beaumarchais und viele andere, deren Schöpferkraft erst nach dem vierzigsten Lebensjahr zum Durchbruch kam, nichts gewesen, wenn sie jung gestorben wären. Es kommt eben einmal so und einmal so, wie es mit allem auf der Welt geschieht.

Mich aber interessiert eine andere Sache. Wie kommt es, daß ein Schriftsteller in den Augen der Nachwelt eine ganz bestimmte Gestalt annimmt? Sobald er zur Idee wird, zu einer – wie es scheint – zeitlosen Sache, tritt er immer in einem besonderen Alter auf; die Augen der folgenden Generationen verewigen ihn gern in einem ganz bestimmten Augenblick seiner Entwicklung. Oder sieht jemand Voltaire anders als einen faltenzerfurchten alten Mann, mit einem sardonischen Lächeln auf den dünnen Lippen? Dabei war Voltaire mit gut zwanzig Jahren bereits ein berühmter Dichter, Autor anerkannter Tragödien. Und wenn wir auch annehmen, daß bei Voltaire die ältere Physis mit seinem geistigen Porträt übereinstimmte, so muß man doch fragen, warum wir zum Beispiel Fredro immer nur als altes Männchen sehen, während er doch seine Komödien – nur die reifen – als Mann mit knapp über dreißig schrieb? Wir stellen uns auch Musset immer nur jung vor, obgleich er über fünfzig wurde. Manchmal wird das durch ein populäres Bild oder eine Figur, manchmal aber auch durch eine Laune der Geschichte entschieden.

Und so machte ich mir kurz nach Przybyszewskis Tod

Gedanken darüber, in welcher Gestalt er der Nachwelt wohl erhalten bleiben würde. Als der, den alle kannten: ein fügsamer, bestürzter alter Mann, ein beispielhafter Gatte, ein eifriger Pole und Bürger, immerzu büßend und bewundernd, oder als jener ›Schüler des Satans‹, wie ihn nur wenige in Erinnerung behielten, der Leben und Tod kühn herausforderte und um sich einen gefährlichen, aufsaugenden Strudel schuf. In gewisser Beziehung hängt, wenn man so sagen darf, das Schicksal des Schriftstellers ein wenig von uns ab, die wir heute die ganze Spanne seines Schaffens und Lebens überschauen können.

Das Verhältnis der öffentlichen Meinung zu Przybyszewski war in der Tat recht seltsam. In der Nummer der ›Literarischen Nachrichten‹, die nach seinem Tod herauskam, erzählte Jerzy Hulewicz, wie sein Haus im Posener Land vor Jahren Gegenstand allgemeinen Boykotts wurde, weil Przybyszewski darin wohnte. »Ob Nachbarn oder Verwandte, alle begannen uns zu meiden«, sagte Hulewicz. Ein paar Jahre später galt der Schriftsteller als der ›Stolz Großpolens‹. Was war geschehen? Hatte er sich gewandelt oder seine Leser? Hatte er neue Werke herausgebracht oder etwas Neues geschaffen? Nein, überhaupt nicht. Er war ganz einfach verstummt, war alt, krank und ›ungefährlich‹ geworden. Man las ihn nicht mehr. Ein paar Jahre vor seinem Tod reifte er dann zu jenem Stadium der Mumifikation beziehungsweise Beatifikation heran, mit der bei uns die guten Schriftsteller meist erschlagen werden.

Jemand, der an Przybyszewskis Begräbnis teilnahm, erzählte mir folgende Szene. Da stand ein offizieller staatlicher Vertreter, den die Vorgesetzten hergeschickt hatten, damit er die Trauerrede hielt. Der Mann quälte sich mit sichtbarer Mühe ein paar Phrasen ab und flüsterte nach der Rede einem Bekannten zu: »Pietät ist ja ganz schön, aber was soll man viel sagen, Przybyszewski war ganz einfach ein demoralisierender Mensch, jawohl, das war er!« Der ehrenwerte Staatsbeamte wußte nicht, daß er damit die wahre Trauerrede gehalten, seinen Finger auf Przybyszewskis Wunde gelegt, die Hauptsache seines Wesens berührt hatte. Ein demoralisierender Mensch! Gehen wir an die Sache vom philologischen Standpunkt heran: Wenn ein moralisierender Mensch von der Literatur scharf kritisiert wird, dann muß das Gegenteil – also das Demoralisierende – doch ein ehrenvoller Begriff sein. Etwas wie Infektion und Desinfektion und Maskieren und Demaskieren.

Wer Przybyszewski nur die letzten Jahre kannte, der macht sich keine Vorstellung davon, was er für ein Mensch bei seiner Ankunft in Polen, also um das Jahr 1898 gewesen war. In einer Nummer der von ihm herausgegebenen Zeitschrift ›Życie‹ befand sich das Bild von Vigelands ›Satan‹, das Fragment eines großen Reliefs. Aus mir unbekannten Gründen wurde diese Nummer von der Krakauer Staatsanwaltschaft beschlagnahmt. Es handelte sich um einen hochgewachsenen, anmutigen Mann, der dasaß, den Kopf in die Hände gestützt, mit einem grenzenlos traurigen Gesichtsausdruck. Diese Figur befand sich in der Mitte des Reliefs, um sie herum drängten sich verdammte Seelen. Ein wahrer Fürst der Unterwelt. Und ein solcher Fürst der Unterwelt schien uns damals Przybyszewski, und die Verdammten, das waren im gewissen Sinne wir alle, die wir uns um ihn scharten. Denn seine persönliche Wirkung war sicher viel größer als seine literarische. Jedenfalls war die Ausstrahlung seines persönlichen zugleich die Quelle seines literarischen Einflusses. Unter anderen Bedingungen wäre Przybyszewski ganz sicher der Begründer einer neuen Sekte geworden. Wenn ich mich so an die damalige Krakauer Ziganerie erinnere, scheint mir, daß man sich damals herzlich wenig um die Zeitschrift ›Życie‹ kümmerte, um die Manifeste, die die Kunst mit einem goldenen K verkündeten. Das alles blieb recht blaß im Verhältnis zu diesem ungewöhnlichen, narkotisierenden Leben, das Przybyszewski um sich verbreitete. Es war tatsächlich so: Die Przybyszewski-Gruppe glich mehr einer Sekte als einer literarischen Schule. Dabei fällt auf, daß sich unter den Menschen, die Przybyszewski umgaben, kein einziger anerkannter Literat befand. Alle, aber wirklich alle, sogar jene, die ihn hergeholt und als erste begrüßt hatten, gingen ihm bald aus dem Weg, bestürzt durch seine arbiträre, exklusive, bilderstürmerische Art. Die Auswahl seines Freundeskreises nahm er nach ganz anderen Kategorien vor: Es waren, wenn man so sagen will, Kinder des Satans, unschuldige, kleine Kinderchen.

Fürst der Unterwelt! Um den Przybyszewski jener Zeit zu verstehen, muß man sich die Atmosphäre der Tragödie vergegenwärtigen, in der er schwelgte. Er war Mitte Zwanzig, als die Frau, die er wegen der großen Liebe seines Lebens verließ, eines gewaltsamen Todes starb. Przybyszewski wurde des Anteils an diesem Tod verdächtigt und kam in Untersuchungshaft. (Die Erinnerung an das Gefängnis, von dem er übrigens in Augenblicken des inneren Beichtzwanges erzählte, ist in der Erzählung ›Söhne der Erde‹ beschrieben. Szarski erklärt Czerkaski, warum er trinken muß: ›Er näherte sich Czerkaski und sagte ihm fast flüsternd ins Ohr:

‚Siehst du, ich saß einst im Gefängnis. Man hatte mich in Verdacht, eine Frau vergiftet zu haben. Aber ich habe sie nicht vergiftet, weil ich einfach zu feige dazu bin. Weiß Gott, vielleicht hatte sie sich sogar meinetwegen vergiftet. Ich mußte ein paar Wochen sitzen. Hu, es war schrecklich.'‹) Ein paar Jahre später starb die erwähnte zweite Geliebte unter tragischen Umständen, und ihr Tod wurde von zwei Selbstmorden begleitet. Diese beiden Ereignisse heften die fruchtbarsten Jahre seines Lebens wie mit einer Klammer zusammen. Und keineswegs handelte es sich dabei um Zufälle, sondern vielmehr um die Bazillen jener Atmosphäre, die sein Lebenselixier darstellten, die ihn zum Schaffen anregten, ihn weiter trugen. Und ohne diesen Rahmen, in den sein Leben gefaßt ist, kann man auch sein Schaffen nicht verstehen.

Ein unglücklicher Mensch! O ja! Przybyszewski war ein zutiefst unglücklicher Mensch. Nein, nicht wegen der Lebensbedingungen: Das Unglück haftete ihm organisch an. Es war aber noch mehr. Er brauchte diese Atmosphäre des Unglücks, drängte danach, sich am Rande der Verzweiflung zu bewegen. Sicher kann man ihn in seinen Werken trotz vieler biographischer Züge nicht mit seinen Helden identifizieren. Trotzdem, immer wenn ich einen bestimmten Abschnitt aus ›Homo sapiens‹ lese, sehe ich ihn in der gleichen Situation vor mir. Es ist die Szene – und es gibt viele ähnliche tragische und komische Szenen in seinem Leben –, in der Falk Grodzki nachschleicht, fest davon überzeugt, daß jener sich töten will: ›Falk folgte Grodzki ziemlich lange und sah ihn schließlich im Park verschwinden. Er war so schwach, daß er sich an die Wand lehnen mußte, um nicht umzufallen. Alles in ihm war angespannt, bereits das kleinste Geräusch verursachte ihm Schmerzen. Er hörte von weitem das Rollen einer Droschke, irgendein Lachen. Er zitterte immer stärker, seine Zähne klapperten. Jetzt, jetzt mußte es gleich passieren. Er schloß die Augen. Jetzt, jetzt. Sein Herz verkrampfte sich, er bekam kaum Luft. Doch vielleicht machte sich Grodzki nur lustig über ihn! ‚Aber klar', wiederholte er seine Gedanken laut, ‚er denkt gar nicht daran.' Im gleichen Augenblick fiel der Schuß.‹ (›Homo sapiens‹, Im Malstrom)

Ja, dieser gute Mensch war zugleich eine dämonische, verderbenbringende Natur. Er brauchte die Tragödie zum Leben wie das tägliche Brot, jeden Tag, genoß sie wie im Theater. Przybyszewski war ein großer Histrione. Immer spielte er eine Commedia – oder Tragedia – dell'arte. Außer von Trauer wurde er von einer unheilbaren Langeweile geplagt, von einer immerwährenden Sucht nach besonderen Reizen.

Was fing er nicht alles an, um die Langeweile zu betrügen, um die Verzweiflung zu übertönen, dieser Unruhevolle! Przybyszewski entwickelte in der ersten Zeit nach seiner Ankunft eine ungewöhnliche Betriebsamkeit. Er redigierte die ›Arbeiterzeitung‹ und kurz darauf die ›Metaphysische Rundschau‹. Er kopierte den berühmten ›Brief von Pfarrer Ściegenny‹ und half – wie er zugab – Strindberg dabei, Blei in Gold zu verwandeln (!). Er vereinte Musik mit Philosophie, Chopin mit

Nietzsche. Übrigens: Was verband er nicht alles miteinander! Gotik mit Physiologie, Diabologie mit Malerei und Bildhauerkunst, alles das absorbierte er, wandelte es um, bildete eine individuelle Religion daraus. Und immer tauchten aus diesem erzlogischen Chaos drei Dinge auf, die genügten, um den Menschen zu betören: Poesie, Musik und die frenetische Liebe des Weibes.

Gab es einen Menschen, der das Wesen der Seele begieriger aufnahm als dieser junge Pole, der mit kühner Hand nach den Sternen griff, dem Himmel alle Geheimnisse, alle Schauer der Existenz entreißen wollte? Faust verkroch sich ein halbes Leben in seinem stillen Studierzimmer in seine Bücher, um dann, als er den Pakt mit dem Teufel geschlossen hatte, die Bücher in die Ecke zu werfen und aus den Quellen des wahren Lebens zu trinken. Unser junger Faust aber wollte alles auf einmal. Was Wunder, daß es Strömen von Alkohol bedurfte, um die strapazierten Nerven zu betäuben, wenn das Hirn am Rande des Wahnsinns trieb.

So also war er bei seiner Ankunft in Polen, und er erfüllte in seiner immerwährenden Qual eine ganz bestimmte Rolle: Przybyszewski weckte das Gefühl des Tragischen im Leben und in der Kunst. Unsere vorromantische Literatur braucht man in dieser Beziehung kaum zu erwähnen, ihr war jegliche Tragik fremd. Dann folgte in der Poesie die Tragik des nationalen Leidens, die die Seelen unserer Dichter ›verzauberte‹. Doch dieser Fürst der Dunkelheit war der erste, der sich über alle Abgründe des Lebens beugte, über die Schluchten des Unglücks und des Verbrechens, nicht als Schriftsteller, sondern als Mensch, der jedes Wort mit Blut bezahlte, mit seinem und – mit fremdem. Das alles ist überaus wichtig, um Przybyszewskis Wirkung zu verstehen. Es waren nicht sein Programm, seine ›Absoluta‹ und ›nackten Seelen‹, die betörten, sondern er selbst, der Dunst des Dämonischen, des Narkotischen, den er verbreitete. Es war ganz einfach alles mephistophelisch an ihm. Seine Gespräche mit jungen Leuten, die sich ihm näherten, erinnerten mich immer an die Faustszene, in der

Mephisto, in die Toga eines Doktors gehüllt, einem jungen Studenten gute Ratschläge erteilt. Er machte den Eindruck eines Menschen, der alles wußte, alles voraussah, alles kannte. Er besaß in der Tat viele Kenntnisse, die er immer gut anzubringen wußte. Woher er sie hatte, weiß der Kuckuck, denn es gab niemand, der ihn jemals lesen sah. Was er blendend verstand, war scharfe Diskussionen zu führen und andern ins Wort zu fallen. Dabei glänzte er mit paradoxen Beispielen, Explosionen. Przybyszewski war ein Meister der Spottrede, konnte aber auch sokratische Dialoge führen, den Gesprächspartner aufs Glatteis führen und ihn einem schallenden Gelächter preisgeben. Während er in seinen Schriftwerken vollkommen humorlos war, verriet er im praktischen Umgang einen teuflischen Witz. Er ätzte mit seiner Spottsucht alles wie mit einer scharfen Säure, verurteilte alle gedanklichen Voreingenommenheiten, beunruhigte durch seinen schmerzhaften Zynismus, zugleich jedoch zog er an, beeinflußte er mit einer geheimen Magie des Wortes. Der mit ihm getrunkene Alkohol hatte einen ganz besonderen Geschmack, und nicht umsonst schrieben wir damals auf die ausgeleerten Kirschschnapsflaschen: *Eritis sicut Deus, scientes bonum et malum.*

Das alles sättigte ein elementares Bedürfnis, das in Polen seit Rzepicha und Piast nicht wieder befriedigt worden war. Und Przybyszewski gab dem hungernden Dämon der Seele die nötige Nahrung, war in dem Land der sanften Slawen ein Botschafter Arimans, verglich die Söhne des Himmels mit den Söhnen der Erde, trunken vor Verzweiflung, voller Gotteslästerung. Und sein Alkoholismus, die verzweifelte Verwegenheit seines dem Wahnsinn nahen Gehirns, war das nicht die Sühne für die sinnlos geleerten Gläser? ›Noch eine Stunde, dann ist Nacht, trinkt, bis die Seele überlauft.‹ Wie oft wurde das Motto aus dem wunderbaren Trinklied Richard Dehmels wiederholt! Und die Glosse ›Am Anfang war das Geschlecht‹! War das nicht der Lohn für die vielen Heiligen und schamhaften Könige, von denen die polnische Geschichte nur so strotzte! Man verurteilte seinen ›Pansexualismus‹, doch war dieser nicht eine Begleichung der Rechnung für die Geschlechtslosigkeit so vieler Generationen? War es nicht schicksalhaft, daß gerade ein Pole das Evangelium des Geschlechts verkündete? Polen hatte lange genug das Geschlecht verleugnet, bis Przybyszewski kam und es zum Alpha und Omega des Kosmos erhob. Es war die Rache des Teufels, der den einfachen Mann aus Kujawien bestimmte, im Namen des ganzen Volkes zu widerrufen.

Denn eins war sicher: In diesen Menschen war der Teufel gefahren, er war heimgesucht vom Satan, das war nicht zu übersehen, weshalb Przybyszewski für Polen ein unbezahlbarer Schatz wurde. Denn Polen hatte noch nie zuvor einen Satan besessen, immer nur zweitrangige Teufelsknechte. Przybyszewski beglich für uns die Schuld dieser Inkarnation. Sein Erscheinen bedeutete eine grundsätzliche Gesundung, löste die seit Jahrhunderten angestauten Komplexe. Er war der Freudsche Traum unserer Seele oder vielmehr der Freudsche Ausdruck ihres Traums. Przybyszewski selbst verlor mit der Berührung des heimatlichen Bodens seine dämonische Natur und wandelte sich zu dem biederen Hausteufel aus ›Frau Twardowska‹. Und wie die Alte den Teufel austrieb! Oh, polnisches Land!

Deshalb kokettierte der ›Fürst der Unterwelt‹ später auch mit allen Religionen und Liturgien: mit der indischen Metempsychose, mit der katholischen Orthodoxie und der jüdischen Kabbala. Und so manchem, der ihn von früher kannte, drängten sich Goethes Worte auf: ›Nichts Abgeschmackteres weiß ich in der Welt als einen Teufel, der verzweifelt ...‹

Jawohl, dieser Teufel wurde später volkstümlich, hatte aber alles Dämonische verloren. Früher, in ›De profundis‹, hatte er noch seine eigene Schwester verführt, dann, im ›Rächer‹, drohte er nur noch denen mit schrecklichen Strafen, die fremde Schwestern verführten. Das Publikum rief ›Der Autor!‹, klatschte vor Vergnügen in die Hände, und anschließend ging man mit irgend jemandes Schwester in die ›Oase‹. Der Autor aber wurde zu einem Jubiläumsessen eingeladen, und man steckte ihm auf die Stümpfe der Teufelshörner eine hohe Medaille des wiedererstandenen Vaterlandes. Die gleiche Medaille besaß vielleicht auch der Staatsanwalt, der einst seine Zeitschrift ›Życie‹ beschlagnahmt hatte. Und alles lächelte verstohlen hinter vorgehaltenen Händen.

Oh, Schicksal des Dichters! Wäre Przybyszewski wie ein Meteor – der er in Wirklichkeit war – aufgegangen und verloschen, er hätte eine berauschende, herrliche Erinnerung hinterlassen. Der wohltuende und für gesunde Lungen so anregende Geruch von Pech und Schwefel hätte ihn wie eine Fackel begleitet. Przybyszewski war nicht der Mensch, der auf normalem Weg in die normale Literaturgeschichte eingehen konnte. So aber überlebte er sich selbst um einige Dutzend Jahre, zerstörte er seine eigene Legende. Allerdings nicht überall. Bei den Deutschen, die ihn von früher her kannten und nach seinem Tod über ihn schrieben, blieb er der besessene, weltenstürmende ›Stach‹, wie etwa bei Hart und Schlaf. Bei uns müßte man sein wahres Gesicht von den späteren Eindrücken befreien, und es bliebe das Gesicht des traurigen Satans, das Gesicht eines grenzenlos gequälten Menschen, das Gesicht eines großen Dichters zurück.

Nachbemerkung

Stanisław Przybyszewski (1868–1927) gilt in der polnischen, aber auch in der tschechischen Literaturgeschichte als ein großer Anreger und Vermittler zwischen den slawischen und westeuropäischen Kulturen; in Rußland zählte man ihn zu den meistgelesenen polnischen Schriftstellern; in Deutschland jedoch, wo er seine literarische Laufbahn 1892 mit der Aufsatzfolge ›Zur Psychologie des Individuums‹ aufsehenerregend als deutschsprachiger Autor begann, scheint er nahezu vergessen, vergebens wird man ihn in unseren Nachschlagewerken suchen.

Während seiner Berliner Zeit (1889–1898), die durch kürzere und längere Aufenthalte in Norwegen und Schweden unterbrochen war, schrieb Przybyszewski seine Trilogie ›Homo sapiens‹, den Roman ›Satans Kinder‹, das Drama ›Das große Glück‹, Skizzen über Künstler (Vigeland, Munch), mehrere Rhapsodien und die Abhandlung über die Satanskirche. Nachdem er das Architekturstudium und danach auch das Medizinstudium aufgegeben hatte, galt sein literarisches Schaffen ausschließlich dem Phänomen der menschlichen Psyche, weil er die ›Umnachteten, die Abartigen, Entgleisten‹, das heißt die Überempfindlichen, Gefährdeten liebte.

Nach dem Buch seiner Erinnerungen an Berlin und Krakau ›Ferne komm ich her …‹ soll der vorliegende Band einen Einblick in Przybyszewskis künstlerisches Schaffen gewähren und zugleich einen Türspalt zu der Werkstatt öffnen, aus der Weryho und alle Satanskinder und Erdensöhne Przybyszewskis hervorgegangen sind. Das in den Aufsätzen über die Satanskirche gewonnene Material zur historischen Erforschung der menschlichen Seele war nicht zuletzt angeregt durch die literarischen Meister des Dämonischen Edgar Allan Poe und Dostojewski, unmittelbar freilich durch ›Die Teufel‹ von Barbey d'Aurevilly und Huysmans' ›Tief unten‹ und ›Gegen den Strich‹. Am tieferen Sinn seiner Beschäftigung mit der Geschichte des Satanismus, die von seiner ersten

Veröffentlichung 1897 in der Zeitschrift ›Die Kritik‹ bis zu einem nicht mehr realisierten Projekt über ›die Hexe und die Zauberei‹ in den letzten Lebensjahren andauerte, ließ Przybyszewski keinen Zweifel, als er von dem ›Interesse des Psychologen und des Künstlers‹ sprach, ›denn nur für diese zeichne‹ er ›die aus zahllosem Quellenmaterial gewonnenen Eindrücke‹ auf.

Mit den Auszügen aus ›Totenmesse‹ (Berlin, 1893) und ›De profundis‹ (Berlin, 1895) und dem Manifest ›Confiteor‹ (Krakau, 1899) wird auf ein wichtiges Thema in Przybyszewskis künstlerischem Schaffen aufmerksam gemacht, das mit dem Komplex des Unterbewußten, der Formel ›Am Anfang war das Geschlecht‹ und der ›nackten Seele‹ zusammenhängt. Die ›nackte Seele‹ war für Przybyszewski ein Synonym für die Erleuchtung des schöpferischen Individuums, des Künstlers. In seinen Erinnerungen an Berlin beschreibt er zum Beispiel, wie er den Deutschen einen bisher unbekannten Chopin vorgespielt hat: ›Und nun vernahmen sie auf einmal donnernde, heroische Märsche, den Schmerz der gänzlich nackten Seele, schreckliches, schmerzliches Leid, heroisches Leid, das sich hinter einem vornehmen Lächeln vor den Menschen verbirgt, und wenn es sich einmal verrät, dann in einem Schrei, der die Himmel zerfetzt, wie auf Edvard Munchs Bild: Skrig – Der Schrei!‹

Dieses Bild hatte Munch, angeregt durch Przybyszewskis ›Totenmesse‹, geschaffen und dem polnischen Freund überreicht, als dessen begeisterte Munch-Skizze erschienen war. Munchs Ausstellung in Berlin erregte damals außerordentlich die Gemüter, und es gehörte Mut dazu, sich öffentlich zu ihm zu bekennen. Das akademisch gebildete bürgerliche Kunstpublikum war schockiert. Ein Jahr zuvor hatte Przybyszewski die Psyche des Individuums (dessen höchste Verkörperung er im Künstler sah) wie folgt charakterisiert: ›Was das Individuum von heute auszeichnet, das ist [...] das Gefühl, außerhalb der Marktinteressen der Menge zu stehen, das Gefühl über alle Gefühle: seine Instinkte verkümmern, die Quelle seiner Kräfte allmählich versiegen zu sehen –

die Geschichte des Individuums wird zu einer traurigen Monographie von gehemmtem Willen und irregeleiteten Instinkten, einer Geschichte vom langsamen Bergeinsturz, wo das Wasser, das keinen Abfluß gefunden hat, sich in die Tiefe niederschlägt, Gesteinsmassen auflöst, zersetzt, aussaugt und den Fels in seinem innersten Gefüge lockert.‹ Und in der Isolation sah er das Tieftragische einer Künstlerexistenz, die sich in Sehnsucht verzehren und zugrunde richten muß.

Zweiundzwanzig Jahre später hat er das Thema ein letztes Mal mit aller Konsequenz in dem Doppelgängerroman ›Krzyk‹ (Der Schrei) gestaltet. 1918 erschien das Buch in seiner Übersetzung in München. Die wenigen Realien des Werkes – etwa die Kneipe – weisen auf die frühe Berliner Zeit, aus der auch die Untersuchungen über das Individuum stammen. Der Autor ersetzt ansonsten die Handlung im Roman durch die halluzinatorischen Eingebungen seines Helden, die eine Kette von gesteigerten Nervenreizungen bilden, deren letzte zur Selbstzerstörung führt. Der Künstlerheld lebt, in dem Willen, das Höchste zu schaffen, Verbrechen und Strafe, Schuld und Sühne in seinem Innern voll aus. Unfähig, das Höchste zu erreichen, geht er doch in dem Bewußtsein zugrunde, das Höchste erahnt zu haben.

Der polnischen Ausgabe des Romans hatte Przybyszewski folgende, später oft zitierte Worte vorangestellt:

›Hört denn: Ich bin nur ein Meteor, der für einen Augenblick aufleuchtet, für einen Augenblick die Menschheit erschreckt und entsetzt, und dann jäh wieder verlischt, und ich bin glücklich, mit dieser Überzeugung zu leben.

Der den Meteoren bestimmte Weg ist milliardenfach länger als der gewöhnlicher Sterne. Die erscheinen zu genau berechneten Zeiten – ich möchte kein Stern sein! Ein Meteor zu sein, das ist mein sehnlichstes Verlangen …

Möge ich verlöschen, rasch verlöschen, auf daß ich nur mit vermehrter Kraft wiederkehre …

Und ich kehre wieder, ich kehre wieder!‹

Anmerkungen

22 *Lasciate ogni speranza* voi ch'entrate: ital., ›Laßt, die ihr eingeht, alle Hoffnung fahren.‹ (dt. von Karl Witte); Vers aus Dantes ›Göttlicher Komödie‹ (Inferno, 3. Gesang, Vers 9).

39 *Les ch'veuse frisés ...*: frz., Mit gekräuseltem Haar,/Mit leergefegtem Schoß,/Mit lahmen Füßen,/Mit geschundenen Knochen/Straßenmädchen/Flittchen/ Gehen am Abend/Wenn's dunkel ist/Die Straße lang.

41 *Ça ira*: frz., Es wird schon gehen.

52 *Dansons la Carmagnole ...*: frz., Tanzen wir die Carmagnole, es lebe das tönende Lied.

... les aristocrats, on les pendra: frz., Die Aristokraten, man wird sie hängen.

C'est la lutte finale: frz., ›Auf zum letzten Gefecht.‹

56 *Christ aux yeux doux ...*: frz., Christus mit den sanften Blicken,/Der du für uns gestorben bist,/Erwärme die Erde oder/Mach, daß sie's weich haben./Straßendirnen/Flittchen/Gehen am Abend/Wenn's dunkel ist/Die Straße lang.

96 *Eritis sicut Deus*: lat., Ihr seid wie Gott.

108 *Diabologen*: abgeleitet von diabolos, grch., der Verleumder, d. h. der Teufel, und logos, grch., hier: Lehre, Kunde; also ›Teufelskundler‹.

110 *Satan-Paraklet*: abgeleitet von paraklētos (im neutestamentlichen Griechisch der Tröster, Helfer u. ä., dann der Heilige Geist). Satan-Paraklet wird hier also als Bestandteil einer ›teuflischen Dreieinigkeit‹ begriffen.

111 *Satan-Antichrist*: Der Antichrist spielt in den christlichen Vorstellungen vom Ende der Welt (Eschatologie) eine bedeutende Rolle. Er ist vom eigentlichen Teufel/Satan zu unterscheiden. Sein Erscheinen geht der Parousie Christi (der Wiederkehr) voraus. Er unterwirft sich als (Pseudo-) Messias die Welt, wird dann jedoch von Christus endgültig besiegt.

Hier wird Antichrist als weiterer Bestandteil der ›teuflischen Dreieinigkeit‹ gezählt.

Satan-Vater: Damit ist die ›teuflische Dreieinigkeit‹ komplett.

Satan-Samyasa: Wahrscheinlich liegt hier ein Bezug auf einen der Namen des Buddha vor. Samyaksambuddha, das heißt ›der vollkommen Erleuchtete‹. Man vergleiche Luzifer, lat., Lichtbringer, Lichtträger.

Mazdaismus: Bezeichnung der altiranischen Religion nach dem einen Hauptgott Ahūramazda.

Zarathustra (etwa 7./6. Jh. v. u. Z.?): iranischer Religionsstifter. Seine streng dualistische Lehre verkündete er als Offenbarung des Gottes Ahūramazda. Im Mittelpunkt des religiösen Systems des Zarathustra stand der Gegensatz zwischen dem guten Gott (Ahūramazda) und Ahriman (dem personifizierten Bösen), zwischen Licht und Finsternis. Der Mensch kann sich in seiner Lebensführung für diesen oder jenen entscheiden und erhält nach seinem Tode Strafe oder Belohnung. Insbesondere das Feuer wurde von den Anhängern Zarathustras verehrt. Die Religion, allerdings mit Weiterentwicklungen, herrschte im Iran bis zur islamischen Eroberung im 7. Jahrhundert.

Soma-Pflanze: in Afghanistan und im Iran heimische Pflanze (iran. – Haoma), aus der ein berauschendes, angeblich lebensverlängerndes Getränk hergestellt wurde, das Priester bei Opferhandlungen wegen der ekstatischen Wirkung genossen. In der vedischen Religion der indischen Arya war das Soma-Opfer das wichtigste Opfer. Die Soma-Pflanze wurde vergöttlicht und in den Upanischaden mit dem Mondgott identifiziert.

Thot: altägyptischer Gott, in Ibis-Gestalt dargestellt. Er war der Gott des Wissens und der Wissenschaften, Schützer der heiligen Schriften und der Schreiber. Die Griechen identifizierten ihn mit Hermes und verehrten ihn als Hermes Trismegistos, dem man geheime Kenntnisse zusprach. Von ihnen wurde er auch als Zauberer und Arzt unter den Göttern verehrt.

Trismegistes: Hermes Trismegistos, grch., der dreimal große Hermes; der mit Thot identifizierte Hermes; als Offenbarungsträger griechisch-ägyptischer Mysterienweisheiten verehrt. Die sogenannten hermetischen Schriften theosophisch-okkultistischen Inhalts (2./3. Jh.) gaben sich als die Offenbarungen des Hermes Trismegistos aus. Im Mittelalter begriff man ihn als den Erfinder, ersten und größten Adepten der Alchemie.

Hekate: altgriechische Göttin des Zaubers und der Gespenster. Sie führt nachts, unter Begleitung von Hunden, die Gespenster an und verbreitet so Angst und Schrecken (vgl. die ›Wilde Jagd‹). Später mit Persephone oder auch Artemis gleichgesetzt, wurde sie besonders von Frauen verehrt. Ihre bevorzugten ›Aufenthaltsorte‹ waren Friedhöfe und Kreuzwege.

Satyr: Naturdämon der griechischen Mythologie in Pferdegestalt; später bocksgestaltig dargestellt (Pan angenähert). Er verkörperte animalische Sinnenlust. Seine Gestalt (der Bock) wirkte auf die Teufelsvorstellung des Mittelalters ein.

Pan: Walddämon der griechischen Mythologie, Schutzgott der Hirten und ihrer Herden; Sohn des Hermes; dargestellt als lüsternes Mischwesen mit Bocksbeinen, Bockskopf und Hörnern.

Mania: in der griechischen Mythologie Personifikation des Wahnsinns.

Apollon und Aphrodite: Apollon war eine der vielseitigsten altgriechischen Gottheiten. Er wurde in Beziehung zu Vegetationskulten und Hirtenleben gesehen, war Heilgott, Wahrheitskünder (Gott mehrerer griechischer Orakel), Gott der Musik und Harmonie usw. Aphrodite war die altgriechische Liebesgöttin. Sie war wahrscheinlich orientalischer Herkunft (– Ištar, Astarte); Göttin der sinnlichen Liebe und der bestrickenden Schönheit, in einem allgemeineren Sinne des ›vegetativen Lebens‹. Eine

Gleichsetzung von Pan mit Aphrodite und Apollon hat es sicher nur ausnahmsweise gegeben.

112 *Astarteion*: Heiligtum der Astarte, einer westsemitischen (phönizisch-syrischen) Göttin der Jagd, des Kampfes. Ihre ostsemitische Entsprechung (babylonisch) war Ischtar. Sie wurde im gesamten vorderen Orient verehrt. Die Griechen identifizierten sie oft mit Aphrodite. In hellenistischer Zeit (ab 3. Jh. v. u. Z.) galt sie als Fruchtbarkeits- und Liebesgöttin. Als ihre astrale Manifestation wurde der Venusstern verehrt. Pferd und Taube waren ihre heiligen Tiere.

Tiberius, Claudius Nero Tiberius: römischer Kaiser (14–37), regierte zu Zeiten des Wirkens Christi.

Cyprian: lateinischer Kirchenschriftsteller. Thascius Caecilius Cyprianus starb 258 bei einer Christenverfolgung. In seiner Schrift ›Ad Donatum‹ schilderte er den allgemeinen Sittenverfall seiner Zeit.

113 *Tu es diaboli janua ...*: lat., Du bist des Satans Pforte, du bist jenes Baumes Verderberin, du bist des göttlichen Gesetzes erste Verräterin, du bist es, die den überredet hat, an den der Teufel nicht herantreten wollte.

Tertullian, Quintus Septimius Florens Tertullianus (etwa 150–230): lehrte und schrieb in Karthago. Er war einer der bedeutendsten lateinischen Kirchenschriftsteller.

Omnia mala ex mulieribus: lat., Alles Schlechte kommt von den Frauen.

Hieronymus (348–420): bedeutender Kirchenschriftsteller; stammte aus Dalmatien, unternahm mehrere Orientreisen, war Priester in Antiocheia und gründete ein Kloster in Bethlehem. Als seine bedeutendste Leistung gilt seine lateinische Bibelübersetzung (die Vulgata).

ad imaginem Dei: lat., nach dem Bilde Gottes.

Lactantius, Lucius Caeculius Firmianus (um 300): lateinischer Kirchenschriftsteller; stammte aus Nordafrika, wirkte als Lehrer der Rhetorik in Nikomedeia

(Kleinasien), war der Erzieher des Sohns des Kaisers Konstantin I.
quod nascitur, opus Dei est, ergo quod fingitur, diaboli negotium: lat., Was hervorwächst, ist Gottes Werk, also ist, was gestaltet wird, Teufelsangelegenheit.
diaboli figmenta: lat., Erfindungen des Teufels.
Isaurius der Ikonoklast: Gemeint ist Kaiser Leon III., der Isaurier (dieser Beiname ist eine Diffamierung späterer Chronisten; seine Familie stammte eigentlich aus dem syrischen Germanikeia), der von 716 bis 741 byzantinischer Kaiser war. Unter seiner Regierung begann der sogenannte byzantinische Bilderstreit (Eikonoklasmos: grch., Bilderbekämpfung, Bilderstürmerei), der unter anderem als staatliche Maßnahme gegen die ausufernde Bilderehrung (Ikonen) der griechischen (orthodoxen) Kirche begriffen werden kann.
Gregor dem Großen (etwa 540–604): lateinischer Kirchenschriftsteller und einer der bedeutendsten Päpste (590–604). Von Bilderzerstörungen ist nichts bekannt.
Theodosios II.: oströmischer (byzantinischer) Kaiser (408–450); erließ 435 ein Gesetz, nach dem die alten heidnischen Heiligtümer zerstört und an ihrer Stelle das Kreuz errichtet werden sollte.
varia daemonia: lat., allerlei Teuflisches.
amor si vincitur, diabolus vincitur: lat., Wenn die Liebe gefesselt ist, ist der Teufel gefesselt.
114 *Ubique daemon*: lat., überall der Dämon.
115 *Bacchanalien*: römische mystisch-orgiastische Feiern eines Geheimkultes dem Gott Bacchus (Dionysos), dem Gott des Weines, zu Ehren; ursprünglich nur für Frauen zugelassen. Im Jahre 186 v. u. Z. schränkte der römische Senat diese Feiern ein, doch gingen die sexuellen und anderen Ausschweifungen, die Anlaß für den Senatsbeschluß waren, weiter.
Magier: abgeleitet von māga, altiranisch, Opfergabe, Opferdienst; ursprünglich die Priesterschaft bei den Medern, dann Bezeichnung der zoroastrischen

Priester (vgl. Anm. zu S. 111 ›Zarathustra‹). Sie waren die Priesterkaste des persischen Reiches, die einen großen Einfluß ausübte. Die Griechen sahen in ihnen Zauberpriester, Astrologen usw., daher der moderne Sprachgebrauch.

Theodor von Mopsuestia: griechischer Kirchenschriftsteller; starb 428; stammte aus Antiocheia und wurde 395 Bischof in Mopsuestia (Kilikien, südöstliches Kleinasien).

116 *Constantius*, Flavius Iulius: römischer Kaiser (337–361); war Arianer und verfügte eine Anzahl von Maßnahmen gegen heidnische Kulte.

Valens, Flavius: römischer Kaiser (364–378); Arianer; starb 378 in der Schlacht bei Adrianopel (europäische Türkei) gegen die Goten. Der Historiker Ammianus Marcellinus schildert in seiner ›Römischen Geschichte‹ die grausame, fast pathologisch zu nennende Verfolgung von heidnisch-magischen Praktiken. Daß alle Philosophen vernichtet worden sind und eine ungezählte Menge von Büchern verbrannt wurde, ist sicher eine Übertreibung Ammianus', auf den Przybyszewskis Informationen zurückgehen.

Jamblichus: Gemeint ist sicher der neuplatonische Philosoph Jamblichos, der vor dem Jahre 337 (das heißt fast dreißig Jahre vor der Regierung des Valens!!) starb. Die Geschichte vom Selbstmord zu Zeiten des Valens findet sich bei einem byzantinischen Historiker des 12.(!) Jahrhunderts, ist demzufolge ein Irrtum, entstanden aus der Verquickung von Berichten des Ammianus Marcellinus und dem Leben des Jamblichos.

117 *evocatio*: lat., Anrufung.

Ceres Libera: italisch-römische Göttin des Getreides und des Ackerbaus; sie wurde später der griechischen Demeter angeglichen. Proserpina galt als ihre Tochter.

Fest des Esels: Im Frankreich des 13. bis 16. Jahrhunderts feierte man in Form von großen Volksfesten das Fest des Esels, ursprünglich in Erinnerung an die Flucht von Josef und Maria mit dem Christuskind nach Ägypten (auf einem Esel), durch eine Parodie auf die Heilige Messe.

Hades: altgriechischer Gott der Unterwelt, bzw. die Personifikation derselben.

Eusebius (etwa 260–336): einer der bedeutendsten griechischen Kirchenschriftsteller; war Bischof in Kaisareia.

(H)rabanus Maurus (780–856): seit etwa 822 Abt im Kloster Fulda und ab 847 Erzbischof von Mainz. Er war einer der gelehrtesten Autoren der Karolingerzeit.

Phlegeton: ein Seitenarm des Styx.

Cocytos (Kokytos): ebenfalls ein Seitenarm des Styx.

Styx: Fluß in der Unterwelt (so bei Homer). Beim Styx schworen die griechischen Götter. Sein Wasser war für Mensch und Tier tödlich.

Charon: der Fährmann der Unterwelt, der die Schatten der Verstorbenen über den Acharon (bzw. den Styx) in den Hades bringt.

Massalier (Messaliane): syr., Beter (grch. – Euchiten); nordmesopotamische-syrische Mönchsekte des 4./5. Jahrhunderts (Reste bis ins 7. Jahrhundert). Nach ihrer Lehre vertreibt nur dauerndes Beten, nicht Taufe oder Askese, den Teufel aus den Menschen. Dazu entwickelten sie ekstatische Tänze. Auf dem 3. Ökumenischen Konzil von Ephesos (451) wurden sie verurteilt.

118 *Exorzismus*: Austreibung dämonischer Mächte aus Besessenen durch Beschwörungen. In der katholischen Kirche institutionalisiert.

Sixtus V.: Papst von 1585 bis 1590.

119 *Anselmus* (von Canterbury) (1033/34–1109): wurde 1093 Erzbischof von Canterbury in England; bedeutender Vertreter der älteren Scholastik. Sein Satz ›Credo, ut intelligam‹ (Ich glaube, um zu verstehen) wurde sprichwörtlich. Nach seiner Lehre kommt man vom Glauben durch Vernunft zur Glaubenseinsicht.

Hystero-Epilepsi: Gemeint sind krampfartige Erregungszustände auf massensuggestiver Grundlage. Sie konnten zum Beispiel zur sogenannten Tanzwut führen (Choreomanie); besonders nach der großen Pestwelle im 14. Jahrhundert verbreitet. Das Phänomen psychischer Ansteckung bei Massenansammlungen kann zwar auch noch in der Gegenwart beobachtet werden, entbehrt aber noch einer wissenschaftlichen Begründung

Antichrist: Vgl. Anm. zu S. 111.

In brevi tempore saeviet: lat., In kurzer Zeit wird er toben.

immundissima meretrica et crudelissimo nebulone: lat., von der unreinsten Hure und dem gefühllosesten Taugenichts.

120 *Tempel*: Gemeint ist der Tempel in Jerusalem, wo nach verschiedenen apokryphen christlichen und jüdischen Schriften der Antichrist seinen Thron errichten wird.

Mani (etwa 216–276): Begründer des Manichäismus; von den Magiern ermordet (vgl. Anm. zu S. 115), die in ihm eine gefährliche Konkurrenz sahen. Er erhob den Anspruch, die abschließende göttliche Offenbarung zu bringen (nach Christus, Buddha, Zarathustra). Der Manichäismus verbreitete sich rasch über Asien und das Mittelmeergebiet. Seine dualistische Lehre wurde in der Regel den verschiedenen einheimischen Traditionen und älteren Religionen angepaßt, so daß heute die eigentlichen manichäischen Vorstellungen nur sehr schwer zu rekonstruieren sind.

Eine interessante Darstellung des Manichäismus, wie er in Nordafrika existierte, gibt der heilige Augustin, der selber zehn Jahre lang Manichäer war, in seinen ›Confessiones‹ (Bekenntnisse).

Gnosis: eine Religion der Spätantike. Überliefert sind eine größere Anzahl gnostischer Systeme, die alle einen theosophischen Synkretismus aufweisen. Typisch ist die Annahme einer Anzahl von göttlichen Ebenen; der Demiurg, der Schöpfer der Welt und der Finsternis, verkörpert den bösen Gegengott. Nur der Lichtgott kann den Menschen aus seiner Tyrannei erlösen.

121 *Um das Jahr Eintausend*: Um 1000 erwartete man in verschiedenen Kreisen das Ende der Welt, das man unter anderem durch politische Wirren und Naturkatastrophen angekündigt sah.

122 *Ottos des Großen*: Otto I., deutscher König (936–973), ab 962 Kaiser. Das erwähnte Ereignis bezieht sich auf eine sagenhafte Überlieferung des Verlaufs der berühmten Schlacht auf dem Lechfeld (955), in der die ganz Mitteleuropa bedrohenden Ungarn geschlagen wurden.

Silvester IV.: Er war von 1105 bis 1111 Gegenpapst gegen Paschalis II.

Das ›Heilige Feuer‹ ...: alte Bezeichnung für die Wundrose.

treuga Dei: lat., Gottesfrieden.

Atto de Verceil, Atto de Vercelli (etwa 885–960): wurde 924 Bischof von Vercelli (Italien). Er verfaßte unter anderem ein Werk über die Bedrückungen der Kirche (De pressuris ecclesiasticis), in dem er die herrschenden politischen Verhältnisse einer scharfen Kritik unterzog.

124 *Gregor VII.*: einer der bedeutendsten Päpste (1073 bis 1085). Energisch trieb er die Reform des Klerus voran. Im sogenannten Investiturstreit zwang er den deutschen König Heinrich IV. zum sprichwörtlich gewordenen ›Gang nach Canossa‹.

Dunstan (etwa 909–989): englischer Mönch, später Abt, dann Bischof von Worcester und schließlich Erzbischof von Canterbury.

Manegold von Lautenbach (Elsaß) (etwa 1030/1040 bis nach 1103): zunächst Wanderprediger, wurde später Augustinerchorherr in Lautenbach und später in Rottenbuch (Oberbayern). 1094 wurde er Propst in Marbach (Elsaß). Im Investiturstreit stand er auf der Seite des Papstes Gregor VII. In verschiedenen

Schriften polemisierte er gegen die Wissenschaft, die er als ›heilsfeindlich‹ betrachtete.

C'est à vous que je m'adresse, écume de paradis ...: frz., An euch wende ich mich, Abschaum des Paradieses, Lockbissen des Satans, Gift der Seelen, ihr Wiedehopfe, Schmuckschnallen, Käuzchen, Wölfinnen, unersättliche Blutsauger.

125 *Strindberg,* August (1849–1912): Der große schwedische Dichter war während seiner Berliner Zeit mit Przybyszewski in Kontakt, der sich in seinen Memoiren ›Ferne komm ich her ...‹ ausführlich über Strindbergs Weiberfeindlichkeit ausläßt.

Peter von Lombard: aus Norditalien gebürtig; in Paris Leiter der Kathedralschule; ab 1159 Bischof; starb um 1160. Er war ein nicht unbedeutender Scholastiker.

un péché veniel: frz., eine verzeihliche Sünde.

Aristoteles (384–322 v. u. Z.): vielseitiger griechischer Gelehrter und Philosoph. Nach dem 6. Jahrhundert wurden seine Schriften allmählich zur Basis des theologischen Denkens. Mit Recht wurde er als ›Vater der Scholastik‹ bezeichnet.

Harun al Raschid, Harūn ar-Rašīd: arabischer Kalif (786–809). Seine glänzende Hofhaltung und das reiche kulturelle Leben in seiner Hauptstadt Bagdad fand unter anderem in der Märchensammlung ›Tausendundeine Nacht‹ ihren Nachklang. Die Übersetzungstätigkeit aus dem Griechischen läßt sich jedoch nicht auf seine Zeit beschränken. Seine Vorgänger und Nachfolger förderten diese zeitweise nachhaltiger.

Avicenna, Ibn Sina (Avicenna ist die latinisierte Namensform) (980–1037): lebte in Mittelasien; war einer der bedeutendsten Philosophen im islamischen Raum; befaßte sich außerdem mit Medizin und verschiedenen Naturwissenschaften. Durch lateinische Übersetzungen übte er einen großen Einfluß auf die europäische Scholastik aus.

126 *Thomas* von Aquino (1224/1225–1274): stammte aus Norditalien und wurde Dominikanermönch. Als

Schüler des Albertus Magnus wurde er Lehrer in Rom, Paris und Neapel. Seine ›Summa theologiae‹ stellt einen der Höhepunkte der Scholastik und der mittelalterlichen Theologie dar. Hier erreicht er eine weitgehende Synthese der Lehren des Aristoteles mit dem christlichen Glauben. Bis heute ist seine ›Summa‹ die eigentliche Grundlage der katholischen Theologie.

Duns Scotus, Johannes (etwa 1265–1308): stammte aus Schottland (daher: Scotus); lehrte in Köln und Paris Theologie; gehörte dem Franziskanerorden an.

machina cogitationis: lat., Denkmaschine.

Abälard, Petrus (1079–1142): stammte aus Palais bei Nantes (Frankreich); wurde Lehrer der Logik und Theologie in Paris. Seine Lehren stießen auf heftigen Widerstand. Nach der heimlichen Heirat mit Hélois – er hinterließ einen (fiktiven) Briefwechsel mit ihr, der zur Weltliteratur gehört – wurde er von ihren Verwandten überfallen und entmannt. Später – nach Verurteilung seiner Lehren – wurde er Mönch im Kloster St. Denis. 1134 lehrte er dann wieder in Paris und wurde erneut verurteilt.

127 *Bernhard von Clairvaux* (etwa 1090–1153): einer der bedeutendsten Theologen des Mittelalters, Zisterzienser. Für seinen Orden gründete er das Kloster Clairvaux. Seine Theologie weist starke mystische Einflüsse auf. Von weltgeschichtlicher Bedeutung wurden seine Predigten für den 2. Kreuzzug.

Irredetur simplicium fides, eviscerantur …: lat., Verspottet wird das Vertrauen der Einfachen, hervorgezerrt werden die Geheimnisse Gottes, und die Fragen nach den höchsten Dingen werden dreist hin und her bewegt.

Arnold von Brescia: einer der bedeutendsten Gegner der katholischen Hierarchie. Seine Forderungen nach dem Verzicht auf irdischen Besitz fanden breiten Widerhall. Als begabter Redner predigte er das apostolische Armutsideal, an dem er die offizielle katholische Kirche seiner Zeit maß. So wurde er 1139 als Ketzer gebannt. Als jedoch 1143 die Römer den Papst vertrieben und eine ›römische Republik‹ errichteten, wurde er bis 1155 deren Führer. Nach der unvermeidlichen Niederlage wurde er hingerichtet.

Lucius II.: Papst in den Jahren 1144/1145. Ihm folgte Eugen III.

128 *Averrhoes,* Ibn Roschd (Averrhoes ist die latinisierte Namensform) (1126–1198): lebte im islamischen Spanien; einer der wichtigsten arabischen Philosophen, Mediziner und Juristen. Große Bedeutung erlangte sein Aristoteles-Kommentar, der, bald ins Lateinische übersetzt, die europäische Scholastik stark beeinflußte. In philosophischer Hinsicht war er ein Vertreter des Nominalismus.

Kabbala: hebr., Überlieferung; seit dem 13. Jahrhundert der Name der jüdischen Mystik. Sie entstand seit der Mitte des 12. Jahrhunderts in der Provence und wurde dann hauptsächlich in Spanien weitergeformt. Die Kabbalisten selbst gaben ihre Lehre allerdings als weitaus älter aus. Von zentraler Bedeutung waren das Buch ›Sohar‹ (hebr., Licht, Glanz) und das Buch ›Bahīr‹ (hebr., hell, klar). Ursprünglich eine theosophische Mystik, die sich mit dem Verhältnis der Gottheit zur Entfaltung und den Manifestationen Gottes befaßte (u. a.), wurde die Kabbala später eine Art Buchstabenmagie.

Friedrich II. von Hohenstaufen: von 1194 bis zu seinem Tode (1250) deutscher König und seit 1220 Kaiser. Er war hochgebildet und philosophisch und schriftstellerisch begabt. Seine Regierungszeit stellte einen (oder den) Höhepunkt der mittelalterlichen kulturellen Entwicklung dar.

Simon de Tournay: gestorben etwa 1201. Er war Lehrer der Theologie in Paris und hat sich besonders um die Weiterentwicklung der scholastischen Technik verdient gemacht.

O pétit Jésus ...: frz., O kleiner Jesus, kleiner Jesus, wie hab ich dein Gesetz erhoben! Wenn ich wollte, wie könnte ich es noch besser stürzen!

Richard Löwenherz: Richard I. Löwenherz, König von England (1189–1199); nahm von 1190 bis 1192 am 3. Kreuzzug teil. Hier erreichte er 1192 einen Sieg über den Sultan Saladin und einen Waffenstillstand. Ein Jahr zuvor konnte er Zypern erobern. Auf dem Rückweg wurde er von Herzog Leopold V. von Österreich gefangen und später gegen ein sehr hohes Lösegeld freigelassen.

des Sultans Malek-Adhal: Während des 3. Kreuzzuges (besonders 1191) fanden verschiedene Treffen zwischen ihm – dem Bruder des Sultan Saladin – und Richard Löwenherz statt. Bei dieser Gelegenheit soll ihm Richard seine Schwester Johanna, die Witwe des Königs Wilhelm II. von Sizilien, als Gattin angeboten haben.

129 *qu'il ne soit contraint de renier ton saint nom*: frz., damit es nicht genötigt sei, Deinen Namen zu verleugnen.

Bogumilen: Sekte, die um die Mitte des 10. Jahrhunderts in Mazedonien entstand. Ein Dorfpriester Bogumil predigte radikale Weltverneinung, basierend auf einem dualistischen System. Satan wurde als ein Bruder Christi gesehen, sei also der Sohn Gottes gewesen, der die Welt geschaffen hat. Er ist der Gott des Alten Testaments. Im 11. Jahrhundert breitete sich die Sekte von Bulgarien im übrigen Byzantinischen Reich aus. Allmählich spalteten sich die Bogumilen in gemäßigtere und radikale auf. Die sogenannten dragowitischen Bogumilen postulierten die Gleichberechtigung Satans gegenüber Christus. Auch die Auferstehung nach dem Jüngsten Gericht wurde nun geleugnet. Nach Verfolgungen im 12. Jahrhundert zog sich die Sekte nach Serbien zurück (auch nach Bosnien und Dalmatien), von wo aus sie sich über Italien auch nach Frankreich verbreitete. Man schickte Missionare aus und schuf so die Grundlage für die späteren Katharer und Albigenser in Frankreich. In Bosnien war das Bogumilentum von 1199 bis zur osmanischen Eroberung 1463 Staatsreligion.

130 *S'maäl*: Samael, Samiel – Engelnamen in verschiedenen Apokalypsen; seit dem 3. Jahrhundert Hauptname Satans bei den Juden.

Katharer: die Reinen; Name einer Sekte, die vom Ende des 10. Jahrhunderts bis Mitte des 15. Jahrhunderts unter verschiedenen Namen in Süd- und Westeuropa verbreitet war und dem Manichäismus nahestand. Vgl. auch Anm. zu S. 133 (Albigenser).

Nous voilà en plein satanisme: frz., Da sind wir mitten im Satanismus.

132 *Nemo potest peccare ab umbilico et inferius*: lat., Niemand vermag vom Nabel abwärts zu sündigen.

Apokalypse: grch., Offenbarung, Gattung jüdischer und christlicher theologischer Schriften, deren Inhalt sich insbesondere um das Weltende dreht.

Stechäpfeln: Gattung aus der Familie der Solanaceen (Nachtschattengewächse), atropinhaltig, daher von berauschender Wirkung.

einen mächtigen Papst: Dies beruht auf einem Irrtum. Im Jahre 1167 weilte ein bogumilischer Bischof namens Niketas aus Konstantinopel in Italien, um neue Anhänger zu gewinnen. Er nannte sich ›papas‹, was aber wohl Pfarrer, Pope bedeutete. Die Katharer entwickelten jedoch tatsächlich eine eigene kirchliche Hierarchie mit Bischöfen, Konzilen usw.

133 *Hugofaber iuxta altare purgavit ventrem et in contemptum Dei cum palla altaris tersit posteriora sua*: lat., Hugofaber entleerte neben dem Altar den Leib und wischte sich in Mißachtung Gottes seinen Hintern mit der Altardecke ab.

Dominicus (etwa 1170–1221): der bekannte Stifter des Dominikanerordens. Ab 1207 wirkte er bei Toulouse zur Bekehrung der Albigenser. Hier gründete er auch 1217 das erste Dominikanerkloster.

Graf Simon de Montfort: Anführer des Kreuzfahrerheeres gegen die Albigenser.

Béziers: Die Eroberung der Stadt am 22. 7. 1209 wurde von einem großen Blutbad begleitet. Daß 60000 Menschen umkamen, ist wohl übertrieben.

caedite omnes, novit enim Deus, qui sunt eius: lat., tötet alle, Gott nämlich macht neu, die sein sind.
Abt von Citeaux: Gemeint ist Dominicus.
Innocenz III.: Papst von 1198 bis 1229. Unter ihm fand die Albigenserbekämpfung statt. Dazu wurden unter anderem auch ständige Inquisitionsgerichte (in Toulouse zum Beispiel) eingeführt.
Carcassonne: Diese Stadt, schon früh ein katharisches Zentrum, kapitulierte nach einem Angriff des Kreuzfahrerheeres am 1. 8. 1209.
Albigenser: Am Ende des 12. Jahrhunderts bürgerte sich diese Bezeichnung für die südfranzösischen Katharer ein. Sie wurden nach der südfranzösischen Stadt Albi benannt. Zunächst vertraten die Albigenser eine gemäßigte dualistische Lehre (unter bogumilischem Einfluß). Es entstand eine administrative Einteilung der albigensischen Kirche in Diözesen mit eigenen Bischöfen, sie bildete mithin eine Art Gegenkirche. Auch der südfranzösische Adel sympathisierte offen oder versteckt mit den Albigensern. Der Hintergrund dafür findet sich unter anderem im Widerstand Südfrankreichs gegen die Zentralisierungsbestrebungen des französischen Königtums. In den Jahren 1209 bis 1229 wurden die Albigenser in einem blutigen Kreuzzug geschlagen. Ab 1231 wurde die Inquisition (Dominikaner) aktiv, um die Reste der Ketzer zu vernichten. Mit der Verschärfung des Kampfes, der längere Zeit unentschieden blieb, kam es zu einer Radikalisierung der albigensischen Lehren. Ein radikaler Dualismus, in dem dem positiven Prinzip (Gott), dem Prinzip des Geistes, das negative Prinzip, das Prinzip der Materie (Satan), diametral gegenüberstand, setzte sich durch. Satan und die anderen aufständischen Engel seien von Gott in die Materie verbannt worden. Jesus – ein guter Engel – kam zur Befreiung der Engel (der Menschen, in deren materielle Hülle die gefallenen Engel verbannt sind) auf die Erde. Durch seine Lehre zeigte Jesus den in der Materie gefangenen

Geistern den Weg zur Rettung, den Weg zurück zu Gott. Der Grad der Befolgung der Lehren Christi bestimmt die Befreiung vom Tode oder die ewige neue Gefangenschaft in der Materie. Hier liegt die Idee der Seelenwanderung zugrunde. Eine strenge Moral, Vegetarismus und sexuelle Enthaltsamkeit seien Mittel, um die Befreiung zu erlangen.

Festung Minerva: 1210 vom Kreuzfahrerheer eingenommen. Trotz des Gnadeversprechens von Dominicus ziehen die Belagerten den Tod vor.

S'il ment il n'aura que de qu'il mérite, s'il veut réellement …: frz., Wenn er leugnet, wird er nur das bekommen, was er verdient, wenn er sich wirklich bekehren will, wird das Feuer seine Sünden ausbrennen.

avec une joie extrême: frz., mit größter Freude.

avec une joie indicible: frz., mit unsäglicher Freude.

134 *den bartlosen milden Jüngling*: Gemeint ist Jesus.

Hystero-Epilepsie: Vgl. Anm. zu S. 119.

135 *Succubat und Incubat*: von succuba, lat., Darunterlieger(in); weiblicher Buhldämon; incubus, lat., Aufflieger; der männliche Buhldämon, bzw. der Teufel.

Nemo potest …: Vgl. Anm. zu S. 132.

Eude Rigaud (Odo Rigaldus): Erzbischof von Rouen und zeitweiliger Berater des Königs Ludwig IX. von Frankreich. Er starb 1275.

des heiligen Bertin: Möglicherweise ist der Abt von Garsten (in Oberösterreich), Berthold (auch der ›Heilige‹ genannt), gemeint. Er starb 1142 und hatte sich um die Reform des Klosterwesens bemüht.

Philipp der Schöne: Philipp IV. (genannt ›der Schöne‹); König von Frankreich (1285–1314); einer der bedeutendsten französischen Könige. Bei seinen Bemühungen um die Stärkung des Königtums gegen die verschiedenen partikularen feudalen Mächte wählte er seine Mittel unbedenklich. Durch Konfiskationen und Erpressungen aller Art versuchte er zu Geld zu kommen. So versuchte er auch vom Klerus Steuern zu erheben, was zu einer gegen ihn gerichteten päpstlichen Bulle im Jahre 1296 (Papst Bonifaz VIII.) führte, der 1302 eine weitere folgte. Philipp setzte schließlich den Papst gefangen und erwirkte nach einer Einigung mit Papst Benedikt IX., daß ab 1305 die Wahl der Päpste zur Angelegenheit des französischen Staates wurde.

136 *Eduard I.*: König von England (1272–1307); setzte verschiedene Maßnahmen gegen den kirchlichen Einfluß in England durch.

le père très fecond: frz., der überaus fruchtbare Vater.

Bonifaz VIII.: Papst von 1294 bis 1303. Seine Pontifikatszeit war unter anderem durch den Konflikt mit Philipp dem Schönen gekennzeichnet. Bonifaz versuchte die Privilegien (insbesondere die finanziellen) der katholischen Kirche gegen das aufstrebende Königtum in Frankreich (und England) zu verteidigen. In seiner Bulle ›Unam sanctam ...‹ (1302) verkündete er, der Papst sei die höchste geistliche und weltliche Instanz. Unter Bonifaz war das Papsttum alles andere als der Vertreter eines ›apostolischen Armutsideals‹. Entsprechend taucht er in Dantes ›Göttlicher Komödie‹ in der Hölle auf, wo er wegen seiner Simonie (Vergabe kirchlicher Ämter und Rechte gegen Geld) büßen muß.

Nogaret, Guillaume de: französischer Staatsmann; starb 1318. In den Jahren 1303/04 und 1307/1313 war er Kanzler in Frankreich. Er wirkte im Interesse der Stärkung des zentralen Königtums im Inneren und gegen das Papsttum nach außen. Am 7. September 1303 nahm er Bonifaz VIII. in Anagni (Italien) gefangen.

Sedet in cathedra beati Petri mendaciorum magister, faciens se ...: lat., Es sitzt auf dem Stuhl des seligen Petrus ein Meister der Lügen, der es zustande bringt, daß er, obwohl er völlig *ruchlos* ist, *Gutesvollbringer* genannt wird.

Sciarra de Colonna: Die Colonna waren neben den Orsini das bedeutendste römische Adelsgeschlecht und hatten oft starken Einfluß auf die Papstwahlen.

Sciarra und Stefano de Colonna waren entschiedene Feinde Bonifaz' VIII.

137 *Celestin*: Cölestin V. war im Jahre 1294 für sechs Monate Papst, bevor er resignierte. Er war ursprünglich ein der Welt abgekehrter Mönch, der sicher stets das Beste wollte – daher sein Beiname ›Engelspapst‹ –, von Politik aber nichts verstand.

Benedikt XI.: Papst von 1303 bis 1304.

Bertrand de Goth: ›ziviler‹ Name des Papstes Clemens V., der 1305 Papst wurde und das Papsttum für mehr als ein Jahrhundert völlig unter französische Kontrolle brachte. 1309 wurde die Residenz des Papstes von Rom nach Avignon verlegt (also nach Frankreich). Clemens gestand Philipp dem Schönen den Kirchenzehnten zu und nahm die gegen Philipp gerichteten Bullen Bonifaz' VIII. zurück.

Philipps Sohn zum König von Navarra: Gemeint ist der spätere König von Frankreich, Philipp V.; starb 1322.

Charles de Valois: lebte 1270 bis 1325.

138 *Tempelorden*, Templer: einer der drei großen geistlichen Ritterorden der Kreuzzugzeit. Im Jahre 1119 wurde der Orden in Jerusalem gegründet, um die Jerusalempilger zu schützen. Er nahm einen enormen Aufstieg und wurde besonders durch Stiftungen, später auch durch eine ausgeprägte wirtschaftliche Tätigkeit, schnell sehr reich. Seit 1139 unterstand der Orden nur noch dem Papst und wurde von allen Abgaben und Steuern befreit. Im Jahre 1305 klagte dann Philipp der Schöne den Orden der Ketzerei und Unsittlichkeit an. Ob diese Anklage zu Recht erhoben wurde, ist heute noch umstritten. Sicher ist jedoch, daß die Templer, bedingt durch ihren Reichtum und Luxus, durch übergroße Geschäftstüchtigkeit usw. sehr unbeliebt waren. Sie nahmen besonders in Frankreich eine wichtige Machtposition ein und standen König Philipp bei seinen Zentralisierungsbestrebungen im Wege. Nach einer Kette von Verhaftungen, Folterungen und Hinrichtungen wurde der Orden 1312 durch Papst Clemens V. aufgehoben.

Seine französischen Besitzungen fielen an die Krone.

Bodinus, Jean Bodin (1503–1596): war ein bedeutender Philosoph und Gelehrter, was ihn nicht abhielt, ein Buch über den Hexenglauben (›Traité de la demonomanie des sorciers‹, erschienen Paris 1580; 1581 erschien die deutsche Übersetzung von J. Fischart ›Abhandlung über die Dämonomanie der Zauberer‹) zu verfassen, das lange Zeit als einschlägiges Standardwerk galt, obwohl es auf den päpstlichen Index gesetzt wurde. Bodin war auch als Richter in Hexenprozessen tätig.

Marguerite von Burgund (1290–1315): Königin von Navarra. Sie war die zweite Tochter des Herzogs Robert II. von Burgund, der sie 1302 an den späteren Ludwig X. von Frankreich verheiratete (König von 1314 bis 1316). Eine verbreitete Legende berichtet, daß sie – gemeinsam mit ihren Schwägerinnen Blanche de la Marche und Jeanne de Poitiers – wegen Ehebruch im Jahre 1314 inhaftiert wurde. 1315 soll sie ermordet worden sein, da Ludwig X. eine neue Ehe eingehen wollte. Ein Drama von A. Dumas d. Ä. behandelt ihre Geschichte.

Graf von Flandern: Gemeint ist wohl Graf Guy de Dampierre (1225–1305), in dessen Regierungszeit Philipp der Schöne Flandern besetzte (1297) und ihn 1300 inhaftieren ließ.

139 *Louis X.*: König Ludwig X. von Frankreich. Er regierte von 1314 bis 1316 und war seit 1305 König von Navarra.

Enguerrand de Marigny (1260–1315): Als Vertrauter Philipps des Schönen übte er einigen Einfluß zu dessen Lebzeiten aus. Nach Philipps Tod wurde er der Verschwendung angeklagt und hingerichtet (gehängt in Montfaucon).

Raoul de Presles (etwa 1270–etwa 1330): war zunächst Advokat in Lyon, wirkte später in Paris. Hier nahm er als Zeuge am Templerprozeß teil (1309). Danach wurde er Sekretär und Ratgeber Philipps des Schönen (seit 1310). Ludwig X. ließ ihn als angeblichen Teilnehmer eines Giftattentats auf ihn inhaftieren, foltern und konfiszierte seinen Besitz. Allerdings bekam er 1317 seinen Besitz zurück, wurde 1317 geadelt und starb um das Jahr 1330.

advocatus praecipuus: lat., ausgezeichneter Advokat.

Isabeau: heiratete Eduard II. von England (1307–1327). In den Auseinandersetzungen Eduards mit den feudalen Baronen Englands, die schließlich zu seiner Absetzung führten, spielte Isabeau eine nicht unwichtige (gegen Eduard gerichtete) Rolle.

Bischof Hereford ... pythische Antwort: Bei Kommasetzung hinter *nolite* bedeutet der Satz: ›Tötet Edward nicht; es ist gut, sich davor zu scheuen.‹ Bei Kommasetzung hinter *occidere* ändert sich die Aussage: ›Edward zu töten, ist gut, wollt euch nicht davor scheuen.‹

Ferdinand: König Ferdinand V., der Katholische, von Spanien; regierte 1479 bis 1516. Die vierte Coepidition von Columbus erfolgte 1502.

Raymond Lulle, Raymundus Lullus (etwa 1235–1316): stammt aus Palma de Mallorca; war einer der bedeutendsten Mystiker des Mittelalters. Er hinterließ ein umfangreiches Schrifttum, darunter auch einige alchemistische Schriften. Viele spätere Alchemisten benutzten seinen Namen, um ihre Werke zu verbreiten. Er sah seine Hauptaufgabe in der Bekehrung der Mohammedaner. Bei einer Missionsreise in Nordafrika wurde er gesteinigt.

Nicolas Flamel (1330–1413): französischer Alchemist, stand in dem Ruf, wirklich Gold machen zu können. Es ist bis heute unklar, wie dieser ursprünglich arme Schreiber in kürzester Zeit zu unerhörtem Reichtum gelangte.

140 *Aber der Jude*: Da es den Christen im Mittelalter verboten war, Geld gegen Zinsen zu verleihen, und es den Juden gleichzeitig unmöglich gemacht wurde, die meisten Berufe auszuüben, wurden Geldgeschäfte zu einer Domäne der Juden.

Ludwigs des Heiligen: König Ludwig IX. von Frankreich (1226–1270). 1248 bis 1254 nahm er an einem Kreuzzug teil. In den Auseinandersetzungen mit England konnte er Erfolge gegen König Edward III. von England erringen. 1270 starb er auf einem weiteren Kreuzzug. Bereits 1297 wurde er heiliggesprochen.

quasi canes rabidi passim detruncati: lat., wie tollwütige Hunde allenthalben geköpft.

Bauernaufstand: 1251 fand der sogenannte Kreuzzug der Pastorellen (Hirten) statt, ein Bauernaufstand, der die südlichen Niederlande, Nordfrankreich und Nordburgund verheerte. Besonders Klöstern und Geistlichen galt die Wut der Bauern. Etwa hundert Jahre später fand der größte Bauernaufstand des Mittelalters, die sogenannte Jacquerie (1358) – ebenfalls in Frankreich – statt.

illic viginti, illic triginta ...: lat., hier zwanzig, dort dreißig mehr oder weniger hintereinander an Galgen und Bäumen hängend.

Languedoc: Gemeint ist eventuell der große englische Bauernaufstand 1381 unter Führung von Wat Tyler, der – allerdings nicht in bedeutendem Maße – auch Auswirkungen auf Frankreich hatte.

141 *à petit feu*: frz., an kleinem Feuer.

L'on craignoit que toute ...: frz., Man mußte befürchten, daß jegliche Humanität abhanden kam.

Froissart, Jean (1333–1400): war einer der bedeutendsten französischen Geschichtsschreiber im Mittelalter.

Hugo von Guisay: Gestalt aus dem Bauernkrieg der Jacquerie (vgl. Anm. zu S. 140 ›Bauernaufstand‹); Prototyp des französischen Adligen, der durch seine Grausamkeit auch die aufständischen Bauern zu unerhörten Grausamkeiten anregte.

ius primae noctis: lat., Recht der ersten Nacht; das heute oft erwähnte, im Mittelalter nur selten genannte Recht eines feudalen Gutsherren auf die Brautnacht eines neuvermählten Hörigen. In der Regel wurde dieses ›Recht‹ durch Geldleistungen abgegolten.

142 *Cocu*: frz., Gehörnter.

Pest: Gemeint ist der sogenannte ›Schwarze Tod‹, eine große Pestwelle, die von 1347 bis 1352 fast ganz Europa heimsuchte.

chair et trippes: frz., Menschenfleisch und Eingeweide.

Fuyons ... aux bois avec les bêtes fauves ...: frz., Flüchten wir in die Wälder zu den wilden Tieren! Lebt wohl, Frauen und Kinder. Tun wir das Schlimmste, was möglich ist. Geben wir uns in die Hand des Teufels.

Flagellanten: von flagellantes, flagelarii, lat., Geißler. In übertriebenem Bußeifer durchzogen Scharen der Flagellanten Mitteleuropa, sich ständig geißelnd. Zuerst traten sie um 1260 in Mitteldeutschland auf. Während der Pestepidemie 1348/49 erlebte die Bewegung ihren Höhepunkt. Im 14./15. Jahrhundert traten sie in ganz Europa auf. Mehrfach (unter anderem 1349 und 1417) wurden sie von der Kirche verboten.

Karl VI.: König von Frankreich (1380–1422). Als ziemlich unfähiger Herrscher hat er eigentlich nie selbst die Regierungsgeschäfte geführt.

Kaiser Wenzeslaus: König Wenzel (nicht Kaiser!) von Deutschland (1376–1419). Seine Trunksucht war enorm. Im Jahre 1400 wurde er von den deutschen Kurfürsten als König von Deutschland abgesetzt und konnte nur noch die Herrschaft in Böhmen behaupten.

Dom Pedro: König Pedro von Portugal (1357–1367). Nach seinem Regierungsantritt ließ er seine ermordete Gattin Inés de Castro exhumieren und ihr königliche Ehren erweisen. Ansonsten führte er ein gerechtes Regiment.

Benedikt XIII.: Papst von 1394 bis 1423. Als Nachfolger des Gegenpapstes Clemens VII. war er selbst Gegenpapst in Avignon. Nach seiner Absetzung durch die

Konzilien von Pisa (1409) und Konstanz (1417) zog er sich auf eine Burg in Aragon zurück, betrachtete sich aber bis zu seinem Tode als rechtmäßigen Papst.

143 *Rien ne m'est plus, plus ne m'est rien*: frz., Nichts ist mir mehr geblieben, mehr ist mir nicht geblieben.

des ermordeten Herzogs von Orleans: Ludwig I. von Frankreich (1372 bis zu seiner Ermordung 1407).

quod anum sordidissimae ...: lat., lieber den Hintern des stinkendsten Kadavers küssen als Petri Mund.

Flamel: Vgl. Anm. zu S. 139.

146 *Irenäus*: bedeutender Kirchenschriftsteller, lebte im 2. Jahrhundert, stammte aus Kleinasien; seit 178 Bischof von Lyon. Erwähnenswert ist unter anderem seine Schrift gegen die Gnosis (›Adversus haereses‹).

Stigmatisationen: von stigma (p. stigmata), grch., die Wundmale Christi. Ihr Erscheinen galt als besonderes Zeichen der Heiligkeit. Medizinisch ist das Phänomen ungeklärt.

choc en retour: frz., Rückschlag.

147 *e pur si muove*: ital., Und sie bewegt sich doch.

die Mutter der chemischen Wissenschaften: die Alchemie.

eines Gregor des Großen: Vgl. Anm. zu S. 113.

Franziskus von Assisi (1182–1226): Begründer des Bettelordens der Franziskaner. 1228 heiliggesprochen.

ad maiorem Dei gloriam: lat., zum höheren Ruhm Gottes.

ipse philosophus, daemon, heros et omnia: lat., selbst Philosoph, Dämon, Halbgott und alles.

148 *Samyasa*: Vgl. Anm. zu S. 111.

Agrippa, Heinrich Cornelius Agrippa von Nettesheim (1486–1535): universaler Schriftsteller, Arzt, Philosoph; bekannt als Kenner der geheimen Wissenschaften. 1533 erschien seine ›Occulta philosophia‹.

Paracelsus, Philippus Aureolus Paracelsus Theophrastus Bombastus von Hohenheim (1493–1541): berühmter Arzt, Chemiker und Theosoph. Unter anderem suchte er nach dem ›Stein der Weisen‹, den er als Universalmedizin betrachtete. Von ihm sind sehr viele Schriften überliefert (etwa 360).

van Helmont, Jan Baptista (1577–1644): Kabbalist und Alchemist.

149 *Gregor von Tours* (etwa 540–594): seit 572 Bischof von Tours. Er verfaßte eine sehr wichtige ›Historia Francorum‹ und viele Heiligenleben.

pro arsenochita, qu. e. cum masculo …: lat., von Knabenliebe; von der Gott geweihten Dienerin, die bei den Franzosen Nonne genannt wird; von Vierbeinern und von der Frau – der Frau, die einem andern Mann vermählt ist, oder wenn sie in einem andern Mann ein Gesponst hat, was bei den Griechen Deuterogamie genannt wird.

Clemens VI. gegen Ludwig V.: Gemeint ist offenbar Ludwig IV., der Bayer (1287–1347); deutscher König und ab 1328 Kaiser.

150 *Pix, nix, nox, vermis, flagra, vincula, pus, pudor, horror*: lat., Pech, Schnee, Nacht, Wurm, Peitsche, Fesseln, Eiter, Scham, Schrecken.

Solanaceen: Nachtschattengewächse (vgl. Anm. zu S. 132 ›Stechäpfeln‹).

151 *Mylitta*: entspricht der Ischtar (vgl. Anm. zu S. 112 ›Astarteion‹).

Astarte: westsemitische weibliche Gottheit. Sie entspricht der mesopotamischen Ischtar. Als Göttin war sie für Liebe, Fruchtbarkeit und Krieg zuständig. Sie wurde mit dem Abendstern identifiziert. Auf bildlichen Darstellungen trägt sie oft zwei Hörner.

Kybele: eine vorgriechische kleinasiatische Mutter- und Vegetationsgöttin; von den Griechen mit Demeter und Rhea gleichgesetzt. Sie wurde besonders auf Bergen verehrt. Löwe, Spiegel und Granatapfel waren ihre Attribute. Ihre mythischen Begleiter waren die Korybanten, die wie sie die Gläubigen mit göttlicher Besessenheit erfüllten. Ihre Priester, die entmannt wurden, waren die sogenannten Galloi oder Agyrtai. In römischer Zeit wurde Kybele in einem Mysterienkult verehrt. Hier gab es zahlreiche mystische Riten, unter anderem eine Bluttaufe.

Semiramis: Samum-ramat, die Gattin des assyrischen Königs Schamschi-Adad V. (823–810 v. u. Z.). Die Sage verband sie mit den sogenannten ›hängenden Gärten‹ von Babylon.

Maya, Māya: religiös-philosophische Kategorie des Hinduismus. Es handelt sich um die Welt, die vergänglich ist und gleichzeitig eine illusionäre Schöpfung aus Brahmā.

Davas, Deven: Helfer des Teufels in der altiranischen Religion (und auch in anderen Religionen – wie dem Christentum).

Gäa, Gaia: die griechische Göttin der lebenerzeugenden und lebentragenden Erde; Allmutter und Urgottheit. Aus sich heraus brachte sie Uranos (den Himmel), Pontos (das Meer) und die Gebirge hervor. Sie war die Mutter aller späteren Götter und der Titanen.

Hekate: Vgl. Anm. zu S. 111.

Lamien: Lamia, grch., Verschlingerin; häßliche weibliche Schreckgestalten der griechischen Mythologie; vampirartig; unter anderem sollen die Lamien rauben.

Scylla: ein Meeresungeheuer der griechischen Mythologie, das zusammen mit der Charybdis an einer Meerenge vorbeisegelnden Schiffen auflauert. Sie fraß sechs Gefährten des Odysseus.

152 *Strigen*: grch., die Kreischenden; im römischen Aberglauben Nachtvögel, die kleine Kinder rauben und ihnen das Blut aussaugen. Sie wurden auch als geisterhafte Vögel gedacht, die eigentlich verwandelte Frauen darstellten.

Lilith: ursprünglich ein altorientalischer Nachtdämon. In der späteren jüdischen Überlieferung war Lilith die erste Frau Adams (noch vor Eva). Sie verließ Adam und zeugte mit Dämonen neue gefährliche Dämonen.

Frau Holda: Gestalt der germanischen Mythologie

(vgl. Frau Holle des deutschen Märchens), eine ›weise Frau‹, die allerdings später – unter Einfluß des Christentums – dämonisiert wurde. Als Frau Venus soll sie den Hörselberg (bei Eisenach) bewohnen. Durch die Tannhäuser-Sage ist sie allgemein bekannt.

Druten: auch Druden, Truden, Truten; weibliche ›Druckgeister‹, die in der Nacht die Schlafenden ängstigen (Alpdruck) und böse Zauber verbreiten.

Das Dogma der unbefleckten Empfängnis: wurde erst 1854 zur verbindlichen Lehre der katholischen Kirche erhoben. 1950 folgte das Dogma von der leiblichen Aufnahme Marias in den Himmel.

153 *Pietro d' Amiani,* Petrus Damiani (1007–1072): einer der wichtigsten Vorkämpfer für eine Klosterreform im 11. Jahrhundert. 1035 wurde er Mönch und 1043 Prior in einem oberitalienischen Benediktinerkloster. Seit 1057 war er dann Kardinalbischof von Ostia.

In seinem unsterblichen Hexenhammer bleibt Sprenger ...: Heinrich Institor (lt., Krämer) und Jakob Sprenger wurden Ende des 15. Jahrhunderts durch den Papst für Oberdeutschland und die Rheinlande als Inquisitores haeraticae privitatis eingesetzt. Die von ihnen vom Papst Innocenz VIII. erwirkte Bulle Summis desiderantes stellt einen wichtigen Fixpunkt in der Entwicklung des spätmittelalterlichen/frühneuzeitlichen Hexenwahns dar. Institorius und Sprenger – beide waren Dominikaner – leiteten schließlich die Inquisition in ganz Deutschland. Unter ihnen nahmen die Hexenverfolgungen immer größere Ausmaße an. Im Jahre 1487 erschien ihr ›Malleus maleficarum‹, der sogenannte ›Hexenhammer‹, ein Werk, das in der Folge zur Grundlage der Hexenprozesse wurde. Der ›Hexenhammer‹ ist eines der weitverbreitetsten ›Hexenbücher‹ gewesen, das noch Jahrhunderte lang einen unheilvollen Einfluß ausübte.

154 *mala arte*: lat., von der bösen (Schwarzen) Kunst.

dicitur enim foemina a fe *et* minus ...: lat., es wird näm-

lich gesagt, Frau komme von *fé* und *minus,* weil sie stets den *geringeren Glauben* schenkt und bewahrt.
Sirach: Jesus Sirach – Titel eines (apokryphen) Buches des Alten Testaments.
Chrysostomos, Johannes: (grch., Goldmund) lebte in der 2. Hälfte des 4. Jahrhunderts. Er war einer der bedeutendsten griechischen Kirchenväter. Gebürtig aus Antiocheia in Syrien wurde er einer der größten Redner der griechischen Kirche (daher der Beiname Goldmund). Später war er Patriarch in Konstantinopel, wurde jedoch abgesetzt und starb in der Verbannung. Er hinterließ sehr viele theologische Werke und Briefe.
Seneca, Lucius Annaeus (4–65): vielseitiger Philosoph und Schriftsteller. Er war der Erzieher des Kaisers Nero, der ihn später zum Selbstmord zwang. Von ihm sind verschiedene Tragödien, Dialoge, Trostschriften, Briefe, philosophische Werke (er war Stoiker) usw. überliefert.

155 *Besessenheit*: Die Vorstellung, daß Menschen von Dämonen ›besessen‹ sein und, durch diese veranlaßt, ›supranaturale‹ Handlungen vollführen können, war eine im späten Mittelalter weit verbreitete Vorstellung, die einen Einflüß auf die Entwicklung des Hexenglaubens ausübte.

157 *De Lancre*: In seiner Eigenschaft als Parlamentsrat in Bordeaux wurde er im Jahre 1609 mit der Untersuchung angeblicher Hexereien und des Satankults bei den Basken von Labourd beauftragt. Diese von Pierre de Lancre durchgeführte Untersuchung führte zur Verbrennung von etwa 600 Personen. In zwei umfänglichen Traktaten berichtete de Lancre von dem Prozeß: ›L'incrédulité et mécréance du sorti lége pleinement convaincues‹, Paris 1612, und ›Tableau de l'inconstance du mauvais anges et démons‹, Paris 1612. Die Werke bezeugen umfänglich den Aberglauben des beginnenden 17. Jahrhunderts.
Maleficium taciturnitatis: lat., Zauberei des Schweigens.

158 *Del Rio,* Dr. jur. Martin de Rio (1551–1608): im spanischen Staatsdienst Intendant der Armee, Vizekanzler und Prokureurgeneral im spanischen Brabant. Während der niederländischen frühbürgerlichen Revolution ging er nach Valladolid (Spanien), er wurde Jesuit. In den folgenden Jahren lehrte er an verschiedenen Universitäten Philosophie und Theologie. Man kann de Rio als den ›gelehrtesten‹ Hexenverfolger bezeichnen. Im Jahre 1599 veröffentlichte er seine ›Disquititiones magicae‹ (in 6 Bänden), ein Werk, in dem de Rio mit größtem ›wissenschaftlichem‹ Aufwand versuchte, das Hexen- und Dämonenwesen systematisch darzustellen.

159 *Adamiten*: Die Adamiten stellten den radikalen Flügel der hussitischen Bewegung dar (seit 1421 bezeugt). Sie versuchten ihr Leben dem paradiesischen Urzustand anzugleichen (daher auch der Name, abgeleitet von Adam), was in der Praxis totale Besitzlosigkeit, Verzicht auf jegliche Kleidung und kollektives Sexualleben bedeutete. Sie wurden von den Hussiten unter J. Žižka ausgerottet.

161 *conditio sine qua non*: lat., eine unerläßliche Bedingung.

163 *Remigius*, Nikolaus: herzoglich lothringischer Geheimer Rat und Oberrichter; in dieser Eigenschaft mit Hexenprozessen befaßt. Im Jahre 1595 veröffentlichte er ein Werk über Hexen u. ä. ›Dämonolatria‹ (1596 und 1597 auch in Deutschland erschienen).

167 *fallaces, proditiosae, loquaces, garrulosae ...*: lat., Betrügerinnen, Verräterinnen, Schwätzerinnen, Plappermäuler, Störrische, Klebrige, Brennende und Ausschweifende, Leichtfertige, Aufständische und Umschlingende, Schädlinge und Gefahrbringende, zu vergleichen mit den Bären, dem Wind, dem Skorpion, dem Löwen, dem Drachen und der Schlinge.

168 *Doktrinen der Manichäer*: Vgl. Anm. zu S. 120 ›Mani‹.

169 *nemo potest peccare ...*: Vgl. Anm. zu S. 132.

170 *Phallus en éveil*: frz., sich aufrichtender Phallus.
furor matricis: lat., Empfängniswut.

braves hommes: frz., Ehrenwerten.

173 *Ita pestis haec velut ...*: lat., So kriecht das Unheil wie eine Seuche weiter.

Wier, Johannes Weyer (geb. 1515): bedeutender Mediziner, einer der ersten in Europa, die systematisch den Hexenglauben bekämpften. Besondere Bedeutung hatte unter anderem seine Schrift ›De praestigiis daemonum‹ (Von den Blendwerken der Dämonen; 1563). Von den Verfechtern der Hexenverfolgungen (zum Beispiel von de Rio, vgl. Anm. zu S. 158) wurde er stark angegriffen.

Et le diable est si bon maîstre ...: frz., Und der Teufel ist ein solcher Meister, daß wir eine noch so große Zahl (von Hexen) ins Feuer schicken können, aus ihrer Asche entstehen doch wieder neue.

Crookes, Sir William (1832–1919): einer der bedeutendsten Chemiker und Physiker seiner Zeit. Unter anderem befaßte er sich auch mit parapsychologischen Experimenten.

175 *Alphons de Spina*: lebte in der 2. Hälfte des 15. Jahrhunderts; möglicherweise jüdischer Herkunft; konvertierte zum Katholizismus. Längere Zeit war er Rektor der bedeutenden spanischen Universität in Salamanca. Sein 1458/59 erschienenes Hauptwerk stellte eine der Grundlagen der Inquisitionsprozesse dar. Bemerkenswert ist eine deutlich antijüdische Tendenz.

Bodinus: Vgl. Anm. zu S. 138.

176 *Antropa Mandragora oder A. Belladona*: eigtl. Atropa Belladona und Atropa Mandragora, atropinhaltige Nachtschattengewächse (Solanaceen). In der Antike verwendete man diese Pflanzen, um Schlaf oder rauschartige Zustände, die Sinnestäuschungen hervorriefen, herbeizuführen.

Karl Kiesewetter (1854–1895): bekannter Theosoph; hinterließ zahlreiche Schriften.

177 *Remigius*: Vgl. Anm. zu S. 163.

178 *Johann(es) Nider* (gest. 1438): schwäbischer Dominikaner; seit 1425 Professor für Theologie in Wien. 1427

wurde er Prior des Predigerkonvents in Nürnberg. Seine Schrift über das Hexenwesen (›Formicarius‹) bildete eine Grundlage für Sprenger und Institutorius bei der Abfassung des ›Hexenhammers‹ (vgl. Anm. zu S. 153).

179 *Ποθεν το χαχον*: grch., Woher kommt das Böse?

180 *Gilles de Rais* (geboren 1404): schon in jungen Jahren maréchal von Frankreich, als solcher Begleiter der Jeanne d'Arc während des Hundertjährigen Krieges zwischen England und Frankreich. Nach dem Untergang der Jungfrau von Orleans zog er sich auf sein Schloß Tiffauges zurück, wo er sich magischen Experimenten und Teufels- sowie Geisterbeschwörungen hingab, die zunehmend verbrecherische Züge annahmen (wohl auch psychopathologische). Ein Inquisitionsgericht machte seinen zahlreichen Kindesmorden ein Ende und verurteilte ihn 1440 zum Strang und anschließendem Scheiterhaufen. J. K. Huysmans gestaltete sein Leben in dem Roman ›Là-bas‹ (Tief unten).

181 *Carrichter*, Bartholomäus: Astrologe und Leibarzt der Kaiser Ferdinand I. und Maximilian II. Er war Anhänger des Paracelsus und verfaßte einige medizinische und pharmakologische Werke, unter anderem ein Kräuterbuch.

182 *Tuggs*: indische Sekte, deren Mitglieder die Göttin Kali (unter anderem Todesgöttin) verehrten. Ihre Ritualmorde setzten ganz Indien in Angst und Schrecken. Viele Tausende wurden ihre Opfer. Mitte des 19. Jahrhunderts ging die Kolonialmacht England in großangelegten Operationen gegen die Tuggs vor und machte der Sekte ein Ende.

183 *moral insanity*: engl., verrückte Moral.

184 *aussi bien devant que derrière* …: frz., sowohl vorn wie hinten, dementsprechend, wo er sie gestoßen hat.

186 *Sanguis eius supra nos* …: lat., Sein Blut komme über uns und unsere Söhne.

Der Prozeß, den man … dem Abbé Guibourg machte …: Der Hintergrund für diesen Prozeß, der 1679 stattfand, waren die verschiedenen Versuche der Marquise de Montespan, der langjährigen Mätresse Ludwigs XIV., ihre Rivalin, die de Fontages, der sich Ludwig zugeneigt hatte, aus dem Feld zu schlagen. Dazu wandte sie sich an die Giftmischerin la Voisin, den obskuren Abbé Guibourg und an die Des Gillets, die wohl schon an verschiedene Angehörige des Hofes Gift geliefert hatten oder aber Veranstalter von Schwarzen Messen waren, deren Besuch zeitweise Mode am französischen Hof des Sonnenkönigs war.

187 *Quotiescumque altare osculandum erat* ...: lat., Wie oft auch der Priester den Altar zu küssen hatte, stets küßte er den Körper und konsekrierte die Hostie über den Schamteilen, in die er ein Stück der Hostie steckte.

188 *Astarote, Asmodée, princes de l'amitié* ...: frz., Astaroth, Asmodeus, Fürsten der Freundschaft, ich beschwöre euch, daß ihr dieses Kindes Opfer annehmt, das ich euch darbringe für die Dinge, die ich von euch erbitte.

Missa tandem peracta ...: lat., Als die Messe schließlich vollzogen war, stieg der Priester auf die Frau und, seine Hände in den Kelch tauchend, befeuchtete er seine Schamteile und die der Frau.

la Voisin: Catharina Deshayes, genannt la Voisin, war die Hauptangeklagte im Prozeß von 1679 (›l'affaire des Poisons‹, vgl. Anm. zu S. 186). Neben dem Abbé Guibourg war sie wesentlich an einer Schwarzen Messe, die auf dem nackten Körper der Marquise de Montespan zelebriert wurde, beteiligt. 1680 wurde sie verbrannt.

Sachet: frz., Säckchen, Riechsäckchen – unter anderem für Kleiderschränke.

189 *Huysmans*, Joris Karl (1848–1907): französischer Schriftsteller niederländischer Herkunft. Sein Hauptwerk ist der Roman ›A rebours‹ (Gegen den Strich). Der Roman ›Là-bas‹ (Tief unten) behandelt das Leben des Gilles de Rais (vgl. Anm. zu S. 180)

und den Satanismus in Paris in den Jahren vor der Jahrhundertwende.

Leo Taxil (1854–1907): französischer antiklerikaler Autor. Nach Mitgliedschaft in einer Freimaurerloge (bis 1885) verbreitete er viele Jahre lang die aufsehenerregendsten ›Enthüllungen‹ über Teufelskult, sexuelle Perversionen usw. bei den Freimaurern. Papst Leo XIII. empfing ihn in Privataudienz. 1897 gab er dann bekannt, daß seine zahlreichen Schriften und Pamphlete nur eine ›Mystifikation‹ gewesen seien.

Palladisten: L. Taxil belegte mit diesem Namen die angeblichen Satanisten unter den Freimaurern. Andere antifreimaurische Autoren griffen die Bezeichnung auf und verbreiteten die Vorstellung von einer internationalen satanistischen Verbindung. Auf der anderen Seite entstanden (zum Beispiel in Italien) wirkliche satanistische Verbindungen, die sich (nach dem Vorbild der Beschreibungen Taxils) Palladisten nannten.

Adonai: hebr., mein Herr; Gebetsanrede Gottes im Alten Testament, aber auch (seit dem Altertum) als Anrufung Gottes in Zauberbüchern und magischen Operationen verwendet.

190 *Kanonikus Docre*: Figur aus Huysmans' ›Là-bas‹.

191 *Karmel*: Der Marquis Stanislas de Guaita (1861–1897), einer der führenden französischen Okkultisten, gehörte zum Mitbegründer des ›ordre kabbalistique de la Rose-Croix‹, der ein Wiederbelebungsversuch des alten Geheimbundes der Rosenkreuzer war. Bald gerieten de Guaita und sein Orden in Konflikt mit einer anderen okkulten Geheimgesellschaft. Diese nannte sich ›Kirche von Karmel‹ und wurde von einem Priester Boullan (– Baptista) geleitet. Die ›Kirche von Karmel‹ leitete sich von einer katholischen Organisation ›Werk der Barmherzigkeit‹ ab, die um 1840 von dem Priester Vintras gegründet wurde. 1848 verbot der Papst diese Organisation. Unter einem neuen Namen – ›Gesellschaft für die Aus-

besserung der Seelen‹ – existierte die Organisation seit 1859. Boullan, ihr nunmehriger Leiter, praktizierte nun Teufelsaustreibungen und Schwarze Messen, wobei es auch zu Ritualmorden kam. Guaita und sein kabbalistischer Rosenkreuzorden verfolgten die Machenschaften des Boullan und drohten unter anderem mit einer ›okkulten Kriegserklärung‹. Am 3. 1. 1893 starb Boullan, nachdem er Huysmans brieflich von der Bedrohung, die von de Guaita ausging, berichtet hatte.

célestifier: frz., zu verhimmlischen.

Hors de unions, point de salut: frz., Nur in der Vereinigung liegt das Heil.

192 *La famille G....*: frz., Da die Familie G. ... nur zwei Betten besaß, fand die Vereinigung in dem einen statt, oder der Vater schlief mit beiden Mädchen gleichzeitig.

En mars 1883 ...: frz., Im März 1883 war der Karmel in voller Aktion begriffen.

ne trouvait pas une compensation ...: frz., fand keinen angemessenen Ersatz für den Verlust ihres Mannes, der leidenschaftlich für Fräulein C. G. ... entflammt war.

dut demander pardon à genoux à Madame ...: frz., auf Knien Madame um Verzeihung bitten mußte, während diese Dame, bei ihrem Mann liegend, eine himmlische Vereinigung vollzog.

Creatum est os ad edendum ...: lat., Das Skelett wurde zum Gebären geschaffen, die Genitalien zur Paarung.

193 *doctum esse testor, nullo sanguinis ...*: lat., Ich bezeuge, daß es klug sei, durch keine Fessel des Blutes beengt zu werden – als ob die Christen sich nicht auch miteinander paarten! – und daß es niemals unrecht gewesen sei, wenn sich Vater und Tochter, Mutter und Sohn, Schwester und Bruder ganz gewöhnlich mischen.

194 *Hypokrisie*: grch., Heuchelei.

195 *ennivrez-vous*: frz., Berauscht euch.

200 *Ad te clamamus exules filii Hevae*: lat., Zu dir rufen wir, die ausgestoßenen Söhne Evas.

207 *Miss Diana Vaughan*: mystifizierte Gestalt von Leo Taxil (vgl. Anm. zu S. 189).

208 *Templum omnium hominum pacis abbas*: lat., Das Gesetz (der Tempel) ist der Vater aller Menschen des Friedens.

Ein blutiger Ringen ...: Zitate aus Adam Mickiewicz' ›Totenfeier‹, Leipzig 1887, deutsch von Siegfried Lipiner.

209 *Einer der Funken ...*: Zitat aus Mickiewicz' ›Jakob Böhme‹.

219 *Eritis sicut Deus ...*: lat., Ihr seid wie Gott, wissend das Gute und das Böse.

Inhalt

Der Textabdruck folgt der Ausgabe: Stanisław Przybyszewski, Der Schrei, München 1918.
›Die Synagoge des Satans‹ (der spätere Titel) wird nach den 1897 in Heft XI und XII der ›Kritik‹, Wochenschau des öffentlichen Lebens, herausgegeben von Richard Wiede, Berlin, abgedruckten Beiträgen ›Die Entstehung der Satanskirche‹ und ›Der Kult der Satanskirche‹ in orthographisch modernisierter Form wiedergegeben.
Die Übersetzung von ›Confiteor‹ entnahmen wir unserer Ausgabe: Jahrhundertwende, Literatur des Jungen Polen, Leipzig und Weimar 1979, S. 43–48; der Ausschnitt über den traurigen Satan entstammt unserer Ausgabe: Boy-Żeleński, Erinnerungen an das Labyrinth, Krakau um die Jahrhundertwende, Leipzig und Weimar 1979, S. 220–226. Der Textabdruck aus ›Ferne komm ich her ...‹ folgt unserer Ausgabe: St. Przybyszewski, Ferne komm ich her ... Erinnerungen an Berlin und Krakau, Leipzig und Weimar 1985, S. 268–273.
Die Anmerkungen wurden von Wolfram Brandes erarbeitet.

ISSN 0433-0153
ISBN 3-378-00070-8

Erste Auflage
Lizenz Nr. 396/265/56/87 LSV 7221
Gesamtherstellung: Offizin Andersen Nexö, Graphischer Großbetrieb, Leipzig III/18/38
Schrift: Garamond-Antiqua
Buchgestaltung: Lothar Reher/Marlies Hawemann
Printed in the German Democratic Republic
Bestell-Nr. 812 104 7
00980